須王あや

illustration
AkiZero

TOブックス

saide ryu no
outeidenka no
hanayome ni narimashita

Contents

イラスト：AkiZero　デザイン：CoCo.Design　小菅ひとみ

王弟殿下の小さな花嫁

「王弟殿下におかれましては、ご機嫌うるわしう……」

なんと哀れな姫君。

両親を失って、後ろ楯もなく、たった五歳で、十二歳も年上のディアナの王弟殿下に輿入れなどと……。

憐みの声にも、同情の目配せにも、疲れてしまった。

自分がそんなに可哀そうな姫なら、そんなに哀れな姫を、妻に貰わなければならないお相手も、とても気の毒だ。

もちろん、お互いに、自分で選んだ結婚ではないけれど。

でも、出来れば、追い返されたくない。

変わり者と評判のこの方に、この縁談は迷惑だと言われたら、レティシアには、もう、帰るところがない。

「ああ、長旅で疲れたろう。どうか、わが花嫁よ。そんなに怖がらないでくれ」

初めて聞いた花婿の声は、そんなに怖い声ではなかった。

優しい声だった。

ここに来るまでに、あまりよい噂を聞かされなかったせいか、物凄く冷たい声や態度を想像していた。

「こんなに幼いのに、だいぶ年上のおじさんと結婚させられて、可哀想なんだが……」

自らをおじさん扱いする花婿殿は、そうは言っても、十七歳だ。おじさんではない。

「おそれ、おお……」

なんて答えたらいいのかわからなくて、とりあえず恐れ多いことでございます、と言おうと思って顔を上げて、生まれて初めて彼の顔を見て、レティシアは、ぽかんと、口をあけた。

「どうした、姫君？」

「あの……、おおていでんか？　で……あられ……ますか？」

「ああ、私がフェリスだ」

想像していた人と違う。なんてお可哀想な姫様、変わり者と噂の冷飯喰らいの王弟殿下のところへと言われ続けたせいか、暗闇に沈む吸血鬼のような、おどろおどろしい婿君を想像していた。

「姫……？」

「フェリス様、あんまり……綺麗な方なので……驚いて……」

柔らかそうな金髪に、空を写したような青い瞳。

夢に出てきそうな王子様だ。

この人のほうがお姫様で、超大国との政略結婚に使われそうなくらいの美貌だ。

「そうか？　熊のような大男よりは、怖くはないか？」

「はい。いえ、あの、熊さんがいけないわけではないのですが……」

　こんな綺麗な人の花嫁が、子供の自分で、かえって、なんとなく申し訳ない。

「姫も綺麗だぞ。とても」

「……………」

　ぶんぶんぶん、とレティシアは首を振る。

　いや自分が超絶不細工とまでは言わないが、こんな美形ではまったくない。

　ディアナの王族は、美貌の方が多いのだろうか……。

「……触れても、大事ないか？」

「は、はい」

　おっかなびっくり。

　慣れない小動物にでも、手を伸ばすように、フェリス王弟殿下が、手を伸ばしてくる。

　この人は、レティシアぐらいの年齢の者と接した経験がないのかも知れない。

　フェリス様は、王室でも孤立してる方だと噂されてるし……。

「私はずいぶん年上の夫で、幼いあなたには、とても不本意なことだとは思うが」

　不思議だ。

　この綺麗な変人の王子さまは、レティシアの都合や気持ちを聞いてくれる。

　小さなレティシアの気持ちなど、誰にとっても、どうでもいいことなのに。

「あなたは私に属するものとなるのだから、私が約束する。これ以後、誰にもあなたを害させない。

私が、ここでのあなたの安全を保障する」

何と、曇りのない、美しい碧い瞳。空と海から、透き通った碧だけを、集めたような瞳。

両親を失い、厄介払いのように、五歳で嫁に出されたレティシアの身の安全を保障してくれるという、美しい王弟殿下。

いい人だ。

私も、この優しい王弟殿下をお守りしよう。

少なくとも、聞かされてきた、恐ろしい変人というのは、誹謗中傷に思える。

「レティシア……？」

「姫様、いかがなされましたか……」

いけない。

この国に来て、初めて優しい言葉をかけてもらって、嬉しいのに、感極まりすぎて、涙が出てきた。

お礼を。

お礼を、言わなくては。

「……、……っ」

「大丈夫か、姫。長旅の疲れがでたのか？」

美貌の王弟殿下が、心配そうな顔をしている。

この人、綺麗な顔過ぎて、無表情に見えるけど、ちゃんと細かく表情あるんだ、とレティシアは、こんなときに妙なことに感心している。

「あり、……がとう…、ございま……」

「……絹を……、姫の御顔を拭くものを……、レティシア、泣いていいから、焦らず、息を吸って」

「……、は……い……」

涙で、よく、婿殿が見えない。私もお守りしよう。婿殿は、無理やり押し付けられた、こんなちびの花嫁にも、敬意を持って接してくれる、お人よしの美形殿だ。そんないい人は、人生、苦労が多そうだ。私も、きっと、この美しい、優しい婿殿をお守りしよう。

「ちいさい姫と言えど、きっと、私の風評は聞いておろう？　私の妃では、この宮廷ではあまり楽しく過ごせぬかもしれぬが……」

フェリスが、レティシアの小さな手をとる。

「……あの」

「ん？」

聞きにくい。でも、気になる。

「どうぞ、何でも遠慮なくご質問を。姫？」

遠慮して言い淀んでいたものの、フェリスに促される。

「どうして、フェリス様は悪く言われるのですか」

「うーん。どうしてだろうね」

困ったように、彼は笑った。

「私としては、邪魔にならぬように、気を付けているつもりなのだが……、何だろう、ただそこにいるだけで目障りな男なのかも知れない」

現ディアナ国王マリウス陛下は、フェリス様より十歳年上の二十七歳。フェリス様とは母親の違う異母兄弟だ。

「そんなことないです。フェリス様は目障りじゃないです」

謙遜？　だとは思うのだが、思わずぶんぶん首を振って、真面目に否定してしまった。

悪い言霊になってはいけない。ちゃんと否定しておかなくては。

この国に、言霊の概念があるのかは謎だが。

「……ありがとう。レティシア」

ちょっと眩しそうに、嬉しそうに、フェリスが笑った。

「私の方こそ、サリアでは、居場所のない身の上です。殿下のおかげで、こちらに呼んで頂けましたが……」

なんと。あのやっかい者の姫様がディアナ王家に輿入れとは。変人の王弟殿下とはいえ、ずいぶんな玉の輿ではないか？　と嘲笑していた大臣がいた。

確かに、変人だろうと何だろうと、大陸一のディアナ王国の王弟殿下の花嫁になりたい妙齢の姫君は星の数ほどもいるだろう。

しかも、王弟殿下は、噂より、ずっと美男だし、優し気な方だ。

レティシアにしてみると、相手が八十歳の老人だろうと、話がまったく通じない男だろうと、本国でこの結婚に拒否権などなかったので、美貌もさることながら、フェリスが少しは話が通じそうな人なのがありがたい。

「では、私たちは似たもの同士だな」

「え？」

「生まれた場所に、居場所がないというところが」

「殿下……」

「フェリスだよ。臣下ではないのだから、ちゃんと名前で呼んで、レティシア」

「フェリス……様」

「様もいらないよ」

「いえ、それは、ちょっと……」

逆に呼びにくい。

「私たちが二人で決めたことじゃないとはいえ、あなたは私の正妃なんだから、私に何も遠慮することはないよ」

「フェリス様、不思議な方ですね」

「変わってると、よく言われる。でも、姫も、ちょっと不思議な感じがするな」

「そ、そうでしょうか」

ドキリとする。何もかも見透かされそうな、透き通った青い瞳に見つめられて。

「うん。なんだか、姫くらいの歳の子と話してる感じじゃないな。大人と話してるみたいだ」

わあ。

鋭い。

背の高い立派な青年なのに、猫っぽいというか……、犬っぽいというか……、金色の美しい甘えたな獣のような人だなあ。

人がましくないというか……。仲良しの大型犬に似ている……。

「レティシア、食事はとった？」

レティシアの前に片膝を折って、レティシアと視線の位置を同じにして、フェリスが尋ねる。

「え……」

さすがに、初の婿殿との謁見に緊張して、今日は何も食べていない。

「軽いものを運ばせるから、私とお茶を？」

「は、はい。お時間が許すようでしたら」

フェリスとお茶は、それはそれで緊張するが、フェリスが想像よりずっと優しい人だったので、安心して、少しお腹も減った気がする。

我ながら、現金なものだ。

「ケーキは？　甘いものは好きか？　昨日読んだ本に、子供はみんな甘いものが好きだと誤解して、押し付けてはなりませんと書いてあったんだが……」

「フェリス様」

「ん？」

「私との会見に備えて、いったいどんな本を読んで下さったんですか」

ここは、子供扱いにヘソを曲げるべきなのか、幼い花嫁と接するために傾向と対策を検討してくれてたことを、喜ぶべきなのか？

「すまない。この場合、子育て本では間違ってると思ったのだが、どうにも見当がつかなくて」

「いえ……」

子育て本はだいぶ違うと思う、と思いはしたが美貌に憂いを浮かべるフェリスを見てたら、ちょっとおかしくて笑いそうになってしまった。

「ありがとうございます。甘いものは大好きです」

レティシアは何を喜ぶんだろう？　と考えてくれたのだと思うと素直に有難い。

「では、運ばせよう」

甘いもの、嬉しいな……。

それに、相手が美形の婿殿すぎるけど、お茶の卓を囲む誰かがいるっていうのも、ちょっと嬉しいな。ディアナへ婚礼のための旅をしてきて、こちらの女官も丁重に接してくれるけど、慣れない国で、食事もずっと一人だったから……。

（なんだか、姫くらいの子と話してる感じじゃないな。大人と話してるみたいだ）

それにしても、フェリス様、なかなか勘の鋭い方なのかも。

せっかく優しくして頂いてるんだから、怪しい不気味な姫だと不審がられないように、気をつけねば。我ながら、どうにも怪しい姫なのだけれど。

レティシアは、ディアナに政略結婚で嫁がされた、サリア王国の先代王の娘だ。

それは間違いのない事実なのだけれど、五歳のレティシアの頭の中には日本という国で、二十七歳で交通事故で死んだ春乃雪の記憶がある。

日本という国は、探しても探しても、こちらの世界の地図にも、歴史の本にもなかったので、いわゆる小説や漫画でよく読んだ異世界転生という離れ業を、雪はとげたのだと思う。転生なんてアニメや映画で見るもので、自分で体験するものだとは全く思っていなかったのだが。

二十七歳。初恋も初デートもなく、薄給で残業に身を捧げ、確かに未練で化けて、ジゼルになりそうな死に方ではあったが……。

でも最初から転生ならいいけど、まさか、このもともとのレティシアちゃんの魂を弾き飛ばしたりしてないだろうな……、こんな小さい子にそんなご迷惑かけてないだろうな……、と我ながら激しく不安だ。そこらへんの原理はどうなっているのか、雪にはさっぱりわからない。

不慮の事故で死んで、こんなきらびやかなファンタジーな世界に、王家の者として生まれ変わっても、まさかまさか他人様にご迷惑はおかけしてないだろうな、と思ってしまう雪（レティシア）は、典型的な日本人の庶民である。

「レティシア？　私はそのままで可愛らしいと思うんだが、姫はお茶用のドレスに着替えたい？」

「え。いえ、そんな、めんど……」

うぐぐ。つい、そんな面倒な、このままでお願いしたいです、と言いかける。

いけないいけない。自分で慌てて自分の口を押さえる。

小さい身ながらも、女子としては、姫君のドレスは可愛らしいと思う。

うだつのあがらない姫とはいっても、前世のおしゃれ上手とは程遠かった機能性重視の庶民女子（まあまあ他人様に不快でない真っ当に見える恰好なら何でもいい的な……）の雪からは考えられないような可愛らしいリボンとレースと絹のドレスに満ちた暮らしだ。

しかし、王族というのは、何故、行事ごとに、いちいち着替えるのだ。

せっかく一度袖を通した服に申し訳ないじゃないか。せめて一日くらい最初のドレスと添い遂げるべき。どれも可愛いドレスなんだから、そんなに替えなくても大丈夫だ、と思ってしまう。

「だよね。そのままでいいよ」

にこっと、フェリスが微笑む。ゲームのキャラのイケメンも真っ青な、悪戯っぽい麗しの微笑だ。

もごもごと誤魔化したものの、面倒くさいは、たぶん伝わったな。

「僕達も儀礼礼装とか、面倒だけど、女の子はもっと大変だよね、衣装替えは」

「フェリス様なら、一日に何度お着替えになっても、とってもお着替えの甲斐があると思います」

いけない。だいぶ、ダブルスタンダード。

自分は面倒だと思うのに、婿殿には、にこにこ勧めてしまった。

この方なら、何度着替えても、さぞや見栄えがするだろうなあと……。純粋に、観賞的欲求が……。

「そ？　じゃ、今度、レティシアの為に、うんと着飾るよ。普段、面倒だから怠けてるけど」

「楽しみです」

男性の衣装に興味を持ったことは、前世の社畜時代も、いまのレティシアになってからも全くないが、婿殿はたいへんに絵心をそそる素材だ。

この世界にスマートフォンは生まれていないし、そんな言葉も流行ってないが、前世の日本の言葉で言うなら、『映える』というやつだ。

「おいで。庭でお茶にしよう。宮殿内は息が詰まるだろう？」

お庭でお茶。

嬉しいなあ。

春の花の咲き乱れるディアナ宮殿の広大な庭園を、大きな窓から一人でこそっと背伸びして眺めながら、ああ、和みそう、お散歩したい……。いやいや、ダメダメ、婿殿と顔合わせ……。ここでお互いに気が合うか合わないか、王弟殿下に気に入られるか気に入られないかに、わりとレティシアのこれからの人生がかかってる、と追い詰められた気持ちでいた。

年も違いすぎることだし、偏屈な人だそうだし、ばっちり気が合うとはいかなくても、そこそこ友好的に向かい合えたらなーと思っていた。

これから生涯を誓う相手に逢うというのに、恋に落ちることなんて、全く想像してなくて。

ただただ、物凄く嫌な人じゃなければいいな……、と思ってた。

「お手を？　レティシア」

ディアナに来るまで、怯えたレティシアが見たさまざまな悪夢を覆す、なんとも優美な婿君。

「は。……恐れ入ります」

「なんでそんなに恐縮してるの？　新人の武官じゃないんだから」

この国に来て初めてかけられた優しい、気の置けない声。甘い声で話す人だ。

「殿下、本日はお二人のお顔合わせまで、とのお話で……」

レティシアについてくれていたディアナの女官が、戸惑いがちに言葉をはさむ。

「ああ、理解してる。レティシアと気が合ったから、私は彼女を引き留めたいんだ」

フェリス殿下と私、気が合ってたのか、それは嬉しい！

言われたレティシアも驚く。

麗しの王弟殿下と春の庭園でお茶、魅力的だけど、急な予定変更ってダメなんだろうか……としょんぼりしかけてたので。

「何か、姫には、この後の予定が入っているのか？　であれば、また改めて誘うが」

「い、いいえ。ただ、姫がお疲れではないかと」

「お気遣いありがとう。私は元気なので、殿下とお茶がしたいです」

今日はフェリス殿下との顔合わせ以外の予定は聞いていない。

許されるなら、婿殿ともう少し一緒にいて、話してみたい。

「ほら、私たちは気が合う」

悪戯の成功を喜ぶ少年のような青い瞳で、フェリスは微笑んだ。

「フェリス様、いつもの気まぐれで、初日から姫様を困らせてはいけませんよ。急がなくても、これからずっと一緒に過ごす御方なのですから」

フェリス殿下の随身が、主人を諫めるように、小さく言葉を挟む。これはたぶん、主人のフェリスにというよりは、困惑顔のレティシア側の女官に気を遣った感じだ。

「……困らせてるか、レティシア？」

「いえ」

どちらかというと、喜んでます。

気が合ってる。

人生二回目だけど、初対面でそんなこと言われたの、男女問わず初めてだ。

本当なら嬉しいし、お世辞でもじゅうぶん嬉しい。

「フェリス様のお言葉、嬉しいです」

フェリス様みたいに絵のようには微笑めないけど……、と思いつつ小さなレティシアはせいいっぱいの笑顔で、背の高い婿殿を見上げた。

「…………」

フェリス王弟殿下が、フリーズしている。

いけない。レティシアの笑顔が変だったろうか。全力の感謝を表したかったのだが。

「あ、あの、フェリス様？」

「可愛い」

ぽんぽん、と柔らかく髪を撫でられた。

「レイ、想定外の吉祥だ。僕の花嫁がとても可愛い」

「想定外は余計です、フェリス様。レティシア姫。我が主の感情表現の不器用さをお許しください。これでも、我が主はとてつもなく喜んでいるのです」

黒髪の随身はレイと言うらしい。

なんだかボケとツッコミの漫才（失礼）主従というか……。

可愛いお二人だな。

いかにも浮世離れした印象のフェリス様には、似たような年恰好の、しっかり者の若い随身がついてるようだ。とレティシアは心にメモをとる。

「レティシア様が、とても可愛らしい方で、よかったですね。フェリス様、どんな方がいらっしゃるのか、怯えておいでてしたから……」

「そうなんですか」

男の方も、お見合い結婚（?）の相手に怯えるものなのか。王子様のほうが、正妃が気に入らなくても、寵妃とかもてるあたり、王女やこの時代の女子達より、ずっといい気がするけど……。

「だって、十二歳も年上の、変人の爺さんのもとに嫁にやられるんだよ。僕なら病む」

それを言うなと言いたげに、美しい金髪にフェリスが半ば顔を隠す。

「どう見ても、爺さんには見えませんが……」

「相対的な評価としてね。そんな無謀な婚姻を、拒んであげられなかった自分の無力さにもうんざりしてた」

無力なのはお互い様だ。人生の重大事に関して、選択の自由がなかったという点で。

「……でも、私は幸運だと思います」

正直に、レティシアは言った。

嘘はない。

「十二歳も年下の子供をおろそかにせず、ちゃんとお話をして下さる婿君を得られて」

中身は二十七歳の雪の記憶もあるから、十七歳のフェリス様より、何なら年上なのだけれど。

二十七歳の雪とて、恋愛や結婚経験は限りなくゼロなので、そのあたりのスキルは五歳児と変わらないが。あどけない五歳の姫に、異国の残業に疲れ果てた、大人の娘の心が入ってるなんてことは、レティシア以外、誰も知らない。

この状況で、押し付けられた五歳の花嫁と、ちゃんと話をしてくれる十七歳の婿なんて、どう考えても、そうそういない。

むしろ、フェリス様が変人でよかった。レティシア的には、物凄くラッキーだ。

「うん。私も幸運だ。子供なのに、大人のような気配のある花嫁に逢えて」

「……………」

う。うう？　中身、バレてる？

いやいやそんなはずはない。

きっとこれはフェリス様流の、風変わりな誉め言葉？　に違いない。

随身の人も言ってる。フェリス様は、喜びの表現が独特だと。

「私たちはきっといい共犯者になれる」

「共犯者に？」

何か、二人で一緒に、罪を犯すのだろうか？　悪の手先？　になるには、雪時代も現在も、悪知恵とか、機敏さとか機転が利かないと思うが……。

「そう。いろいろ宮廷には居心地が悪い同盟」

「ああ、そういう意味でしたら、ぜひ」

思わず、頷いてしまった。

敵陣とまでは言わないが、これからディアナで人生やっていく為に、まず婿君のフェリス殿下と仲良くなって、それから何かとしきたりにうるさそうなディアナの女官たちとうまくやって、さらに宮廷のディアナ貴族達とも上手に社交を……と考えただけで、ああもう、こんなチビいらないと王弟殿下に叩き出されて、山奥で修道女にでもなったほうが快適なのでは……？　とだいぶ気が遠くなっていた。

平凡な庶民育ちの雪の社交のキャパシティを超えすぎている。

レティシアとしての潜在能力に期待するしかないところだった。

「フェリス様！　レティシア様もフェリス様の戯言に頷かないで下さい。男子たるもの、奥方を迎えて、人生に後ろ向きにならず、やる気を出してください」

め！　と言わんばかりに怒られている。

か、可愛いな……。うんと若い爺やと我儘王子というところだろうか……。

「ちなみにね、レティシア、レイは私の乳母の息子で、私とは乳兄弟なんだ。こんなふうに私に小言を言うのが彼の仕事。いつも叱られてばかりの私は、今日からレティシアという新たな強い味方をえたよ」

「何が叱られてばかりですか。いつも好き勝手してるじゃないですか、フェリス様。我が主はこういう甘え上手の困った方ですからね、レティシア様。これから何かお困りのことがあれば、私に言ってください」

「は、はい」

わあ。フェリス様のこと、この人に、相談していいんだ。こちらに来てから、それとなく、女官から、フェリス様の情報収集しようにも、誰もあまり王弟殿下に詳しくないみたいで、途方にくれてたんだよね……。

「こら。私の花嫁に、私の悪い情報を吹き込むな」

「とんでもありません。我が君。私は誰よりも忠実なフェリス様のしもべ。大切なレティシア様には、本当のことしかお伝えしませんよ」

「怪しいものだよ。とはいえ、レティシア、私に直接言いにくいことは、このレイに言ってくれたら、善処してくれると思うよ。こう見えてとても有能なんだ」

「こう見えて、は、余計です」

「とても有能そうです。率直に申し上げて」

そしてお二人の主従漫才は、ほのぼのして和みます、とは、声には出さずに、心で思っていた。

「おいで。庭に行こう」

あらためて、フェリスと並んで立つと、レティシアは、フェリスの半分くらいしか、身長がない。よく言って、ぜんぜん似てない腹違いの兄妹（貴族としてはよくあることだ）。それでもだいぶ歳が離れている。並んで歩くのに、ちょっと気後れしてしまう。

「レティシアは馬は好き？」

「はい？　好きです。私がまだうまく馬に乗れなかった頃、私を乗せてくれたとても賢い美しい馬がいて……」

あの子と、一緒にここに来たかったな。

ねぇねぇ、凄くかっこよくない、婿君？　びっくりしたよね？　てあの子に話を聞いてもらいたかったな。お友達がいなくても、あの子が隣にいてくれたら……。

「レティシア？」

「姫様。いかがなさいましたか」

「あ？　あれ？　すみません。何でもないのに……」

よかったね、ご主人。心配してたけど、この婿殿なら、ひとまず安心かも。

無口なあの子が、満足げに鼻を鳴らす。そんな気配を想像してしまった。

「もしかして、愛馬が亡くなったのか？」

「いえ。故郷にいる愛馬のことを思い出しただけです。元気かな、て」

私がいなくなったら、あの子は誰のものになったんだろう……。私よりずっと賢いから、誰にも愛されると思うけれど……。

「何故、私の可愛い妃は、愛馬を共に連れて来られなかったんだ？　こんな小さい身の上で、単身、遠い国にやってくるのは心細いだろうに、愛剣の帯刀や、愛馬の帯同は、男であろうと女であろうと許されるべきだと思うんだが。それはほとんど我が身なんだから」

「確認致しましょう。特別のしきたりなどなければ、こちらに呼び寄せられるように計らいます」

純粋に疑問だ、と言いたげなフェリスの言葉に、レイが呼応する。わ、本当に、有能そう……。

「い、いえ、そんな我儘は……」

う、嬉しいけど、たぶん、無理だと……。

「ん？　これは我儘とは言わない、レティシア。当然なことが、おそらく他愛ない手違いで、うまく運んでなかっただけだ」

うーん。

フェリス様が、お世辞？　励まし？　で、私たちは似たもの同士だな、て言ってくれたけど、ぜんぜん違うと思う……。

さすが、生まれついてのディアナの王弟殿下。何かを望むことに、躊躇いがないというか……。

「そうです。レティシア様。我儘というのは、フェリス様が普段おっしゃるような無茶苦茶のことを申すのでして、これはただの確認事項です。どうぞ、お気になさらず」

普段のフェリス様、そんな我儘なのかな？　とレティシアは疑問に思う。

「レイ、後半が余計だぞ。僕の人格を不必要に毀損するな」

「ありのままのお人柄を、レティシア様に気に入って頂くのがよいかと思われます」

とりあえず、フェリス様は気になることはそのままにはしないお人柄なことは、わかったかも。

「フェリス様は私がいままで見た殿方の中で最も美しく、そして、とてもお優しい御方です」

レティシアはいま思ったことを、素直に言ってみた。

「………」

フェリスがちょっと驚いている。本当に綺麗な御顔だなあ、と思う。驚いた表情も、さっきの、何故小さな心細い姫に愛馬くらい帯同させてやらぬのだ、と機嫌を損ねた顔すらも美しい。

現世の五歳のレティシアも、二十七年生きた日本の雪も、男の人というか、女の人でもこんな綺麗な人、見たことがない。

人間、顔ではない。とは言うものの、これくらい綺麗だと、一種の芸術作品の域だ。神という名の匠が刻んだ美しい造形。

「前半はまあまあ言われるが、そうそう優しいとは言われないよ、僕は」

いままで逢った人の中で一番美しい、は、よく言われるんですね、と妙なことに感心してしまう。

「そうですか？　フェリス様は、とてもお優しいと思います。私の気持ちを聞いて下さる方なんて、いまも昔も、そうそういませんでした。ましてや、王弟殿下のようなお生まれの方で、相手の気持ちを尋ねる方など、そうそういないかと……」

「ねぇ、レティシア」

「は、は、はい？」

知る限り、この世で最も美しい顔が、ぎょっとするほど、近づいてくる。

「……昔って？　五歳の人生で、昔ってどのくらい昔なの？」

「ああ、あの、それは……」

べつだん、何か糾弾されてるわけではなく、楽しそうにフェリスは尋ねている。

「ね、どのくらい？」

「え、えっと……二歳か、三歳くらい……？」

まさか、ここことは別の世界での、二十七年の地味目の人生で、とは言えない。

とても綺麗に微笑んで尋ねられるので、誤魔化そうとレティシアも微笑む。やや引き攣りつつ、笑顔。

こ、困る。

慣れない美形に困るのと、そんなの説明しようもないし。本当のことを言ったところで、信じてもらえると思えないし。レティシアだって、他人の話なら、夢でも見たのでは？　と思うだろう。

「……お二人とも、楽しそうなところ、お邪魔して申し訳ありませんが、お茶の支度が出来たようですよ」

「……無粋な男だな、レイ」

「申し訳ありません、私の主人に似て、私は細やかな情緒にやや疎く……」

「僕のせいにするな」

困ってる。いろいろ困ってる。フェリス様が美形すぎたり、優しすぎたり、主従漫才が面白すぎたり。でも、楽しい。フェリス様の極上の笑顔に釣られて微笑んでしまうくらいには、想定外に初顔合わせはとても楽しい。

「薔薇が見事ですね。ずっとお庭、歩いてみたいな、って思ってたので、嬉しいです」

季節は春で。花も鳥も草木も、春に浮かれているようだ。レティシアも、庭園でのお茶と散策に誘って貰えて、ご機嫌だ。

「レティシアは、今夜から、私の宮で眠るんだろう？」

「はい。たぶん、そのはずです」

詳細は聞いてないが、王弟殿下の宮の一室を頂くのだと思う。

「では、我が宮の女官には、我が花嫁の自由を保障するように、よく伝言しておこう。散策もお茶も、花でも衣装でも装身具でも、レティシアが欲しいものはちゃんと望んだらいいからね。僕は影の薄い地味めな王族だが、妃の暮らしを不自由させない程度の財産はあるから」

「影の薄い……地味な……？」

人生で出会ったなかで、もっとも派手な顔の王子様が、真面目な顔で冗談を言っている。

「そう。いつも、誰かに虐められないように、壁際に隠れてるんだよ」

悪戯っぽくフェリスが言う。

「それは……、ずいぶん、壁が華やかになりそうですね」

なんて目立つ生きた壁画だ。

「はい。いつも、壁に、令嬢方が並んで、次のダンス待ちの列ができますよ」

絶妙な感覚でレイが横からあいの手を入れてくれる。

「レイ。可愛い花嫁に、僕が浮ついた男に思われるだろう」

「でも、その方がよほど想像できます。きっとフェリス様と踊りたい方たくさんいるだろうと」

ああ！　ちょっとミステリアスな、モテモテの美男の王弟殿下！　いいなあ！　どうせ生まれ変わるなら、雪も、男の子になって、モテてみたり、勇者になってみたりも、楽しかったかも？

「そこは喜んでないで、妬いてくれなきゃ、我が妃よ」

微笑してとがめるフェリス様と白薔薇が、なんと似合うことかと。輝く太陽と薔薇を背負っていらっしゃる。

「は。すみません。至らず」

だって、ヤキモチなんて、そんな俄かに起こるはずもない。今日初めて逢った人だし。現世上は十歳年上、過去世ならば十歳年下。頑張っても、自慢の美貌の兄か、弟が、やたらとモテてて嬉しいぐらいの感覚だ。

「舞踏会のフェリス様、とっても、絵になるだろうなあ、って……」

「おかしな、可愛いレティシア。じゃあ、うんと着飾って一緒に出よう、舞踏会」

「え……」

それはどうだろう。レティシアもこの華やかな王子殿下と一緒に出るのは、なかなかにいろいろ言われそうな気がするが。とはいえ、うんと着飾ったフェリス様はちょっと見たい。

「大丈夫。誰にも、私の花嫁に文句など言わせないから」

「あ、ありがとうございます……」

うん。やっぱり。いろいろ言われるだろうなーとは、フェリス様も思うよね。この組み合わせだし。でも、美貌の婿殿は、微笑んでても、なんか強そうだ。

（異様に、迫力がある……）

レティシアも、優しい彼にあまり恥をかかせぬように、いろいろ頑張ろう。

「いや、礼には及ばない。我が家が意地悪されやすいのは、僕の顔？　性格？　のせいであって、何一つとして、貴方のせいではないから。それを覚えておいて、小さなお姫様。いまもこれからさきも」

甘い声の王弟殿下は、薔薇の花やケーキやティーカップ以外、似合わないような白い手をしてるのに、何故か静かに戦う人の気配を纏っている。

「ご、御心配には及びません！」

がっし！　とレティシアも勢い込む。

「花もはじらう可憐な令嬢にはちょっと程遠いですが、私、丈夫さと悪運には自信があります！」

ここは強運と盛りたいところだが、一度若い身空で死んでから蘇ってるので、それは強運と言えるのか？　と自信がなくて、悪運なら許されるだろうか、と遠慮して、運を保証する。

「舞踏会に出ても、きっとフェリス様をお守りします！」

ちょ、ちょっと、ボディが小さいのが玉に瑕だけど、ちびならちびなりに、有利なこともあるはず！　宮廷のお喋り雀どもから、この繊細そうな美しい方を、お守りするわ！　ああ。何か、闘志が湧いてきた。謂れなき誹謗中傷に悩まされる美貌の王弟殿下をお守りするわ！

自分の宮廷での評判とかを気にするのは、ああもうそんなのどうでも、となっちゃいそうだけど、誰かのためだと、人間、少しは、気合入るなあ……。

「私の小さな騎士は、なんて勇ましいんだろう、レイ」

何故かフェリス様が笑い死にしそうになってる。

なんで？　ちびなのに、気持ちだけ、がんばりすぎかな？

「まことに。こういう、心の清い方と暮らすと、きっと、我が主の心もきよらかに」

「とりあえず、僕達に意地悪する人はここにはいないから、マカロンでもお食べ、お姫様」

「……？？？」

笑い死にしかけてたフェリスが、銀の盆からピンクの丸い塊をとって、レティシアの口にいれてくれる。餌付けされている。これは、礼儀作法の教師にバレたら叱られそうだが、こんなに嬉しそうに差し出されるものを拒むのも感じ悪いのではと、勇気を出して、パクっと口の中にいれる。

「……！　美味しい！」

行儀が……との理性も何のその、蕩ける甘さに、歓声をあげてしまった。

「ね。この薔薇のマカロン、僕も好きなんだよ」

「美味しいです、とっても。こんな美味しいマカロン、初めて頂きました」

さすが美食の国とも言われるディアナ、デザートも手が込んでる、と感じ入ってしまった。

それに、緊張してずっと食欲がなかったけど、フェリス様と何とかやっていけそうだと思えたせいか、安心してとってもお腹がすいた気がする。よく晴れた青空の下、テーブルに並べられたお茶のセットがとても魅力的に見えてきた。

「飲み物は？　紅茶は飲める？　まだ早い？　あたたかいミルクのほうがいい？」

「紅茶、飲めます」

子供扱いに、ぷくっとレティシアは頬を膨らました。飲めるとも。何なら、学生時代の夢は、ティーインストラクターとか、紅茶とケーキの店の女主人とか素敵だよねぇ、だったのだ。

もちろん、ただのふんわりした夢で。現実は、死ぬまで、一介の社畜だった訳だが。

能力がなくて出来なかったというより、そんな勇気なかった。

普通にいい学校に行って、普通にいい会社に行って、誰かいい人と出会って結婚したかった。

ごく普通の女の子の夢。

アイドルになりたいとか、世界的な発明をしたいとか、そんな壮大な夢は抱いたこともない。

量産型？　の一般人女子としての夢を見てた。

学校と会社までは、まあ真面目だったので可能だったが、最後の一つは縁がなかった。

あんなに若くして死ぬ予定だったんなら、もっとがんばって、出会いを探すべきだった。

（いやでも、うんと頑張って若くして出会って結婚しても、二、三年とかで奥さんに死なれたら、相手の人可哀想すぎるね……）

そしたら、現世は、やたらと早く結婚の話が来た。嫁に行けなかった我が呪いだろうか……。

「じゃあ紅茶と、冷たいものは、シャンパン？　薔薇水？」

「それこそ、シャンパンはまだ早いと……」

五歳児にシャンパンとかやんちゃだな、ディアナ王弟。

「僕、五歳くらいから、飲んでた気がする」

「水よりシャンパンの方が安いと言われるディアナならではでしょうか？」

おもしろいけど、小さい子にお酒は害はないのかな？

「そうそう。そんなことも知ってるの、レティシア」

「少しだけ。どんなところなのかなあ、と本を読みました」

「賢いね。まだ人形遊びしか興味ない子がたくさんいるだろうに」

「いえ。どちらかというと、小さいのに、本ばかり読んで、気味が悪い子、と評判はあまり芳しくなく……」

しょんぼり、レティシアは肩を落とす。まあ、それは生まれ変わる前と変わらないというか……。

「そうかなあ。僕は、賢いお嫁さん、嬉しいけどね」

「女性は少し愚かに見えた方が、殿方に好かれます、殿方はあどけない姫を好みます、と礼儀作法の先生に窘(たしな)められました」

「前時代の化石のようなマナー講師だな。そもそも、子供に嘘を教えてはいけない」

「そう思われます？」

「うん。人見知りだから、世の中の男全部のことは到底知らないけど、僕は賢い人と話す方が好きだよ。僕があまり賢くないから、いろいろ教えてもらえるし」

「とても聡明に見えます、フェリス様は」

「ほんとに？　そんな優しいこと言ってくれるの、レティシアくらいだよ。何なら、顔しか取り柄がないとか言われてるからね」

まあ、これだけ綺麗な人が頭もよかったら、他の人はいったいどうしたら？　というのはあるけど、少し話してるだけでも、お馬鹿さんにはとても思えない。なんていうか、賢くて、ひどく落ち着いていて……、そう……、どこか……遠いような……、隙のない感じ。

「じゃあ、薔薇水と、ディアナの名品、シャンパンも一口だけ舐めてごらん」

テーブルの上に、優雅に茶器やグラスが並び、お茶の支度が整っていく。遠くで鳥の声がする。

「フェリス殿下、オレルアン侯爵がお目通りをと」

「サイラスが？　なら、姫にも紹介したいけど、結婚式がすぎるまで、あまり余人に逢わせてはよくないだろうね」

「そうですね。軽はずみをして、レティシア様のお立場が悪くなってはいけませんね」

「……………」

美味しい紅茶なのに、喉につまりそうな話。花の描かれたティーカップが可愛らしい。フェリス様のカップとは違うから、レティシアにあわせて、厨房の者が、選んでくれたのかもしれない。

うーん。こちらに慣れるまでは、大人しくしてないと、確かに、評判落としそう……。

そもそも勝手にフェリス様とお茶をしてるのも、慎みがないと叱られるかもしれない。

「では、サイラスには、花嫁と歓談中だから、またの機会にと」

フルーツの皿から、葡萄を一粒とりあげながら、フェリスが告げる。

「殿下、大事なお話でしたら、私のことはお気になさらず」

「ん？　気にすることではないよ。サイラスは数少ない友人なんだ。今度、ゆっくり姫にも引き合わせよう」

席を立たないんだ。レティシアとの時間を優先してくれるんだ。こんな子供とのお茶の方を。

「すみませ……」

「何故、謝るの？」

いけない。つい謝っちゃう、日本人的な癖が……。

「僕がレティシアを引き留めてるんだから、姫が謝ることはないよ。……サーモンのサンドイッチ、お食べ。生まれて初めての長旅で疲れたろう？」

「……初めて、国の外に出たので、凄く……疲れたのですが、見るものみな全てが珍しかったです」

「国外に出たの初めてだったの？　じゃあ、ずっと覚えてるね」

「はい」

きっと一生覚えている。うんと、不安な思いで、花嫁の輿に揺られてたこと。誰も、味方がいない、と思ってたこと。前評判が散々だったので、フェリス様を絵本で見た痩せ細った怖い顔の吸血鬼とかで、想像してたこと……。

（本当にごめんなさい）

近づいてくる王弟殿下の足音を、死刑執行の合図みたいに聞いてたこと。

（重ねて、ごめんなさい）

そうしたら、こんな綺麗な人が現れて、花の盛りの春の庭でアフタヌーンティーをしている。なんていうか、三度目に生まれ変わったような気分。

「レティシア。生まれて初めての旅で、何が一番珍しかった？」

「……」

ここに来るまで、旅の途中、いろいろ怯えつつも、いろんなものが珍しかったけど、ここに辿り着いたら……。

「ん？」

「フェリス様ご本人が一番……」

「……僕？　そうなの？　それは光栄？」

ディアナの街も、それはレティシアの故国より、ずっと華やかだろうけど。花婿たるフェリス王弟殿下に、やっぱり、一番、びっくりした。いろんな意味でびっくりした。

「悪い衝撃でなかったんならいいんだけど……」

「いい意味で！　です。悪い驚きじゃないです」

ぶんぶん、と忙しく、レティシアは首を振る。

「そうか。ならば、よかった」

少し照れ臭そうに微笑する王弟殿下は本当に美しく、そして何だか可愛らしかった。

「シャンパンは？　レティシア」

王弟殿下の手の華奢なフルートグラスのなかで、シャンパンが金色の泡を立てている。何でも絵になるフェリス様が持ってると、シャンパンもとっても高貴に見えて、美味しそうだ。

とはいえ、レティシアは、いまはとても小さい身だし、日本時代の妙齢？　の二十代の娘の雪だったときも、シャンパンの味なんてわかったためしがない。優雅なお金持ちは、ビールでなくお洒落なシャンパンで乾杯するらしい？　くらいの認識だ。ビールも苦いから苦手だけど。

あ！　もしかして、レティシアのちいさいボディは、西洋風の王国生まれだから、シャンパンやワイン好きの遺伝子を受け継いでるかも？

「私の可愛い花嫁に」

「麗しのフェリス殿下に」

フェリス様がレティシアに乾杯してくれたので、レティシアもシャンパンのグラスを持って、フェリス様の幸福を祈る。本で読んだことしかないような言葉がすらすら出てきて、それがちっともお世辞じゃないのが凄い。

「……美味しい？」

「あまり、わかりません」

シャンパンを一口舐めてみたレティシアは、首をかしげる。

アルコール好き遺伝子は受け取ってないか、まだ目覚めてないのかも。

「もう少し大人になってからかな。いまのレティシアには、薔薇水のほうが口にあうかも？」

「はい」

薔薇水は、可愛い名前からして、シャンパンより楽しみだ。転生して気が付いたけど、王族や貴族ってよく食べる。全員、太らないのが不思議なくらい。

アフタヌーンティーって日本でも流行ってたから行ってみたかったんだよね。平日の昼下がりとかにやってて、会社から帰るのが遅い社畜の雪には夢だった。

ありがとう、神様。こんな美貌の王子様付きでアフタヌーンティーの夢、叶えてくれて。仲良しの女の子同士の女子会が夢だったけど風変わりな美貌の王弟殿下でも文句言わない。

「いい香りです」

シャンパンは金だけど、薔薇水は淡いピンク。グラスが並んでいると、お互いの色が映える。

「薔薇水は東方から伝わったのだけれど、ディアナでも女性を中心に広く愛されてね。いまでは薔薇の谷で、多くの人々が千も万もの薔薇を育てて加工品を作り、生計を立てるまでになった」

遠い東方の国から伝わったのかあ。交易の盛んなディアナらしい話だなあ。

「甘い」

シャンパンの後のせいか、大人っぽい味を想像してたら、薔薇水は、うんと甘かった。

「ああ。じゃあそれは、花嫁さん用に甘くしてあるんだね。甘くないのもあるんだよ。美味しい？」

「美味しいです」

美味しくて、思わず笑顔が浮かぶ。いろいろ緊張してるせいか、甘いものに凄く癒される。

「気に入ったら、姫の部屋にも用意させよう。飲むのとね、肌につけるものも」

「薔薇の化粧水的なものですか？」

嬉しいな。これがお部屋にも。とレティシアは瞳を輝かす。

「そう。綺麗なレティシアの肌には必要ないくらいだけどね」

「いえ。乾燥してたので……嬉しいです」

生まれ変わってとても若いので、お肌は艶々なのだが。ここ数日、肌がザラザラしていた。

「ああ。レティシアの国と、気候が違うからかも知れないね。旅の疲れもあるだろうから、今夜は早く眠るといい」

「はい」

少なくとも。昨夜よりは、ずっとよく眠れそう。王弟殿下が、レティシアが想像してたような怖ろしい人ではなかったので。

「あ……」

真っ白いテーブルクロスの上に、興味津々と言いたげに、可愛らしい小鳥が降り立った。

小鳥的には、スコーンやサンドイッチのパン屑狙いだろうか？

「おや、小鳥が」

王弟殿下も、小鳥に気づく。

「も、申し訳ありません、殿下、姫様」

女官が慌てふためいている。

「いま追い払いますので」

「大丈夫。可愛い……」

あ。可愛いはマズかったかな。フェリス様が生き物苦手とか、潔癖症だったら……。

「きゃう……」

美味しいものある？　と言いたげに、小鳥がレティシアを見つめている。

「フェリス様、何かあげてもいいですか？」

「いいよ。でも、この子、何が好きなんだろう？」

「パンのかけらとかかなと……」

これじゃ君には大きいよね、とミニサンドイッチをさらにちぎってみる。

「レティシアは鳥が好き？」

「はい。鳥も好きです。フェリス様は？」

「僕は……ん？　何だい？　祝いか？」

パン屑のお礼なのか、小鳥が、テーブルに飾られていた薔薇の花をくわえて、レティシアに捧げ、もう一輪、薔薇をくわえて、フェリスに捧げた。

「いい子だね。僕とレティシアが、初デートだから祝ってくれてるのか？」

よかった。フェリス様は楽しそうに小鳥をかまってる。生き物嫌いではないらしい。

「殿下。レティシア様。大変仲睦まじく微笑ましい光景ですが、その子だけならよいですが、どんどん小鳥が寄ってきたら、お茶が台無しになりますよ」

レイに窘められる。

「確かに。まあまあな惨劇になってしまう。お祝いありがとう。ほらおゆき」

指にとまらせていた鳥を王弟殿下が青空に返す。まるで午睡の夢のような、平和で、幸せなひととき。

「送っていただいてありがとうございます」

「どうぞ、御礼は無用に。レティシア様は、我が殿下の大切な方ですから」

アフタヌーンティーを終えて、王弟殿下の指示で、レイがレティシアを送ってくれた。

「フェリス様に、ふさわしい姫になれるよう、日夜精進致しますので、お力添えをお願いします」

殿下、予想を裏切って（失礼だな、我ながら）、とっても、いい方だったなー、おつきの人もいい人だなー、としみじみしつつ、お願いする。

望外の幸運なので、この滅多にない幸運を逃さないよう、努めたい。

「レティシア様、そんなに構える必要はございません。我が主のあんな楽しそうな御様子は久方ぶりに拝見しました。いまのままのレティシア様で、いらして下さい」

「そ、そうでしょうか……」

フェリス様も、同じような趣旨のことを、お茶のときに言ってた気がするが、何というか、そのままでいい、というのに慣れない。

努力目標とか、攻略目標があったほうが、落ち着く。

あ。せっかく生まれ変わっても、どうしても優等生からの社畜根性が消えない。

も、もう少し、ゆったり生きて、今世の幸せを求めなければ。

「はい。ディアナの習慣ですとか、我が主ならではの振る舞いなどは、必要に従ってお伝えしますが、本日の顔合わせをフェリス様は、ことのほか、楽しんでおいででした」

「嬉しいです。私も楽しかったです」

フェリス様の話になると、レティシアも、自然に笑顔になる。

フェリス様は、何というか、前世でも今世でも、いままで逢った、どんな人類とも違う感じ。

超絶、綺麗な顔の、テンポの独特な人というか……。

超、マイペース！

もちろん、いままで逢ったこともないほど、美しい男の人ではあるんだけど。

そういうことではなくて。

なんだか、自由……。

僕が窓際王族で申し訳ないね、レティシア、って気を遣ってらしたけど、ちっとも、そんなこと気にしてそうに見えなかったし。あの、若くして、なんだか人生達観した感じは見習いたいなあ……。

「レティシア様、我が主は……その……少々変わっておりますが……」

王弟殿下命であろう随身のレイが、何か言いにくそうに言葉を選んでる。

「そこがいいと思います」

レティシアは、小さく、頷いた。

「フェリス殿下は、とても風変わりな、とても優しい方。お逢いして、大好きになりました。殿下に、恥ずかしい思いをさせぬよう、こちらの宮廷の作法を頑張って覚えたいと思ってます」

大好きは言い過ぎか？　と思ったが、そこは五歳児の素直さで言い切った。

恋も愛も、このちびっこボディでは、ちっともぴんとこないけど。

いや。転生前の二十七歳の娘のときも、ぴんとこなかった残念な娘なんだけど。

少なくとも。

あの風変わりな美しい王弟殿下が、これから、レティシアの新しい家族になるんだあ、と思うと、嬉しい。

いじめられやすいって言ってたから、レティシアが守ってあげなきゃ、と保護欲が湧いてくる程度には、嬉しい。

優しい兄か弟のように、慕わしい。

「レイ？」

「御意。レティシア様がこちらで嫌な思いをなさらぬよう、私も全力を尽くします」

………？　何だろう？　レイ、凄い感じ入ってるような……。やけに気迫感じるな。

突っ込み漫才のように、フェリス様の傍らでうるさく意見しつつも、フェリス様が大事で仕方ないって様子が見てとれるから、どんな花嫁が来るのか、そうとう心配してたのかな？

「はうう……」

レイが下がって、女官も下がって、レティシアは広いベッドに倒れこんだ。

広すぎる、このベッド。

何なら、レティシア七人くらい寝れるのでは。

白雪姫の森の小人にでもなった気分……。

「つ、か、れ、たー」

ベッドには、レティシアの年齢を思ってか、くまのぬいぐるみが置かれている。

そうだよね。

五歳といえば、くまのぬいぐるみ抱いて、お菓子食べたいばかり言ってる年頃だ。

間違っても、嫁に行く歳ではない。

「ん？　なんか、このクマさん、リボンに……」

赤いリボンに手紙が結ばれている。

「レティシアへ。何か不自由なことを、僕に言いにくかったら、手紙を書いてくれたらいいよ。本が好きだと言ってたから、図書宮の鍵をあげる。いつでも出入りができるようにしておくよ」

「フェリス様、神……？」

クマが抱えていた金色の鍵を、レティシアは輝く瞳で見つめる。

嬉しい！

本が読める！

そして、うちの王弟殿下は、小さな少女がたくさん本を読んでても嫌がらない！

神！

「御恩、感謝……！」

ディアナは古い王国で、レティシアの国サリアでも、ディアナ文字が使われている。

かつての英語すら苦手な日本人の雪からすると、魔法の文字のようなのだけど、昔から文字を読むのが好きだったので、転生しても、貪るように楽しく読んでいたら、（小さいのに、本ばかり読んでいるおかしな姫様）と不評を買った。

失敗した。

普通の子供らしさがたりなかったのかも知れない。

自分がレティシアなんだけど、ちいさなレティシアの評判を傷つけて、とっても申し訳ない気がした。

本来ちゃんと得るべきだった可愛らしい愛らしい姫様、の評判のかわりに、小さい癖に、本好きで理屈っぽい、おかしな姫様の悪評を着せてしまった……。

「うう。フェリス様、いいひと……」

金色の図書宮の鍵を胸に抱きしめて、レティシアは喜びを噛み締める。

王弟殿下は、レティシアが、普通に話しても、奇妙がらない。

ま、フェリス様、幼児と触れ合う機会なさすぎて、「小さい女の子とはこうあるべきもの」の基準がないだけかもなんだけど。

どころか、「人見知りだから、僕は、他の男がどうかはあまり知らないけど」って言ってたから、総じて、人間全般の基準に疎いだけかもだけど。

それでも、ありがたい。

ここなら、少し、楽に、息ができる。

生まれた国（生まれ変わった国）なのに、ずっと、遠慮して暮らしてきたから……。

「ほっとしたら、ねむくなった……」

ええと。

この後、もう行事なかったかな。

夕食、とらなきゃダメなのかな。

でも、とりあえず、眠い……。

寝ちゃう……。

ひとくちだけのシャンパンのせいか、薔薇水のせいか、花婿との顔合わせを無事終えてホッとしたせいか、ちいさなレティシアは、くまのぬいぐるみと、図書宮の金の鍵と、優しい王弟殿下の手紙を抱いて、満足そうに眠りに落ちた。

サリアの姫君

「レティシア、お嫁に行くって本当なのか？」

少年は不愉快そうな声で言った。

「王太子殿下」

「アレク殿下、レティシア様のところにはいらしてはいけないと、王妃様が……」

叔父夫婦にはアレクとアドリアナという子供たちがいて、父母の生前はレティシアとも仲良くしていたのだが、先王だったレティシアの父が亡くなり、叔父が王になって以来、叔父も叔母も、子供たちとレティシアの交友を喜ばない。

「うるさい。おまえたちはさがれ」

アレクは女官たちを追い払った。

「本当なの？」

「ええ」

お嫁に行くのは本当だが、アレクが機嫌が悪い理由がレティシアにはよくわからない。

レティシアの結婚とアレクに何の関係があるのか？

「嫌じゃないの？　凄い年上で、変な奴なんだろ、ディアナ王弟て」

「レティシアもおかしな娘だから、お似合いって叔母様……いえ、王妃様が……」

ディアナの王弟殿下がどんな人かは知らないけれど、変人同士でお似合いと言われればそうなのか、と思ってしまう。

それに、可哀想なのは五歳で嫁ぐレティシアもだけど、五歳の花嫁を貰う十七歳のフェリス殿下の方もだいぶ可哀想なのでは……。

「ディアナは大陸で一番って言われる豊かな国よ。そんなところに嫁げるレティシアは羨ましいくらいよ」

いつのまにか、アドリアナもやって来て、レティシアを嘲笑っていた。

レティシアが悲しいのは、凄く年上の変人の王弟殿下に嫁ぐことよりも、このあいだまで優しかった従妹たちが、両親が死んで以来、まるで物語の悪役のように、意地悪になったことだ。

二人の身分は、以前よりあがったはずなのに、何が不機嫌でレティシアにあたるのかよくわからない。

「年下好きだといいわね、王弟殿下！」

アドリアナは十二歳で、レティシアより七歳年上。

本当なら、アドリアナのほうが、フェリスと似合いの年頃だし、フェリス本人に逢っていたら、アドリアナにも別の意見があったかも知れない。

だが、魔法も限られた者しか使えず、他国の情報に疎いサリア王族の子供たちにとって、竜の神の血を継ぐと言われるディアナ王弟は遠い異国の化け物のようなものだ。

「……私が嫁げば、サリアの役に……」

返答に困って、レティシアはそう言った。

絵姿すら貰えてないディアナ王弟のことをどうこう言われても、レティシアも正直困る。

噂より、優しい変人さんだといいな、と祈るばかりだ。

「やっかい者のちびの癖に、御立派なことだな！」

やっかいもの。

どうして、そんなこと言われなきゃいけないの。

レティシアの生まれた国なのに。

どうして、こんな……。

「……アレクも、やっかい者の私がいなくなったら、嬉しいでしょう？」

邪魔者がいなくなって嬉しいなら、盛大に嫁入りを祝ってもらいたい。

いても邪魔にするのに、どうして、遠くにいくことまで文句を言われるのか。

「……おまえなんか、幸せになれるものか！」

呪いのような言葉を、桜色の唇を噛み締めながら、レティシアは聞いていた。

王太子殿下でなければ、殴ってやりたいくらいだった。


レティシアの父母、サリア先王アーサーと先王妃ソフィアが亡くなったのは、サリアを襲った恐ろしい流行り病のためで、叔父ネイサンや叔母イザベラのせいなどではない。

「アーサー王崩御……！　新王は……！」

ただ、先王アーサーが失われて、叔父ネイサンの即位に関しては、叔父の評判が芳しくなかったせいもあり、サリア宮廷でも大歓迎された訳ではなかった。

さりとて、その当時、王太子であったアーサー王の娘レティシアは五歳だ。

五歳のレティシアを女王にしたところで、結局、誰か摂政がつくしかない。

どうしようもない。

その為、協議につぐ協議の末、幼い王女であったレティシアにかわって、ネイサンが王として、たてられることになった。

ネイサンを王として、レティシアを王位継承権一位のままに、という意見もあったのだが、ネイサンが王になる条件として、王太子にはアレクを、という、叔父夫婦の強い希望が叶えられた。

サリア宮廷内のネイサン新王へのくすぶる不満から、操りやすい若年の王女レティシアに貴族たちが群れることを叔父ネイサンはひどく怖れた。

その病的な恐怖から、苛烈な迄に、先王の王女レティシアを迫害した。

幼いレティシアに心を寄せる者は、権力のある大貴族から、何の悪意もない乳母や小間使いに至るまで、すべてレティシアから遠ざけた。

「呪わしいレティシア、レティシア、子供の癖に、おかしなことばかり言って……まるで、魔物にでも憑かれてるよう……」

「そうだとも……不気味としかいいようがない。あの娘には、悪いものでも憑いているのだ」

レティシアが日本からの転生者で、折に触れ、大人のような言葉を紡ぐことも、この場合は、ネイサン王とイザベラ王妃の心理に、非常に悪く働いた。

（アーサー王の優しい心を受け継ぎ、小さくとも、あの聡明なレティシア様ならばきっと……）

このような間違った考えを持つ貴族たちを、ネイサン王朝としては、当然、跡形もなく、叩き潰さなければならない。

（ネイサン陛下は、浅慮な御方。レティシア様がせめてあともう少し大きければ……）

世の中には、七歳の王、何なら二歳の赤子を王にして、強い摂政をたてて、何事もなく平和な大国もあるので、五歳の王女を怖れて迫害するなど、とあながち笑うこともできない。

（おとうさま……、おかあさま……）

若すぎる父母の死を悲しむ幼いレティシアの心は、残念なことに、兄の死で突然降って湧いた玉座の魅力に夢中の叔父には、まるで共有してもらえなかった。

（ディアナの王太后殿が、ディアナの王弟殿下の花嫁に、レティシアをお望みと？　それはまことか？　まさか、こんな幸運があろうか？）

ディアナの王弟殿下とレティシアの婚姻話は、大国ディアナと小国サリアが血縁の絆で結ばれるうえに、国内にいては邪魔すぎるレティシアをサリアからやっかい払いできる大義名分として、この上もなかったのである。

「……ゆたかなディアナ王室のどんな気紛れかはわかりませんが、この婚姻は、サリアに利があるとともに、レティシア様の御身を守ってくれます。変人の風評などささいなこと。ディアナ王弟は富も権力もある御方、必ずや花嫁様をお守りくださいます」

レティシアから遠ざけられてしまった父の廷臣、ウォルフガング公が言っていた。

「サリア国内では、いまだ現国王陛下をよしとせず、レティシア殿下を女王に、という勢力がありますです。ですが、レティシア様は普通のお子様より聡明な御身といえど五歳。……この勢力とともに、サリアを摂るには、いささかお若く……、さりとてこのままサリアにおられては、姫様の御命を狙われる危険がございますし、いらぬ悪評ばかりたてられます。こんなに小さい姫様を相手に、何とも腹立たしい事です」

叔父王がレティシアの評判を執拗に貶めるのは、依然としてレティシアにもサリアの王位継承権があるからなのだ。そして人柄のよかった先王の人気が高く、叔父の人気はいまだ低い。

「じぃ……」

「サリアを離れることは心残りでしょうが、フェリス殿下の妃となり、ディアナの王族の一人となれば、フローレンス大陸のどなたもレティシア様を傷つけることは叶いません。姫様、じぃは、この婚姻をお薦めいたします。……何よりも、姫様に、生き延びて頂きたいのです」

「私がディアナに嫁げば、サリアはディアナから手厚い庇護を得ることができ、私は生命を守られるのね……」

何の希望もないとはいえ、レティシアは生きねばならない。

レティシアが生きることが、両親の望みだ。

正確には、レティシアが生きて幸せになることが望みだと思うが、いまのところ、幸せまで探せる力はない。

生きるだけでも、せいいっぱいだ。

「左様でございます。そして、姫様、案外と、嫁いでみれば、ディアナの王弟殿下とお気があうやも知れません」

「そうね。ご迷惑をかける王弟殿下の為にも、少しは気が合うと嬉しいわ。……じぃ、もうここへ来てはダメよ。叔父上はずっとおかしいわ。じぃに何かあったら、私今度こそ生きていられないわ。約束して。私が遠くに嫁いで、たとえ二度と逢えなくても、無事でいて。……無事でいてくれたら、それでいいの」

「もったいない御言葉。……何の。死にませんよ。姫様のお父上の為に死ねなんだこの死にぞこないの爺め、姫様の御無事を見届けるまでは死ねませんとも」

本好きの姫と、黄金の鍵

「レイ、レティシアは安心して夜を過ごせそうだったか？」

レティシアのところから戻った随身にフェリスは問いかけた。

「はい。殿下。少し女官と話して戻って参りましたが、レティシア様は、殿下の贈られたくまのぬいぐるみを大事そうに抱いて、今夜は、もうおやすみだそうです」

「ああ、疲れたんだろう」

フェリスの美しい唇に、微笑がにじむ。

疲れて、当然だ。

あんなにちいさいのに、こんなところまで、一人で来たのだ。

王たちは何万もの軍勢を伴って戦に挑むが、うら若い姫君たちは、たった一人で敵国に挑む。

しかも自分の意志とは無関係に。

現状のディアナとサリアは敵同士とまでは言わないが、それでも、レティシアがここで孤立無援なのはかわらない。

「くまのぬいぐるみも役立ってよかったな」

物凄い年齢差の花嫁を迎えるにあたり、だいぶ途方に暮れたフェリスは、とりあえず少女の喜びそうなものを準備させていた。

今日、実際に会話して、レティシアが本が好きだと言うので、そのくまのぬいぐるみに図書宮の鍵を持たせた。たぶん喜ぶのでは？　と思いつつ。魔法の扉への鍵のような、図書宮の黄金の鍵を。

「何とも不思議な姫が来たねぇ」

「お話しされてる様子が、とても五歳の姫には見えませんね」

「確かにね」

フェリスもレイも、さほど、その年齢の少女と接する機会はないが、それにしても、ちょっと会話が成り立ちすぎでは？　と疑問に思う。

「いささか、あやしむほどです」

「まあ、怪しい王族なのは僕もだから、凄くお似合いでは」

「フェリス様」

「早熟な天才少女にしては、押しは弱そうだったな、僕の奥さんは」

レティシアの存在は、ひどくアンバランスだ。

五歳の少女の器の中に、何か違うものが封じ込められている。

べつに悪い力だとは思わないけど、この世界の理を少し歪めている。

あの子が意図してやってるとは、到底、思えないけど……。

誰かが意図したものなのか？　それとも何かの手違いなのか？

「……」

訳もなく、身体の中から、楽しい気分が湧き上がってくる。

これは、フェリスの感情なのか、それとも……。

「フェリス様？」

「いや、レティシア、可愛いから、おじい様が喜びそうだなと」

微笑交じりの溜息ひとつ。

不安定なフェリスのところへ、不安定なレティシアがやってきた。

吉と出るのか、凶と出るのか。それはわからない。

ただ、レティシアに約束したように、彼女はフェリスに属するものとなるから、フェリスは全力でレティシアを守る。

おそらく傍目には理不尽なほどに。愛情が、やや錯綜している血筋ゆえ。

「確かに。お好きそうです」

ああ、また面倒が起きないといいですが……と、レイがやや困り顔で頷いていた。

可愛いの基準が、我が一族は、世の常の人とはずれてるような気もするのだが。

あんな小さな、剣もまだ重くて持てぬであろう少女に、

「きっとフェリス様をお守りします！」

と誓われては、滅多なことでは動かぬフェリスの心も動かずにはいられない。

「私の花嫁とはいえ、レティシアはまだ幼いから、いますぐどうこうという危険はないと考えているが、くれぐれも身の安全には気を付けてやって欲しい」

「御意。厳重に精査して、信頼のおける者以外、姫の傍には近づけません」

私たちは似た者同士だね、と言ったら、レティシアはとてもとても驚いて、そしてほんの少しだけ安堵したような顔をしていた。

フェリスと似てる、と言われて喜ぶ者は、このディアナ王宮にはそういないだろうから、くすぐったいような気持ちになる。

いろいろとレティシアにフェリスの本性がバレてしまったら、すっかり嫌われてしまうかも知れないが、少なくともいまのところは、あの小さい花嫁に好かれている、ような気がする。

誰かに好かれたいとか、誰かを手に入れようとか、誰かを守りたいとか、そんな望みを、フェリスは、随分と昔に、捨ててしまったので。

こういうふわふわした感じは慣れないが。

お互いに、望んだ結婚ではないとはいえ、あの子と話すのは楽しい。

異国から来た小さい姫は、大人でも不勉強な者なら知らぬようなことをすらすらと答える。

それなのにときどきはっとして、余計なことを喋りすぎたろうか？　と困った様子で、口を押さ

えている。
あの年齢で、あの聡さや知識はおかしい、と人々に不審がられて、恐らく国許で居心地の悪い思いをしてきたのだろう。

「宮廷人は、自分より愚かな子供が好きだからな」

姫君は少し物知らずな方が好まれると窘められたとレティシアは言ってたが、それは何も「姫」や「女」に限った話でもない。

「殿下?」

聡い子供や、賢い子供は都合が悪い。
自分の思うように、子供を動かしたい者たちにとって。

「いや、賢いレティシアには苦労が多かろうな、と思ってな」

「レティシア様は、私に王弟殿下に恥をかかせたくないから、ディアナの作法を教えて欲しいと仰せられました」

レイの言葉に、フェリスは碧い瞳を瞠(みは)る。

「私も、大切な我が主に五歳の花嫁とは如何なものか、と密かに不満でございましたが、本日、あの言葉をお聞きして、あのちいさい方を心よりお守りせねば、と思いました」

「うるさ型のレイの忠義を得たレティシアのここでの暮らしは安泰だね」

フェリスは混ぜっ返したが、黄金の鍵を持つくまのぬいぐるみを握りしめながら、殿下に恥はかかせません！　とはりきってるレティシアを想像してしまい、あまりにも可愛らしくて、困ってしまった。

レティシアはおもしろくて可愛くて、愛おしい。

深窓のたおやかな姫君らしさが、ぜんぜんないところがまた可愛い。

フェリスは普段あまり目立ちたくなくて、感情も動かさないようにしてるので、氷の美貌の王弟殿下とも称されるが、実のところは、情の強すぎる一族なので、あまり思い入れを持たないようにしたいのだが。

あの無防備な小さい柔らかい手は、若くして世の中を諦め尽くしているフェリスを、いったい、どこに連れて行くんだろう？


レティシアとの結婚の話は、義母上のいつもの嫌がらせだったのだと思う。

婚姻の話を持ち掛けられたのは、半年ほどまえのことだ。

義母である王太后からのフェリスへの呼び出しは、物心つく前から、ろくな用件であったためしがない。

それにしても、兄上も既に王に即位されて久しく、地位は盤石、義母上にも、もっと余裕を持って頂けないものかと、真綿で首を絞められるように虐められるたびにもの哀しくなる。

「王太后様、王弟殿下がいらっしゃいました」

フェリスの訪れに、王太后の宮の若い女官たちが密やかに華やぐ。

それがまた義母上を苛立たせるとはわかっているのだが、フェリス本人にはどうすることもできない。

厳めしそうな仮面でも被っておくべきなのか？　と遠い目になってしまう。

「相変わらずお美しいこと、フェリス」

「王太后様のお美しさとは、天と地の差でございます」

「つまらないお世辞はいらないわよ」

王太后は、若いころから、華やかに美しいというタイプの女性ではない。

だが、名家の実家の力強い後ろ盾のもとに、生まれてこの方なにひとつ不自由をしたことがない女性だ。

先王の愛を奪ったフェリスの母さえいなければ、ここまで性格も歪まなかったのでは、と思う。

しかし、フェリスの母も、先王だった父も、もはやこの世の人ではない。

憎い恋敵の息子とはいえ、フェリスにあたり続けるのにも、そろそろ飽きてほしい。

「あなたに縁談があるの、フェリス」

「……縁談、ですか」

今日はどんな嫌味を言われるんだ？　と構えていたが、縁談は想定外だ。

「申し分のない相手よ。サリア王国の王女なの」

「ああ……。サリアとの和平の為にですか」

「ええ。もちろん、賢い王弟殿下は、ディアナの為に最良の結婚をして下さるわね」

ディアナの為に、最良の結婚。

政略結婚を嫌がるほど、フェリスに誰か恋しい相手がいるとかそういうわけではないのだが、なんとなく返事をするのに一拍空いてしまった。

「お相手の姫君は五歳と、とてもお若いわよ」

「？？？　若いのレベルではないと思うのですが、そんな憐れなことを」

お相手の年齢を聞いて、義母を二度見した。

王太后の冷たい顔は、フェリスの視線に揺るがない。

「憐れなことではないでしょう。サリアとディアナなら、誰の眼にも、ディアナが格上。あなたの妃になれる小さなサリアの王女は、大変な栄誉よ」

「そんな小さな姫が、それを栄誉と喜ぶと、義母上はお思いですか？」

義母にフェリスの言葉が届いたことはいまだかつて一度もないが、それにしてもあんまりではないか。

「王女と生まれて、どのみち誰かの妃になるなら、よりよい相手がいいのではなくて？」

王太后は、むしろ不思議そうに尋ねた。

何を言ってるのだ、このものわかりの悪い男は、と言いたげだ。

「そうだとしても、十五、六歳まで親元で育つくらいの自由はあるべきだと……」

「彼女の親はもう天国よ。血筋はいいものの、やっかい者の先王の娘のやり場に困るというところかしら。あらあら、どこかの誰かと似てるような……」

意地悪く、紫の扇をかざして、王太后は笑った。

なるほど、やっかいもの同士、ちょうどいいと言うことか。

「もしも、あなたがこの姫を断るなら、そうね、先王陛下の弟でいらっしゃるイージス侯爵の花嫁になるかも知れないわね、ディアナとしてはサリアとよき縁を結びたいし……」

「義母上、イージス侯は孫のいる御歳です」

「でも、あの方、若い後妻を欲しがってるのよ。フェリスがどうしても嫌だと言うなら、このサリアの姫には、随分な歳の差婚で可哀想だけど……、イージスのところに……」

「わかりました。私がこの縁談をお受けします」

うまく乗せられたと思った。わかってた。

だけどフェリスだって十七歳で、その五歳の姫から見たらとんでもなく年上の相手なのに、さらにフェリスの叔父の後妻に、などと話に聞いてるだけでもうんざりして、このままでは寝覚めが悪かったのだ。

これから始まる小さな娘の人生を、何だと思ってるのだ。

「まあ。フェリスが受けてくれるなら、王陛下もきっととてもお喜びになるわ」

こんな経緯だったので、結婚が決まった時のフェリスには、とてもではないが、ときめきも喜びもなく、義母へのいつにも増しての忌避感しかなかった。

「フェリス様」

いつものことだが、フェリスは、王太后のもとへ行った日は、気力体力の消耗が激しい。

「お清めの塩はいりますか」

「なんだそれは」

「東方の国の習わしだそうです。自分にとって、不吉な場所に近づいたときは、塩に触れて、穢れを払うそうです」

「なるほど。では、頭から、塩のシャワーを浴びたいほどだね。……レイ、不敬罪で暗殺されてしまうよ」

「私は我が主の身を気遣うただの従僕です。誰も私などの言葉を気に留めたりしません」

「そんなことはないと思うけど……」

落ち込んでるのは、自分の無力さの為なのか。

まだ見ぬ、自分の小さい花嫁の為なのか、わからない。

「レイなら、五歳で結婚しろって言われたらどうする？」

「相手が気立てのいい美人であることを祈ります」

「運にかける？」

金髪を揺らして、フェリスは笑った。幼馴染で乳兄弟の随身と軽口を叩いていると、義母のところで撒かれた毒気が、少しは和らぐ心地だ。

「そうですね。人間、自分ではどうしようもないときは、神頼み以外、術はありません」

「我が国の神様は気紛れで多忙なうえに、万能でもないだろうからなあ」

神様が万能であれば、今までも今この瞬間も、いろいろとお願いしたいこともあるのだが。

「でも、お願いを、叶えて下さるときもありますよ。いつもではないですが」

「……どんなとき？」

「例えば、私の主は、とんでもない美貌で我儘な人ですが、冷たい顔に似合わず、心の優しい方です。私は面倒な主を抱えておりますが、主の気性を好いておりますので、とても嫌な主君に仕えてる人よりは幸せ者だと思ってます」

「……あのね、おまえ、僕を褒めるか、貶すか、どっちかにしたらどうなんだい」

でも、照れ屋の幼馴染の随身が、全力で、フェリスの沈む気持ちを宥めてくれてるのは感じる。

慰められているのか、甘やかされているのか、よくわからない。

「不可能です。日頃から、敬愛しておりますが、手も焼いておりますので」

「そんなに手焼かせてないぞ？」

「さようでございますか？」

にこり。とレイが微笑む。

「レイ、清めの塩の代わりに、シャンパンかワインを。義母上の思惑はともかく、結婚決まって落ち込んでたら、花嫁に悪かろう」

姫があまりに幼すぎるから、ひとまず婚約だけして、もう少し大人になるまで、国許で過ごさせてあげたらどうだろうとも思うのだが、王太后のあのいい様ではサリアでもそんなに快適に過ごせるものでもないのかも知れない。では、ここで過ごす方がましかも知れない。

「では、よいお酒をご用意致しましょう」

フェリスは、顔だけは、娘たちが夢に見る王子のような美貌だが、色恋にはとんと疎い。

色恋に疎いというか、おそらく人間全般への興味がやや足りてない。

だから、通常の十七歳の男子のように、この歳で幼い妻を迎えて、いったい若い夜をどうしろと、公然と愛人を囲えというのか、と怒るわけではないのだが、それにしたって、そんなに小さな子に、何をどうしてあげたらいいんだろう？　とは、思う。

歳の離れた妹ができると思って、とりあえず学問でも教えてあげるべきだろうか？　と困惑することしきりである。

Someday My Prince will come.

いつか、私だけの王子様が、私を迎えに来てくれる。きっと、女の子なら誰だって夢に見る。

何も、ヨーロッパの王族の王子様と出会いたいと思ってたわけではない。アラブの王子様と出会いたかった訳でもない。

ごく普通の日本人の、ごく普通の優しい男の人と出会いたかったなあ……。

あたたかい家庭とか作りたかったなあ。

勉強ばかりしてたから、料理も掃除もそんなに上手じゃないけど。

車道に飛び出した迷子の犬を庇って車に轢かれて（だいたい死因も我ながらどうなの）、意識を失うなかで、そんなことを思ってた。

わんちゃんを庇ったのは、考えるより先に勝手に足が動いちゃったので、後悔してないけど。

お父さん、お母さん、ご先祖様、次世代に、我が家の遺伝子、渡せなくて、ごめんなさい。

ねぇ、神様。

だいぶ元いた世界とは違うのですが、こんなに高速で生まれ変わらせて頂いて、文句を言ったら、申し訳ないとは思うのですが……。

私の希望は、あたたかい普通の家庭です。

普通です。

普通の家庭。

ここのところが、ものすごく見落とされてる気がします。

どうか、再確認をお願いしたいです。

王子様は待ってましたが、あんな凄い派手な顔の、間違いなく本物の王子様、どう取り扱っていいのか全くわかりません。ゲームの美形キャラもびっくりです。

そして、ゲームの美形キャラと違って、ぜんぜんオレ様な王子様ではありませんが、なんだかちょっと変わった方です。

こちらが絵にかいたような美しい姫君でないのが、心苦しいです。

でも、レティシアとしてはうんと年下だけど、私はフェリス様よりお姉さんなんだから。

縁あって、このたび、家族になることになった、あの綺麗な王子様を守ってあげなきゃ。

なんだかね。

フェリス様、晴れた日の青空みたいな、綺麗な碧い瞳をしてるんだけど、ちょっと寂しそうな瞳なのよ。

十七歳なのに、何かちょっと世の中諦めたような、世捨て人みたいな様子はもったいないと思うの。

もっとリア充していいと思う、フェリス様……。

でもこれ、私（雪）がおばさんになったってことかなあ……。

べつにもともとの日本の高校生だった雪が、十七歳のときだって、それなりに世の中を諦めてたから。

異世界の美貌の王子様に、余計なお世話なこと思っちゃうのは、老けた証拠かも？

老けるも何も、レティシアとして生まれ変わって、やたら若くなってるけれど……。

「……姫様？　レティシアさま？」

ああ、誰か呼んでる、きっと朝が来たんだ。

起きなきゃ……。

「レティシア様」

「はい」

レティシアは、まだ眠い瞳をこする。

なんだか夢を見てたような気がする……。

「お起こしして、申し訳ありません。魘（うな）されていらしたので、悪い夢を見てらっしゃるのかと」

「えっと……悪い夢……ではなかったと思うのですが」

内容は覚えてないけど、悪夢ではなかったような……？

ああ、なんだか、ちょっと困ってたような気は……。

眠る前に、図書宮の鍵をくれるなんて、なんていい人なんだ、フェリス様！

とびきり美人な上に、いい人！

もしかして、神……？　と感動しつつ、大事にくまのぬいぐるみと黄金の鍵を抱いて眠った。

でも、あんなに何もかも持ってそうな人なのに、何だか寂しそうなのはなんでなんだろう……と。

フェリス様のことを考えてたから、フェリス様の夢だったような気も……。

「まあ。よい夢だったら、お起こしして、申し訳なかったです」

女官がカーテンを開けてくれると、柔らかい太陽の光が零れてくる。

よく手入れされた、いいお部屋だなあ。

サリアにいたときのレティシアの部屋は、こんなに日当たりよくなかった。

「いいえ。朝ですから」

年若い女官がすまなそうな顔をしてるので、レティシアはぶんぶん首を振った。

この女官、初めて見る。

ずいぶん若い。

「お初にお目にかかります。フェリス様から、レティシア様の身の回りの世話を仰せつかりました。

リタと申します」

綺麗な黒髪のリタは、十五、六歳くらいだろうか？　大役を任された誇りで瞳が輝いている。

「昨日まではレティシア様の御身が、王宮の女官お預かりでしたので、いろいろと自由が利かなかったと思うのですが、これよりは、私共の女主人として、安心してお過ごし頂けるようにお仕えします。ささやかな身の回りのことはこの私に、難しいお悩みは女官長のサキにご相談ください」

「こ、こちらこそ、よろしくお願い致します」

正式にご挨拶頂いたので、レティシアも、ベッドの上で、思わず正座して、三つ指ついてしまう。

（国が違う）

白い寝巻姿ではあまり恰好がつかないが。

それにしても、昨日も思ったが、夜着もとても可愛い。レースが幾重にもつらなってて、寝る為だけなのがもったいないくらい。

まあフェリス様とレティシアでは、現状、そんな進展はまるきりないけど、いちおう花嫁用の御寝巻きだからとっても可愛いのかなあ。

「いえいえ、姫様。姫様に頭を下げられては、私が困ります」

「と言われましても……」

もちろん、レティシアがフェリス様の花嫁になるんだから、当然、フェリス様の半身として、シュヴァリエ公爵夫人となるわけだ。

シュヴァリエ家の女主人として。

五歳にして、公爵夫人。

レティシアが、公爵家の女主人。

ぴんと来ない。

ちっとも。

中身は二十七歳相当だけど、見た目は五歳だよ、五歳。

名探偵みたいに賢くもないよ。

無理、あるよ、だいぶ。

「うー……」

三つ指ついた小さなレティシアの隣には、フェリス様が贈ってくれた大きなくまのぬいぐるみ。

だいじょうぶ？　と言いたげに、図書宮の黄金の鍵を抱えて、レティシアを覗き込んでいる。

そのくまのぬいぐるみの存在に、ちょっと和んだ。

(大丈夫だよ。あなたは私に属するものになるんだから、必ず私が守る)

まちがいなく優しい、美しい王弟殿下の声を思い出して。


「わあ……」

宮殿の廊下を歩いていて、見事なタペストリーにレティシアは瞳を奪われる。

「あれ、この方、なんだか……フェリス様に似てる……」

壮麗なタペストリーの中で、剣を持って戦う若い美貌の剣士が、フェリス様によく似ている。

絵の中の剣士は、黒髪だけれど。

こんなに立派なタペストリー絵巻として、ここに飾られてるんだし、フェリス様のご先祖の王族の方なのかな……。

「この御方は、ディアナの創始の竜王陛下にて、我が国の守護神、レーヴェ様です」

「え！　ディアナの神様！」

ディアナは竜の加護を受ける王国。

なので、幾多の苦難の時あれども、人の子の力では、誰もディアナを奪えない。

吟遊詩人たちがそう歌っていた。

強国ディアナと言えども、代々の君主がすべて賢君でも名君でもないのだが、その隙に乗じて、誰かがディアナを手に入れようとすると、必ず邪魔が入って叶わない。

ディアナを侵そうとした者が、必ず、ひどいめにあう。

だから、皆が歌う。

眠れる気まぐれな竜王レーヴェは、いまもディアナを守っている。

気に入らないものがディアナの地に入ることを許さない、と。

「はい。まがうことなきフェリス様のご先祖です」

「創始の王というと、何世代も前の方だと思うのですが、フェリス様のお兄様かお父様と言われたほうが頷けるくらい、そっくりです」

「そうなのです。びっくりするほど、フェリス様と似ていらっしゃるでしょう？」

畏まって説明していたリタは、ちょっと教室の高校生のように、声がはしゃいでる。

「ディアナ王族の方は、みんな、フェリス様のように、創始の王の血を強く引いてらっしゃるのですか？」

創始の美しい神なる竜王の血を引いて、なんて、ちょっとわくわくする。

とってもファンタジーっぽい。

レティシアの実家のサリア家は、そんな神秘的なところはなかった（残念）。

「いえ……あの……」

そうでしょうそうでしょう？　フェリス様似てますよね？　と主自慢の嬉しさを隠せなかったリタが突然言葉につまる。

「ほかの王族の方は、そんなにというか……ほとんど全然、似てはいらっしゃらなくて……」

主のフェリス自慢はしたいが、そこは言いにくいらしい。

「うちのフェリス様だけが、何故か、とても創始の竜の君に似てらっしゃるので、ちょっと居心地悪いのです。……おはようございます、レティシア様」

回廊を歩いてきたレイが、説明してくれる。

「おはよう、レイ。どうして居心地が悪いの？」

「現世の王陛下より、王弟殿下フェリス様の方が創始の王に似てると、御不快に感じる方もいらっしゃるのですよ、レティシア様。人間の御心というのは難しいのです」

「それはでも、フェリス様のせいじゃないわ。ただ、ご先祖に似て生まれただけで、嫌がられるなんて、ひどい」

フェリスが、

（そうだねぇ、僕の何がいけないんだろうな、顔がいけないのかも知れない）

と昨日話してた時は、綺麗な顔の人が何ともおもしろい冗談を言っていると思ったのだが、あれは冗談ではなかったのか。

「まったくですね」

フェリスの為についストレートに怒ってしまったレティシアを、好ましそうにレイが見ていた。

「あのね、皆。朝から、僕の可愛い花嫁さんに、僕がモテない話をしてはいけないよ」

「フェリス様」

わー。フェリス様、後光が……。フェリスの柔らかい金色の髪に、大きな窓から、太陽が降り注ぐ。

朝から、夢のように、お美しい。

「は。フェリス様、申し訳ありません」

「いや。僕がモテてないのはただの本当の話なんだけど、レティシアが、宮廷内闘争に敗れまくりの嫁ぎ先にしょんぼりしたら可哀想だからね」

恐縮するリタに、フェリスは笑ってる。それにしても、本当に、似てるなあ……。

「おはよう、レティシア」

「おはようございます、フェリス様」

可愛らしく、レティシアは貴婦人の礼をする。

これほどまでに、王子然とした方が相手だと、このタイプの行儀作法も、自然に出来るなあ……。

「うちのご先祖の神話の絵巻は気に入った？」

「はい、とてもとても、美しいです」

金糸銀糸で縫いあげられ、繊細な細工が施された、芸術品。

いつの時代のものか知らないけど、これほど多彩な色の糸が存在したことにも驚く。

「あ……」

「ん？　どうした？」

「やっぱり、笑った顔も似てらっしゃるな、って」

「僕はこんなに我儘じゃないけどね」

金髪を揺らして、フェリスが創始の竜王レーヴェの前に立つ。

ほとんど、たったいま神話の絵巻の中から抜け出してきましたレベルに似ている。

「我儘なのですか？　創始の竜王陛下は」

「生まれついての神様だから、とんでもなく我儘だよ」

「？　神様は我儘？」

きょとん、とレティシアは小首を傾げる。

サリアの神は慈愛の女神。

「神様」と「我儘」はサリアでは同列の言葉ではない。

とても遠いところにある言葉だ。

猛々しい武神、男神のディアナの神は、だいぶ様子が違うのだろうか。

生まれ変わる前の日本では、レティシア（雪）は、クリスマスにはクリスマスケーキを食べてキリスト様の誕生日を祝い、お正月には神社に初詣に行き、お葬式は仏教の御寺に行くという、もとの世界でも、日本人以外から見ると、いったいぜんたいどうなってるの？　君の国の宗教観？　という自由過ぎる宗教環境で育った。

よそから見ると、めちゃくちゃなのだが「神様は、どこの神様も、みんな有難い」というごく一般的な日本育ちである。

「そう。我が国の、水の竜レーヴェは、気紛れな竜の神。どんなに呼んでも、気が向かなきゃ、現れないし、彼の神の興味を引けば、呼ばれなくても飛んでくる」

「まあそれは、どんな神様も、そんな気がします」

まるでよく知った友人か何かのように、フェリスは創始の竜王陛下を語る。

金と黒の双子のように似た面差しで。

「私には、フェリス様に似てるせいか、とても優しい神様に見えます」

レティシアがそう言うと、神話のタペストリーの中の黒髪の竜王陛下が、ずいぶん可愛い嫁が来たな、と満足そうに唇を綻ばせたように見えた。

「僕に似てるなら、きっと優しくないよ。気に入った人しか助けなかったりするんだよ」

フェリスは微かに苦く笑って、神話のタペストリーを見上げている。

なんとなく、フェリスが、荘厳な神話の絵巻に吸い込まれてしまいそうな気がして、無意識にレティシアはフェリスの衣装の袖を掴んでしまった。

「姫？　どうしたの？」

「あ、すみませ……」

そんなことあるはずない、と思っても、レティシアだって異界から転生して来てるんだから、絵巻に吸い込まれる王子がいてもおかしくない。

「いや。血生臭い戦争の絵だから、ずっと見てると、怖くなった？」

ふわり、とフェリスの白い指が、レティシアの髪を撫でる。

「なんだか……、絵の中にフェリス様が攫われそうな気がして……」

頼りない子供のようなことを言ってしまった。いや、子供なんだけど。

「ここに、僕が？　戦闘能力の低い子孫は邪魔だぞ、ってご先祖に蹴りだされそうだね」

安心させるように、フェリスがレティシアに微笑みかけてくれる。

フェリス様に似た黒髪の竜王陛下に傷はないけど、川縁に血塗れで倒れている戦士たちもたくさん描かれている。筆致がリアルなので、とても怖い。

「創始の竜王陛下は、王妃アリシア様が死ぬくらいなら、こんな国いますぐ滅べばいい、何なら水没させようか？　とお怒りになった伝説のある、苛烈な御方です。フェリス様よりかなり激しい性格でいらっしゃいます」

「竜王陛下、王妃様をとても愛してらしたんですね」

「左様でございますね。レーヴェ様は愛するアリシア様の為にディアナをお守り下さり、その守護はいまも続いていて、ディアナの永遠の繁栄を約束してくださってます」

（永遠はべつに約束してないけどな）

レイの説明に、誰かの、凄くいい声が被さった気がした。

「レティシア」

なんだか、さっきから……。

「はい？　フェリス様？」

「天才画家の図案による、神話の絵巻はあまり見ていると酔う。そろそろ行こう？」

「はい」

フェリスがレティシアの腕をとって、歩こうと促してくれる。

「戦うドラゴンの絵なんて怖いばかりだよ」

「そんなことないです。ドラゴンの雄姿はかっこいいです」

タペストリーは壮麗な連作になっていて、フェリス様に似た人の形で戦う竜王様から、竜がディアナの街を飛行する姿へと変化する。

回廊の終点には、穏やかそうに寛ぐ竜に、花冠を作って載せて微笑んでいる姫君の姿がある。

この姫君が、竜の神に愛されたアリシア王妃だろうか？

「かっこいい？　怖くないの？」

「怖くないです。最強の竜は憧れです」

レティシアは、日本での社畜OL時代、自分が最強からは程遠かったせいか、お話の中でたいてい最強の存在である竜はあこがれだった。

ゲームでも、何か一つのゲームをやりこめるほどの時間はなかったが、ドラゴンが出てくると、必ずドラゴンを選択していた。

それから思うと、竜神の守護のある国にお嫁に来れたのは、ちょっと嬉しい。

「そうか。レティシアは、竜が怖くないのか」

「はい。竜、大好きです」

レティシアのその言葉を聞いて、何故かやけにフェリス様が嬉しそうだ。

貌（かたち）が似ていても、フェリス様が竜という訳ではないが、竜王陛下の子孫としては、ドラゴン好きは嬉しいのだろうか？


パンがふかふかして、美味しいー。

はむはむはむ。

お腹も減ってたし、小動物のように食べてしまう。

昨日から思ってるけど、フェリス様のところのシェフのお料理、凄く美味しい。

「美味しい、レティシア？　味が違って、口にあわないものはない？」

「美味しいです、フェリス様」

朝食を一緒にと思ったんだ、とフェリスが言い、二人で向かい合って、食卓を囲んだ。

きっと知らないところで一人で食べるの心配してくれたんだ、忙しいだろうに、なんて出来た人なんだ……と、レティシアは密かにフェリスを拝みたくなってくる。

このクラスの王族に、必ず家族と食卓を共に、という習慣はほぼないと思うので、気を遣ってくれてるのだと思う。

レティシアは、サリアでも一人で食事してたから。

久々に、誰かとごはん、が嬉しい。

たとえ、お相手が、神話の絵巻から抜け出てきたような王子様でも。

「今日は花嫁修業とのことで、何か教育係がいろいろ来るらしいけど、レティシアが気に入らなかったら、僕の許しは得てるから、と帰らせたらいいからね」

「そ、そんなことしません」

「そもそも、レティシアは僕の花嫁なんだから、王家の教育係など要らぬ世話だよ」

「い、いいえ。何事も、和は大事です」

フェリス様は王家からの干渉が苦手。メモ。

でも、家庭教師来るなら、勉強する。

ちゃんと。

貴族の娘の嗜みの、刺繍とか死ぬほど苦手だけど。

何事も、努力はする、努力は。

「歴史の授業があれば嬉しいです。さっき教えて頂いた竜王陛下のお話、興味深かったので」

「午前中が行儀作法で、午後がディアナ史じゃないかな？　王宮の教師の講義は退屈なことが多いけど、竜王陛下の逸話はとんでもないのが多いから目が覚めるよ」

「楽しみです」

礼儀作法。ディアナ独特のマナーとか、教えてもらわないと。

レティシアの不作法のせいで、フェリス様に恥をかかせてはいけない。

ああ、なんだか、やったことないけど、現代日本で流行ってた「推し活」のよう。

雪には、そこまで「推し」の人がいなかったので、勝手がわからなかったが、「推しの為なら頑張れる！　残業代稼いで推しに貢ぐ！」と気炎をあげてた派遣社員の綺麗な女の子たちが、とっても楽しそうで羨ましかった。

いいなあ。その人の為なら、頑張れる！　くらい好きな人がいて、と思ってた。

フェリス様は「推し」にするには、容姿と言い、人品骨柄といい、申し分ない御方だ。

レティシア（春乃雪）、人生二回目にして、やっと「推し」ができたかも知れない。

花嫁の授業と薔薇の御茶

「レティシア様。ディアナの御辞儀はこうですわ」

「僭越ながら、セドリック夫人。フェリス様の正妃となられるレティシア様が膝を折る必要がある方は、この国にそう何人もいらっしゃいません」

「レイ……、どうどう」

「え？」

「レティシア様、何か仰いましたか？」

お出かけになるフェリス様の名代として残されたレイが、小さいレティシアの隣に控えていて、やってきた家庭教師の伯爵夫人を地獄の番犬なみに牽制しまくっている。

有難いのだが、思わず、待て待て、と言いたくなる。

これでは家庭教師の方もさぞやり辛かろう。

「何でもありません。……これでおかしくありませんか、伯爵夫人？」

レティシアは、ドレスに指をふんわり乗せて、彼女にいま教わった通りのお辞儀をした。

「ええ。とても美しゅうございます」

「よかった」

基本的に、優等生体質のレティシア（雪）は、物事を習うのは得意である。

「いま、この方が仰られた様に、王弟殿下の正妃となられるレティシア様が膝を折る必要のある方はそうありません。レティシア様より高位な方は、王太后様、国王陛下、王妃様、の御三方くらいです。国王陛下と王妃様は穏やかな方です。この御三方のなかで、少々、物事にうるさくていらっしゃるのは、フェリス様の義母上でもいらっしゃる……」

「王太后様ですか？」

うーん。レティシアとフェリス様の婚約に乗り気だったのは、王太后様とお聞きしたような気がするんだけど……。

結婚の話を進めてくれたはずの王太后様なのに、その方に苛められたりするんだろうか。

まあでも、サリア王家の誰かとの縁談を奨めたかっただけで、べつにレティシア本人がお気に入りというわけではないか……。

「王太后様は、若くして夭折されたフェリス様の母上の代わりに、フェリス様をとても気にかけていらっしゃるのですが、……そのう、何と申しましょうか、あふれる愛情のあまり、フェリス様に厳しくあたられることも見受けられますので、レティシア様におかれましては、ぜひご油断なく……あ、いえ」

喋り過ぎか？　と案ずるように、セドリック伯爵夫人は扇で顔を隠す。

なるほど、こういう風に使うのか。このやたら華美な羽根扇は、意外と実用的なのね。

「そうなのですね、先生」

超、要注意人物。王太后。警告アラートつきで、メモ。

では、その王太后様が、フェリス様をどこか厭世的にさせてる人なのかしら？

「先生のお話、とても助かります。私、ディアナのことは何もわからなくて」

「そうですね。それは当然です。姫はこちらに、いらしたばかりですもの。それにとてもお若いんですから」

「レティシア様。そろそろ休憩をいれられてはいかがでしょう？　薔薇水と薔薇のお菓子をお持ちします」

まずまず与しやすし、と見たのか、地獄の番犬レイが態度を軟化させている。

「そうですね。薔薇のお菓子を頂きながら、先生にディアナのお話を教わりましょう」

「まあ素敵。シュヴァリエ家の薔薇水は有名ですものね。なかなか手には入らないと、皆が憧れております」

セドリック夫人が、本当に嬉しそうに目をキラキラさせている。

そういうことも、これから、たくさん教えて欲しいな。

なんと。薔薇水、美味しいと思ってたら、フェリス様の御領地の名産だったのか。

「美しいですね。他の宮で花が枯れる冬も、王弟殿下の宮だけは、花が咲き誇ると言われる庭園」

テラスのテーブルで、ティーカップに手を伸ばしながら、セドリック伯爵夫人が褒めた。

よかった。礼儀作法の先生って、怖そうな先生想像してたけど、そんなことなく、普通の噂とお茶とお菓子の好きそうな御婦人だ。

「そうなのですか？　こちらの宮の庭師が優秀なのでしょうか？」

でも、確かに、ここの薔薇、とっても綺麗。綺麗っていうか、生き生きしてるっていうか。

「どうなのでしょう？　庭師は何処の宮も真面目に手入れしてると思うのですが、地上の花々も王弟殿下には甘いのでは？　と女達は噂してますが」

「伯爵夫人、フェリス様は人気がありますか？　御本人は、私は嫌われ者の変人だからって仰るんですが……」

我が人生初の心優しい推し様を、取り巻く環境が心配だ。問題があるのならば、排除したい。可憐な刺繍より、渉外担当系の方が、前職の経験が生かせそうな気がする。

「まあ、フェリス様ったら……こんな可愛い花嫁様に御心配おかけして、困った方ね」

何と答えたものか、と少し悩む様子で、夫人は扇を揺らした。

「フェリス様は、御自身が人を避けていらっしゃいますし、先ほど申し上げたように、王太后様とちょっと難しいので、氷の美貌の王弟殿下として、孤高を保ってらっしゃいますが……」

うふふ、と微笑が漏れる。

「人気があるかないかというと、本当はありますね。フェリス様には御実家の後ろ盾がないのですが、あのお貌と才気ですから、娘を嫁にやって王弟殿下の後ろ盾となりたい高位の貴族はたくさんいるんですのよ」

「え。では……」

そういう姫を妃にしたほうが、フェリス様にはよいのでは？

サリア王家の娘といっても、レティシアでは……。

「恐らく、レティシア様とのご結婚を、王太后様が強くお奨めになったのは、サリアとの縁を強固にすることと、……」

「国内での、フェリス様の力を削ぐためですか？」

ディアナの皇太子殿下は五歳。レティシアと同い年。いま、もし、国王陛下に何かあれば、皇太子殿下より、フェリス様に王位を、という声もあがるだろう。

「ええ、きっと。レティシア様は賢い御方。ここだけの内緒のお話よ？」

「はい、先生」

優雅な先生が、ここだけの話よ？　と言うことは、皆が知ってる、公然の秘密なんだろうなあ。

「レイ、薔薇のマカロンをたくさんお詰めして？　先生に可愛いお土産を御用意してね」

ああ。東京で仕事してたときも、大人気のマカロン探して、取引先に持って行ったなあ。

雪自身はおしゃれと程遠かったので、何じゃらほい、それはいったい、と思ったけど、相手先の御担当者の好物のお菓子とお聞きして、お買いものに行ったら、大人気のお店、とっても可愛かったなあ……。

いや、フェリス様が、レティシアの為に用意してくれたお部屋の方が、もっと可愛いけども。

「レティシア様って、小さいのに、とってもしっかりしてらっしゃるのね。案外、フェリス様とお話があうのかも」

「私が何もわからなくて、フェリス様にご迷惑かけたくないので、いろいろ教えてください、先生」

何と、レティシアとの結婚自体、フェリスの力を弱らせる為とは。

まあまあ性格悪いんじゃないのかしら、王太后様……。

なのに。

（こんな老けた結婚相手で、ごめんね）

て、レティシアの心配ばかりしてくれた、うちの優しい王弟殿下。

（私が必ず守るから）

と言ってくれた。

「うちの推し様、ちょっとお人好しすぎなのでは……」

「え？　レティシア様？　何か仰った？」

「いいえ。何でもありません。マカロン、美味しいなーって」

「ああ、本当ね。なんて上品な甘さでしょう……」

　この薔薇のマカロンにかけて誓うわ。冷たい見かけによらず、お人好しの王弟殿下を、私が必ずお守りするって。

「国民にフェリス様が大人気なのも、王太后様の気が晴れぬ理由なのだとは思うのですが」

「国民に？」

「ええ。何と言ってもフェリス様は、創始の竜王レーヴェ様にそっくりなあの美貌でしょう？　何か式典があると、正式礼装でフェリス様がお出になるのですが、それはもう王家の誰よりも声援が凄くて」

「まあ」

　フェリス様の正式礼装。

　それは見たい、レティシアも、ぜひに。

　さぞや、神話のように、美しい御姿だろう。

「民は、いまの国王様の治世に不満があるわけではなくて、ただ大好きなレーヴェ様の再来のようなフェリス様のお姿が嬉しいだけなのだけれど、まあ神君の再来とはやし立てられると、ねぇ……」

「誰かが、無邪気に、フェリス様を慕う声が、逆にフェリス様を不自由にするなんて……」

それでは、フェリス様もやりようがない。

（これ以上嫌われないよう、できるだけ、目立たぬように生きているのだけどね）

そんな十七歳男子、どうなの。普通ならクラスで何とか目立ちたいと、スポーツや成績で他人の注目集めようと、頑張る年代の男の子なのに。

（まあ、そもそも、あいつは処世術が下手なんだよ。幾ら何でも、もうちょっとうまくやればいいのに。性格は全然似てないのに、顔だけオレに似て派手だから、可哀想すぎるな）

「え？」

オレって誰？

オレに似てる、って誰が？　フェリス様の話？

レティシアは思わずきょろきょろしてしまう。

いま、ゲームのイケメンヴォイスみたいな凄くいい声が、何か言った？

「レティシア様？」

「姫様？」

「あ。あの、今朝見た回廊のタペストリー……竜王陛下が……フェリス様に似て……素敵だったなって……」

あ、ティーカップ持ったまま、きょときょとしてしまった。

こ、この御茶席での不作法を、誤魔化さねば。

それにしても、いまの何？　幻聴？

「レティシア様、こちらにいらしたばかりで、きっと、国内はまだそんなにご覧になってらっしゃらないわね？」

「はい」

「我が国は何処に行っても、竜王陛下の絵姿だらけですよ。ディアナの国民は、生まれてから死ぬまで、レーヴェ様が大好き。竜王陛下の威信によって、ディアナ王家の統治が保たれているのです。現代も、レーヴェ様の絵姿だけ描いて、食べてる画家がたくさんいますよ」

そう語る伯爵夫人も、竜王陛下への信仰は篤いのか、創始の君を語る声が何だか愛しげだ。

「そんなに人気なのですか？　フェリス様に、似てますね、って申し上げたら、僕はこんなに我儘じゃないよ、って竜王陛下の絵姿を見上げて……」

「そうですねぇ。竜王陛下はやんちゃな武神でいらっしゃるので、確かに、穏やかなフェリス様は、神話の君のように自由奔放ではいらっしゃいませんね」

竜王陛下。いまでも大人気すぎて、似てるフェリス様が困ってるぐらいですよ。どうか、神通力で、何とかしてあげてください。

うーん。

じゃあ、現在のディアナの国王陛下って、どんな方なんだろう？

レティシアにはこれから義兄になる方だけど……。

この感じだと、ちょっと存在感薄めの方（王太后様に怒られる）なのかなあ……。

竜王陛下の血を継ぐ人々

「フェリス。サリアからレティシア姫が到着したと聞いた」

現ディアナ国王マリウスは、御年二十七歳。

王太后からは何かと風当りの強いフェリスだが、兄との仲はそんなには悪くない。

というか、おっとりな兄君は、フェリス贔屓で、何かと、義母上の監視を逃れては、自慢の弟を呼び出したがる。その御心が有難いやら、困るやら、なのだ。

「はい。陛下」

「そなたには少し若すぎる姫君だと思うが……」

もっと似合いの年頃の姫を選んでやりたかったのに、国の為にすまぬ、と以前にも言われた。

フェリス自身は、十七歳になるというのに、それまで、結婚とか、恋とか、考えたこともなかった。

フェリスは、それこそ「まるで神代の竜王陛下の生まれ変わりのような」美貌と称えられて、物心つく頃には、いろんな方面から注目を浴びるようになった。

だけど、何も感じたことがない。

（残念な話だ……）

凄く綺麗な娘にも、艶めいた御婦人にも、何なら誘いをかけてくる男性にも。

誰にも、何も、感じたことがない。

どんな美しい娘にも心を動かさない、『氷の美貌の王弟殿下』は、そういう意味では当たっている。

『愛しいアリシアの為に、この国を守る』をその通りに有言実行して、いまだにディアナのすべての女性の心に君臨するレーヴェ竜王陛下とは、その一番大事なところがちっとも似ていない、とフェリスは我ながら残念に思っていた。

でも、あの子……。

「レティシア姫は、とても可愛いらしい方ですよ。私にはもったいない程に」

孤独な瞳をしていた。

何にも期待していないような瞳で、フェリスを見上げていた。

自分に似てる、と思った。

秘密めいていて、いろいろと魂の具合が不安定で、何か達観したような瞳が。

「そ、そうか？　気が合いそうか？」

兄上は気の弱い、そして、気の優しい方だ。

昔から、義母上に恐れをなしつつ、こっそりフェリスをかまっていた。

フェリス自身もそうだが、なんであの竜王陛下の子孫でこうなるんだろう？　向かうところ敵あらず的な強気の竜の遺伝子は、長い年月であちこち散逸してるんだろうか？　と疑問に思うくらい、いわゆるごく普通のとても人の子らしい男性だ。

「はい。年齢が離れているので、何を話せばいいのか案じておりましたが、とても聡明な方で、話していて楽しいです」

五歳であの会話は、たぶん、聡明とかのレベルではないと思うけれど。

でも、あの子にも秘密があっても、それはお互い様というか……。

そのくらいのほうがフェリスはむしろ気が楽だ。

「おお、そうか。余もそれを聞いて、大変嬉しい。余は、フェリスに幸せであってほしい」

「身に余るご厚情、大変有難く思います、陛下」

フェリスは、玉座の兄に向けて、騎士の礼をとった。その姿は、周囲に控える者たちが、溜息を零すほどに美しかった。


陛下のもとを辞して、王宮を歩いていると本体の竜の姿を背後に、剣を手にした竜王陛下の絵姿の前を通りかかる。

ディアナ人は、創始の竜王陛下の絵や銅像を飾るのが大好きなので、王宮内も、街も、至るところに竜王陛下だらけだ。

(本当にもう……、何処にでも、飾られすぎですよ)

おかげで、フェリスは何処でも、自分と似たような顔の神話の人に出逢う。

なかなかの災難である。

昔々、竜王陛下本人が生きてた頃は、

「いらんいらん。似てない絵姿も銅像も何もいらん。オレ本人がここにいるんだから、そんなこそばゆいものはいらんだろう」

と陛下が明るく笑い飛ばして、何も作らせて貰えなかったそうだ。

しかし、竜王陛下が天に帰って久しく、寂しがったディアナの人々は、愛しの神を恋うて、似姿を作りまくった。

もちろんディアナ人にも、ちゃんと、言い分がある。

魔や闇が集いそうな場所に、尊い竜王陛下の御姿を飾れば、きっと竜王陛下が守って下さる。

天上の竜王陛下がお忙しくても、その似姿にすら小さい魔物なら怯えて逃げるだろう、という護符替わり的な存在理由もある。

それは確かに、まあ遠からずというかいろいろと護符として、機能してもいるのだが……。

（マリウスはまた老けてなかったか？　おまえの結婚で、なんで、あいつが老けこむんだろうな？）

「また私を守れなかった、と兄上らしく密かに気を揉んで下さったのかもしれません」

話しかけてくる絵姿の竜王陛下に、フェリスは答える。

「レーヴェ。兄上のことより、今朝、レティシアに何か構ってませんでしたか？」

（ん？　何もしてないぞ）

いつにない、この即答ぶり。

とても怪しい。

「僕の花嫁に、悪戯しないで下さいよ」

不安だ。

果てしなく。

（悪戯なんぞしないが、あのちびちゃん、自分で気づいてないみたいだが潜在魔力がひどく高いんだろう。オレの声を、意識してる訳じゃないのに拾ってる）

やっぱり！

レティシア、きっと、違和感に気づいてた。

タペストリーの前で、きょときょとしてたから。

「そもそも喋りかけちゃダメですって」

悪戯っ子なご先祖の竜王陛下を諫めつつ、じんわり静かに、フェリスのなかに喜びが湧いてくる。

ああ、やっぱり。

あの子には、レーヴェの声が聞こえるんだ。

僕と同じように。

僕と同じように！

（おまえ、意地悪だな。フェリスの嫁だぞ。新しいうちの家族だぞ。そりゃ、構いたくなるだろう）

「いや、そんなお父さん根性で、僕のお嫁さんにちょっかい出してないで、兄上の国政の悩みでも聞いてあげて下さい」

（無理だなー。マリウスは、びっくりするほど、鈍いんだ。あれじゃ、悩んでても、何の啓示も与えてやりようがない。歴代ディアナ王の中でも、あそこまで、オレの気配を感じない奴はなかなか

おらん）

「そうですか……」

フェリスは美しい貌で、残念そうに溜息をつく。

たぶん、義母上にバレたら、殺される。

何故、マリウスじゃなくて、おまえが神の声を聴いてるの！　何故おまえが！　と。

（あの小さかったフェリスも、立派になって、もう嫁が来るようになったんだなー）

「レーヴェ。僕と同じ貌で、年寄りぶるのはやめて下さい」

（おまえより、年食ってるのは間違いないぞ？）

それはまあ確かに。何といっても、フェリス達のご先祖なんだから。

「フェリス様？　王弟殿下？　こちらにおいでですか？」

「ああ、ここに」

誰かに呼ばれて、フェリスは答える。

「どなたかいらっしゃいました？」

「いや？　私一人だよ」

フェリスは、話しかけてきた貴婦人に答える。壁の絵の中の竜王陛下は、現世の人とお喋りなどする筈もなく、神話の英雄らしく雄々しく大剣を構えていた。

えーと。誰だったかな。この御婦人は。

フェリスは無表情のまま、呼びかけられた貴族の御婦人に応じる。

いつも影のように付き従ってくれるレイを宮においてくると、こんなとき不便だ。

とはいえ、レティシアを一人にするのも心配で、最も信頼しているレイに任せてきた。

（おかしな教師が来たら、撃退するように）

フェリスも多くの家庭教師をつけられたが、博識で、学ぶということの楽しさを教えてくれる者もいれば、ただもう苦痛で無駄としか思えない時間もあった。

後年想うに、あれは学習の内容より、教師と波長があうかどうかが大きく影響してると思う。

「フェリス王弟殿下、サリアからの麗しの花嫁ご到着とのこと。おめでとうございます」

「ああ、ありがとう」

御婦人の好奇心に満ちた猫のような瞳が、フェリスを見上げている。

その昔、小さかった子供の頃は、後ろ盾のない王宮の孤児に向けられる、こういう貴族の好奇や冷やかしの眼が、本当に苦手だった。

でも、いまは、昔より大人になった。

無遠慮で無神経な貴族たちに、上から見下ろされる機会も減った。

フェリス自身の背が伸びて、フェリスの視線の方が、上にある。

これだけでも、心理的にだいぶ違う。

「サリアの姫様は、こちらに不慣れでございましょうから、どうか、妃殿下の数あるお話相手の一人として、私共にもお声かけ下さいませ」

なるほど。そんなリクルートもあるのか……。

「ご親切に。妻がディアナに慣れるように、御力をお借りすることもあるかも知れません」

うちの宮は、僕しかいないから、貴婦人のことはさっぱりだからなあ……。

「フェリス様。ディアナで当節流行りのドレスでしたら、シャルル伯爵夫人にご相談なさるのがよろしいですわよ」

「当節流行りのドレス。そうですね、レティシアは、目下、レーヴェの話に興味津々のようですが」

ああ。こんなこと言ってたら、レーヴェが喜びそうで嫌だ。

「竜王陛下のお話に？　まあ。お小さいのに、勉強熱心な方なのですね」

そうかも。図書宮の鍵のプレゼント、よほど嬉しかったのか、今朝、凄く凄く力を込めて御礼言われたし……。

「レティシア様は、幸運なお姫様ですね。こんな美しい、優しい殿方と御縁を結ぶことができて。王弟殿下に憧れるディアナ中の娘たちが羨ましがりますよ」

「どうでしょう。ずいぶん歳が離れてますから、私との暮らしが苦痛にならぬよう、配慮してあげたいと思っています」

「まあ、フェリス様。十二歳なんて、ほんの、ひとまわりです。そんなに違いませんわ」

いや？　そこは、だいぶ違うと思うぞ？

「私なら国同士の為の婚姻で、こんな素敵な婿君と出会えたら、きっと毎日レーヴェ様に深い感謝の祈りを欠かしませんわ」

「慣れないところで、寂しい思いをしないといいのですが……」

結局、あまりこの御婦人の話に内容はないようなんだが、ここは新婚の身として、結婚を祝ってもらってることを穏やかに喜んでおかないと、王弟殿下は結婚がご不満で御不快そうだった、レティシア姫の話をするのさえ嫌そうだった、などと自由に創作されても困る、とフェリスはお相手をしていた。

それにしても確かに、レティシアが御婦人方の会などで、気まずい思いをしないように、流行りのドレスなどもちょっと気にかけてあげないと、だな……。

午前中、礼儀作法の授業を受けて、先生が帰られてからランチ。先生とお茶しながら、お菓子も摘まんだんだけど、ランチの春野菜のパスタもとっても美味しかった。

菜の花とアスパラとお肉の入ったクリームパスタを、薔薇の咲くテラスで給仕してもらって、一人で食べながら、レティシアは、フェリス様は何を食べてらっしゃるかな？　と考えていた。

「推し活っぽい……」

「レティシア様、何か仰いました？」

「ううん。何でもない」

レティシアは小さく上品に首を振った。上品に心がけただけで、出来ているかどうかだいぶ謎だけど。

昨日から接していると、フェリス様の仕草があまりにも優雅なので、少しは真似よう……と密かに思って、ちいさく真似してみる。

そもそも素材が違うから、無理があるとは思うのだけど、人の子の身として、努力は大事。

「何をしてるときも、推し、どうしてるかなあ、推しならこんなときどうするかなあ、って思うの」

昔、推しの為にバイトしてる、と言ってた女の子がそう言っていた。その子はとってもよく働く気の付く子で、同じシフトにその子が入ってると、ほっとしたものだった。

「毎日、推しがこの世に生きてるってだけで、もう人生、本当に幸せ！」

なんだか凄いパワーだ、羨ましい、と思ったものだ。

まだまだ、推し活初心者のレティシアは、その高みまでは至れてないが、

（フェリス様はランチ、何を食べてらっしゃるんだろう？）

と、不意にそんな思考がふんわり浮かんできて、驚いた。

これこそが、まさに、推し活というものなのでは？

ディアナに輿入れが決まって、何か月も前から、準備に入った。

でも、絵姿も送られてこなかったので「変わり者」「変人」「冷や飯食いの王弟」「氷のように冷たい男らしい」との悪い噂ばかり伝わってきて、正直、まだ見ぬ婚約者に怯えこそすれ、何の期待もしていなかった。

「いくら噂にしても、もう少し、真実を伝えるべきでは」

レティシアは、だんだん腹が立ってきた。

勝手に怯えていた旅の前の自分はおいといて、罪もないフェリス殿下の名誉が汚され過ぎてる。

美しくて優しい方なのに。

「何の噂ですか、レティシア様」

「王弟殿下の噂です。変わった方だとか冷たい方だとか、あまり真実を伝えてない気がします」

「変わった方なのと、そんなに誰にでも優しい方でもないのは、真実ですよ。殿下は、レティシア様を気に入られたので、レティシア様には特別にお優しいですが」

フェリスの影のようなレイが、あっさり認めている。

そこは認めないで、フェリス様の名誉の為に、一緒に怒って欲しい。

大事な、フェリス様の推し仲間として。

（勝手に心で、推し仲間として認定中）

「それは……、殿下はきっと、はるばる遠くから来た子供を気の毒に思って下さって……」

そういう殿下の自然な優しさを、世の人にもちゃんと伝えたい。

だって悲惨ルートなら、こんな子供、用はない、何処かに捨て置け、って邪険にされるパターンもありだったと思うの。

「それも真実ですが、いつになく楽しそうですよ、レティシア様を気遣うフェリス様は」

そうなのかなあ。でも、そうだったら嬉しいなあ。

レティシアも、フェリス様のこと考えてると、何だか、とても楽しいので。

「ディアナというのは、フローレンス大陸の右側に位置する国だ。その昔は、哀れな、みすぼらしい、呪われた大地と言われていたのだよ」

午後からの先生は、立派な白髭を蓄えたロマンスグレーだった。優雅なお辞儀の仕方や歩き方を教わった午前中と違い、机に座っての座学である。

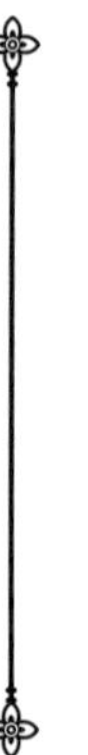

「いまの姿からは、想像できません」

レティシアが知っているのは、祝福された王国、大陸でもっとも豊かな国、誰もが憧れる竜の神に守られたディアナだ。

「そうだねぇ。痩せた荒れ地で、泥だらけで戦っていたアリシア姫を、レーヴェ竜王陛下が助けてから、この世界はディアナに優しくなった。戦に負けることはなくなり、ディアナの農地は豊かになり、商業も栄えるようになった。よその国から見下されることもなくなり、ディアナの民はやがて失っていた自信を持つようになった。愛や喜びや誇り、挑んだことに失敗しても何度でも挫けず立ち上がる強さ、それまで夢にさえ見られなかった、いろんなものをレーヴェ様は、貧しかったディアナの民に与えて下さった。ディアナには竜王陛下の絵姿や銅像がとても多いのだが……」

「はい。街中に竜王陛下が溢れていると、お聞きしました」

もう少し慣れたら、ディアナの街に行ってみたいなあ。

「あれは、栄えてのち、どんなに時を経ても、ディアナの民は、竜王陛下への感謝を忘れない証なのだよ。この世界でたった一人、レーヴェ竜王陛下が情けをかけて、辛抱強く支えて下さるまで、この地はよそから見向きもされない貧しい国だったのだ」

「竜王陛下は、アリシア妃をとても愛していらしたとお聞きしました」

そおかあ。

竜王陛下、何もお美しいから、絵姿が愛されてる訳じゃないんだね。

貧しかったディアナを裕福にしてくれた、建国の大恩人なんだね。

「そう。隣に私がついていないと、この姫は本当に無茶苦茶をするから、と笑ってね。ディアナの娘たちは、みな、いつか、レーヴェ竜王陛下のような、愛情深い夫と連れ添いたいと思って大きくなるのだよ。アリシア妃はとくだん絶世の美姫ではないので、それもまた多くの少女たちの希望の星であり続けるね」

「せ、先生……」

真面目な顔して、何を言ってるんですか。確かに、タペストリーで拝見したアリシア妃は、可愛らしい自然な感じの方で、神をも惑わす美姫！　という描かれ方ではなかったけど……。

「午後の授業は眠くないかい、レティシア姫」

「いえ、全然。お話楽しいです」

竜王陛下のお話も楽しいし、昨日、久しぶりに、とってもよく眠れたのだ。

きっとあのフェリス様の贈り物の、くまのぬいぐるみと、図書宮の鍵のおかげ！

ああ、いつ、図書宮行けるかなー。しばらく忙しいのかな？

でもあの鍵を貰ってるだけで、果てしない安心感！

「私の講義を眠たがらずに聞いてくれるなんて、小さい頃の王弟殿下を思い出すよ」

「先生は、小さいころのフェリス様も教えてらしたのですか？」

小さいフェリス様！　可愛かったろうな～！

「王弟殿下は私の教えたなかで、一番、聡明な生徒でね」

さすが、我が推し！

レティシアが目を輝かせて食いつくと、先生も愛しげに自慢の生徒の話をしてくれた。

「凄まじい速さで、知識を吸収する子供でね。学び、思考し、他の者とは違ったことに対して疑問を持つ。私には大変可愛い生徒だったが、優秀すぎて、生半可な教師だと、すぐに殿下の学びの歩みについていけなくなってしまう。姫ぐらいの御歳の頃に、持てる力を持て余して、途方に暮れてらしたよ」

「途方に？」

「ランス、僕は質問をしすぎか？　先日、数学の教師が僕の授業のあと、倒れたと言うのだ。僕は僕のささやかな疑問を解き明かしたいとは思っているが、何も人を病気にしたいとは思っていない。僕はランスの授業がいちばん楽しくて、いちばん楽だ。他の者だと、他愛ないことを尋ねたつもりで、ひどく教師を困らせてしまうんだ。僕は誰かを困らせたいわけじゃないのに。いったい、あたりまえの五歳の王子とは、どんな振る舞いをするものなんだ？　何故、そんなに僕は人と違うんだ？」

「か、可愛い……」

可愛いけど、可哀想。

早熟すぎる天才少年の悲劇と言うか。

フェリス様、自分が天才少年で周りにあわせるのに苦労したから、雪の入ってるレティシアが、子供らしくない振る舞いしても、変に思わないでいてくれるのかなあ。

「じゃろう？　いろんな才能のある方で、それなのに、誰かを脅かしたりせぬ、可愛い王弟でいなければ、と子供の頃から気苦労が多くてね。いまは随分大人になられて、いろんなものを隠すのもすっかり上手になってしまわれましたが、私はあの頃の、この世界に対する興味を隠せない不器用な殿下のまま、育ててあげたかった」

「フェリス様は、ランス伯の自慢の弟子なのですね」

「いやいや、そんな恐れおおい」

可愛いなあ、ちっちゃいフェリス様。

逢いたいなー。

もう大きくなってるから、逢えないいんだけど。

（どうして、僕は）

「あの鍵……」

図書宮の黄金の鍵。

あの鍵をくれたのは、どうして僕は人と違うんだ？　と途方に暮れてたちいさな男の子なんだ。それは、生まれた時から万能に見える美貌の王弟殿下に頂いたよりも、もっと愛しいような……。

「鍵？」

「私が、本が好きだと言ったら、フェリス様が図書宮の鍵を下さったんです。私、国許では、本ばかり読んでる小さな女の子はおかしい、と言われて居心地が悪かったので、とてもとても嬉しかったです」

たくさん本を読んでもいい。

ちいさな女の子が、難しい本を読みたがっても変じゃない。

初めて認めて貰えた気がして。

「それは、同族への贈り物だね。私も本好きだからその贈り物は宝石より嬉しいね」

「ですよね、先生！」

先生、フェリス様の推し仲間に勝手に心で認定致しますね！

「フェリス様と、タペストリーに描かれた竜王陛下が似てるのに、私がとても驚いてたら、フェリス様、僕はこんなに我儘じゃないよ、と笑っておいででした」

「フェリス様は成長するに従って、竜王陛下にどんどん似てこられたからね。そう言われることが増えて、王弟殿下御本人も戸惑って、レーヴェは神で、僕は地べたを這う、哀れな人の子だ。似てる筈なんかないのにな、とやさぐれていたよ」

「フェリス様のほうが少し愁いを帯びてらして、竜王陛下のほうが、なんだか明るい方なのかなと……」

朝見たタペストリーでも。

レーヴェ様、血塗れの戦場のなかにいても、へこたれないで、笑顔を見せるような神様だったんだなーと。

「この世の誰も、レーヴェ様を制限できないからね。昔々、レーヴェ様を神殿に捕らえて、その力を得ようとした他国の者もいたそうだけど、篭められた神殿ごと破壊するような御方だから」

「神様を生け捕り……大胆にして、無礼過ぎる」

ぽかん、とレティシアは口を開けた。

「全くね。昔も今も、人間というのはこの世界の中で小さな存在なのに、神を敬わずただ神の名と、神の力のみを利用しようという悪しき者もいる。神の力というのは、人が使役するようなものではない」

「ディアナの方は、レーヴェ様を尊敬しながらも、とても愛してらして、微笑ましいです」

普段、ちっとも信仰のあつくなかった、日本人の雪も、車にひかれるときは、神様……！　って思った。

生まれ変わって、レティシアになってる！　と気づいた時も、神様どうして？　と思った。

それは、レーヴェ様やサリアの女神様みたいに、ちゃんと貌のある神様じゃないんだけど。

漠然と、名前も顔も知らない神様を呼んでしまうのは、人の何か本能的なものなのかなー。

「でも、神様に似てるって言われるのは、確かに大変そう……」

まして、レーヴェ様みたいに、こんなに現役で、愛されまくってる神様だと……。

「ディアナの神の代理人は国王陛下なのだよ」

「そうなのですか？」

神の代理人。

ということは、この場合は、レーヴェ様の代理人てこと？

「そう。男であれ女であれ、レーヴェ様の竜王剣を抜ける者、レーヴェ様に最も近しい御方が、ディアナの王になるのだよ」

「レーヴェ様にもっとも近しい御方が、ディアナの国王陛下」

レティシアは、ランス先生の言葉を繰り返してみる。

そういう風習の国で、やたらレーヴェ様に似たフェリス様が、お兄様の国王陛下にお仕えしてたら、何だか、ちょっと、変な絵面に見えるかも……？

顔が悪いから虐められるのかも、と笑ってたフェリス様の言葉が、違った意味で、現実感ありすぎる……。

「……のせいで」

「ん？　何だね、レティシア姫」

「この顔のせいで、人に嫌われて困る、って笑っておいででした。昨日、初顔合わせのとき」

あれは、嘘ではなかったんだ。

レティシアを笑わせようとしてたんではなくて、あの綺麗な人は、本当のことを言ってたんだ。

神話の神様みたいに美しいのに、孤独な影の見える婚約者様。

何でだろう？

不思議。

本物の神様の竜王陛下のほうが、フェリス様より、よほど人懐っこそうに見える。

まあでも、描いたのは、後世の画家だろうから、現実の竜王陛下というよりは、多くは、人々の幻想の中の竜王陛下なのだろうけれど……。

「好かれすぎて困る、と言って過言ではないと思うが」

先生は悪戯っぽく笑った。

妙に安心。フェリス様の子供の頃からの先生がよさそうな人で。

「王弟殿下は、人あしらいが苦手でいらっしゃるから、過剰に好かれるのも嫌われるのも、どちらもうまく扱いかねて、困惑なのだと思うよ」

あれ……？　そう言えば、今朝、誰かが……

（性格は全然似てないのに、顔だけオレに似て派手だから、可哀想すぎるな）

って言ってた……。

あれ、何だったんだろう？

う、うん？

フェリス様が似てるのって、竜王陛下……？

「天性の人たらしの竜王陛下に御気性も似てらしたら、フェリス様ももう少し、楽なのだろうけどねぇ」

「きっと……、もう少し、フェリス様が我儘を言うべき！　ということですね」

「我儘を？」

なんだか、ランス先生が、白い御髭をぴくぴくさせている。

ん？　先生？　もしかして、笑いを堪えてる？　へ、変なこと言ってるかな、私？

「フェリス様、きっと、いろいろ気を遣ってご遠慮しすぎで……竜王陛下のように我儘に、己の望みに正直であるべし！　ということかなあと……」

幻聴もそう言ったし。もう少しうまくやればいいんだ、って言ってた。

「そ、そうだね、姫」

「な、なんで涙ぐんでるんですか、先生。違ってました？」

先生、泣くほど笑うってどういうこと？　そんなにはずした？

「いや、違ってない。レティシア姫は正しい。王弟殿下はもっと我儘を言っていい」

「先生ー、賛成なのに、なんで笑うんですかー」

「いや、おかしいやら、可愛らしいやら。こんなに小さな人が、まっすぐに一番正しいことを言うんだな、と」

小さくはないんですよ、本当は。中身は、見かけよりもちょっと老けてるんですよ。

「失礼ながら遠方よりいらした姫の幼さを、私は少しばかり案じておりましたが、何の何の、王弟殿下のところへよき方がお嫁に来てくれました」

「は、はあ……」

めちゃくちゃ笑われたけど、喜んでくれてるみたい。それは何より。

ごめんね、先生。大事な愛弟子の花嫁、小さいうえに、中身がちょっと怪しい姫様ですけど。

「レティシア姫の明るさや、清らかさが、末永く王弟殿下を守ってくださいますように」

何故か、ランス伯から、膝をついて正式な騎士の礼を頂いてしまい、慌ててレティシアは居住まいを正す。

「こちらこそ。王弟殿下の敬愛するランス先生が、ずっとフェリス様と未熟なこの我が身を導いて下さいますように」

レティシアは、今朝習ったばかりのディアナ風の所作で、ランス伯爵に祝福を与えた。


「お帰りなさいませ、フェリス様」

「ああ、レイ。レティシアの様子は？　学問は、どうだった？」

随分と、あちこちで、祝いを述べる人々に捕まって、戻ってくるのが遅くなってしまった。

ここで邪険にして、レティシアの評判を落とす訳にもいかん、といつになく愛想笑いを顔に張り付け続けたので、フェリスは著しく顔面が疲労した。

「滞りなく。午前中はセドリック伯爵夫人がマナーの講義に、午後はランス伯がディアナの歴史の講義にいらっしゃいました」

「ランスが来てたのか。それは、僕も講義を聞きたかったな」

子供の頃、いくつも受けていた授業の中で、ランスの授業が一番好きだった。彼の語り口が好きだったし、彼だけはフェリスの「先生、それは何故？」の質問に、嫌な顔一つしなかった。知ってることなら教えてくれたし、知らないことならフェリスと一緒に考えてくれた。

ランスは、昔から決まっていることに、子供は疑問を持ってはいけない、という顔をしなかった。

「レティシア様も、フェリス様のように、ランス伯と気が合われたらしくて、遅くまで楽しそうに講義を受けてらっしゃいましたよ」

「うん。それはきっとそうだろうな」

レティシアも、ちいさな姿と魂があってない様子だから、ランスの講義は、幼いころのフェリスと同じように居心地がいい筈だ。

本ばかり読んでいる小さな娘はおかしいと不評で、としょんぼり語っていたうちの花嫁殿。

「セドリック伯爵夫人にはいじめられてなかったか？」

「御二人で竜王陛下とフェリス様の話をされて、お茶の時間に盛り上がってらっしゃいましたよ」

「午前中の世俗、午後の知恵、だな」

「どちらも肝要かと。どちらか一つでは、宮廷ではとても生き残れません」

レイの返事に、確かに、とフェリスも頷く。

人は、愚かさでも滅ぶけれど、賢さだけでも簡単に足を掬われる。

何処であろうと、生き残るには、雑草のような強さが必要だ。

「フェリス様！　お帰りなさいませ！」

愉快でもない思いに包まれかけていたら、庭からピンクの花びらを散らしながら、小さな弾丸が飛び込んできた。

「レ、レティシア？」

「すみません、薔薇を摘んでいいと言って頂いたので、どれにしようとたくさん悩んでたら、戻るのが遅くなってしまって」

レティシアは、フェリス帰還と聞いて、急いで戻ってきたのか、頬とお鼻が赤くなっている。

林檎のほっぺをした少女が、摘みたての薔薇を両手に抱えて、弾丸のようにフェリスめがけて走ってくる。

なんと……平和なんだろ、我が家は。

「謝らなくていいよ、何も」

兄君や、話しかけてくる貴族たちに、ずっと気を張っていたのが、いっきに解けた気がして、思わず笑ってしまった。

「髪に花びらがついてるよ、レティシア」

フェリスは指を伸ばして、レティシアの金髪から薔薇の花びらをとる。

「あ、ありがとう……ございます。……フェリス様？　何か楽しいことありました？」

「どうして？」

「とても楽しそうに見えます」

「そうかな。帰ってきて、ほっとしたからじゃないかな」

生まれた時から、フェリスは、この広い宮殿に住んでいるものの、自分には帰る場所なんて何処にもない、と思っていたのだけれど。

なんでだろう？

昨日会ったばかりの、ちいさなレティシアの顔を見て、家に帰って来たような気持ちになるのは、どういう心の動きなんだろう？

不可解すぎて、おもしろい。

「お勉強はどうだった、レティシア？」

「とても楽しかったです！　ディアナの歴史や、現在のことなど、いろいろ教えて頂きました！」

白い頬に赤みがさしているレティシアを、少し安心して、フェリスは見下ろす。

よかった。レティシア、本当に楽しかったみたいだ。

「教師たちの講義は、退屈ではなかった？」

「少しも！　先生方、お話がお上手なので」

昨日初めて逢ったレティシアは、紙のように青ざめた顔色をしていた。

怯えた瞳でフェリスを見上げ、かすかに震える声で、

（王弟殿下におかれましては、ご機嫌うるわしう……）

と言ったのだ。

蒼白の少女の顔を見下ろしながら、フェリスは、哀れな姫君をさらう伝説の魔物とは、こんな気分だろうかと思っていた。

ずいぶんな役回りだ。

十七歳の若さで、少女をさらう悪逆の魔物公爵役とは。

いったい、僕が前世でどんな悪業を……？　と空を仰ぎたくなった。

ディアナの守護神レーヴェの生まれ変わりにしろ、悪逆の魔物にしろ、どちらにしてもフェリスでは力不足だと思うのだが。

もっとも、怯えていたのはレティシアだけでなく、フェリス自身もだったから、レティシアの気持ちはよくわかった。

フェリスだとて、見知らぬ姫君を警戒していた。

兄君はまだしも、義母上に鬼のように憎まれている前科からいって、フェリスが花嫁にも鬼のように嫌われるという不幸な未来もないとは言えない。

それはできたら、避けたい。

政略結婚で出逢った姫と、逢った瞬間に恋に落ちるような奇跡は全く期待してなかったので。

（それこそ自分がレーヴェのような男なら、そんな奇跡もあるのかも知れないが。顔はともかく、フェリスはあんな性格では全くない）

せめて平和的に、できれば友好的に、妃となる者とつきあいたい、と考えていた。

妃となる娘が、薔薇を抱えて嬉しそうに走ってフェリスを迎えに来てくれるなんて、そんな未来は予想してなかったので、現段階でかなり幸せな状況といっていい。

「ランスが来ていたのだって？」

「はい」

「僕も子供の頃、彼に教わっていたんだよ」

「はい。ランス先生に、伺いました。幼いころのフェリス様のお話を……」

「おやおや。僕の悪口言ってなかった？」

「フェリス様はとても賢い生徒だったと、ランス先生は褒めていらっしゃいました。フェリス様が聡明すぎて、先生たちが追いつけないほどだったと……」

「ただ、手のかかる子供だっただけだよ」

「いえ！　そんなことはないです！」

ほろ苦い幼い思い出を誤魔化そうとしたら、何故か厳しく咎められた。

「私とランス先生は、フェリス様は他人の手を煩わせることを気にしすぎる、フェリス様はもっと我儘になられるべきだ！　という結論に達しました」

「……？？？」

何がどうなってそうなったんだ？　とフェリスは首を傾げ、答が聞けるだろうかと控えるレイの顔を見てみたが、レイもただただ驚いている。

「フェリス様は竜王陛下の子孫でいらっしゃるのですから、竜王陛下のように、己の心に正直に、もっと我儘であられるべきです」

「いやそれは……どうだろう？」

ダメだ。おかしい。レティシアがたぶん、心から、フェリスを思って言ってくれてるのだろうなとは感じるのだが、何がどうなってその結論になったのかわからなすぎて、笑いが……。

「あ。フェリス様も笑ってる。ランス先生にも笑われました。どうして笑われるのでしょう？　真剣に申し上げてるのに」

「いや……レティシアの好意は……嬉しい……でも、何だか……、レティシアが……可愛すぎて……」

笑うところではないんだろうとは思うのだが、可愛いくて、おかしい。

レーヴェの気配がいまは周りにないが、たぶんこの我儘推奨宣言を聞いてたら、竜王陛下も大爆笑だ。

「そんなに泣くほど笑ってらして、可愛いと言われても、まったく信じられません」

ぷくっとレティシアは頬を膨らました。

「いや、ごめん。でも、ほんとに可愛いよ……、ね、レイ」

「はい。レティシア様の天性の純真さ、お可愛らしさ、天の御使いのごとしです」

「ちっとも信ぴょう性を感じません」

拗ねるレティシアがまた可愛いらしい。

「ありがとう、レティシア。努力してみるよ」

「本当ですか、フェリス様？」

「ああ。僕の花嫁の希望だし」

「可能な限り、考慮してみてください」

我儘になれ、なんて、フェリスは生まれて初めて言われた。

我儘になる方法も皆目わからないが、何を聞いて、そんなことを考えたのだろう、このお姫様は。

朝起きたら、一晩でいつのまにか咲き誇っていた薔薇くらいには、不思議だなあ、女の子は。

「また笑われてしまった……何故」

着替えてくるから、一緒に夕食にしよう、と一頻り笑ったフェリスはレティシアに言った。

終電で仕事帰りの社畜の雪と違い、外から帰られても、少しもよれてないフェリス様は着替えなくてもいい気もするのだが……。

「ちっとも真剣には取り合って貰えなかったけど、フェリス様が楽しそうだったからいいかー、ねー、くまさん」

一度部屋に戻ったレティシアは、フェリスに貰ったくまのぬいぐるみに相槌を求める。

くまのぬいぐるみは、そうだねー、と言いたげにつぶらな瞳で応じている。

あんな顔も出来るんだ、フェリス様、ってちょっと驚いた。

凄く楽しそうに笑ってると、余計にタペストリーの竜王陛下と似てたな〜。

涙流さんばかりに笑いながら、レティシアが摘んだ薔薇をありがとうと受け取ってくれた。

「くまさん、フェリス様帰ってきてるの見たら、何だか嬉しくて飛びつきそうになっちゃった」

心底楽しく講義受けてたので、昼間、フェリス様いなくて寂しかったとかは全然ないんだけど。

何だか、あ！　フェリス様、帰って来たんだ！　嬉しい！　って。

五歳化してるのか、走って飛びつきたくなっちゃった。

いやホントに五歳なんだけども。

前世の記憶を思い出してから、ほとんど、私、雪の意識なんだけど。

さっきのは、なんだか、

（あー！　フェリス様ー！）

って、ちっちゃいレティシアが飛んで行きたがってる感じだった。

現金なレティシア。昨日まで、変人の王弟殿下に逢うの、あんなに怖がってたのに。

「浮かれてるんだな、私、たぶん……」

こちらの世界の優しかった父と母が死んでしまい、幼い身で、やっかいものみたいになってしまった。

いずれどうにかして自立するにしても、王族ってどうやって自立するんだろう……？

手に職をつけて働くって訳にもいかないのかな、修道院でも行くしかない？　と思っていたら、ディアナの王弟殿下との話が来た。

正直、婚姻の話、嬉しくなかったけど、拒める雰囲気じゃなかった。

叔父であるネイサン王は、レティシアをサリアの有力貴族と結婚させることを望まなかった。

王家の血を引く娘を、有効活用して、大国ディアナとの縁を結ぶことを望んだ。

「王家の娘である姫様が嫁ぐことで、サリアとディアナは強固な信頼関係を築けます」

「そうですか。私の婚姻で、ディアナとサリアの貿易が盛んになり、サリアの貧しい家の子が、よそに売られずにすむようになれば、嬉しいです」

もう、父様も母様もいない。

この世に、誰も、レティシアを助けてくれる人は、いないのだ。

だからせめて、毅然と頭を上げていなくては。

わかっている。

王宮の孤児に手を貸しても、現王に疎まれこそすれ、いいことなど何もないのだ。

だから誰も、お父さまやお母さまが生きてたころみたいにレティシアに優しくしない。

食べるものがない子もいる。

それを思えば、レティシアが与えられたこの運命のなかで、最善を目指すしかない。

でも、なんだか、二度目の人生、一度目の社畜よりハードになってるのでは……？　と、途方に暮れてたら、

「あなたは私に属するものになるのだから、必ず私が守るから」

神話の神様にそっくりと言われて難儀している、美貌の王子様がやってきた。

味方が一人もいない世界の中で、やっと出逢った、たった一人の味方。

「くまちゃん、一緒に優しいフェリス様が、誰にもいじめられない様にお守りしようね！」

ぎゅむーっと興奮気味のレティシアに抱きしめられて、くまのぬいぐるみは、

（いやそれはどうでしょう。僕は、姫様の優しい眠りをお守りするように、フェリス殿下から仰せつかった非武装系のくまですから……）

と困り顔をしていた。


「気に入ったと……？」

ディアナ王国、王太后マグダレーナは、不愉快そうに尋ね返した。

「はい。母上、フェリスは花嫁を大変気に入ったそうです」

穏やかに笑って、彼女の息子であり、ディアナ国王であるマリウスは言った。

「五歳の幼女の花嫁をか？　何とまあ、美貌の王弟殿下と言えども、男というものは若い娘が好きなのかえ？」

不機嫌を隠さず、マグダレーナはふんっと鼻を鳴らした。

何も悪いことをした訳でもない傍に控えていた若い女官が縮み上がる。

「若いというか、母上、まだほんの子供です。まだまだ暫くは、新しく小さな妹ができたようなものでしょうが……、賢い娘だそうで、フェリスは話をしていて楽しいそうです」

彼女の息子のマリウスは、相変わらずのお人好しだ。

いつも無駄に目立つ弟のフェリスのせいで、皆に比べられて、嫌な思いをしてきたにも拘らず、

昔から彼はずっと賢い美しい弟を愛してやまない。

何なら、最愛の母より妻よりも、あの弟を愛してるのではないか？　と疑いたいくらいだ。

母の意思には何一つ逆らわぬ気の弱いマリウスが、いつもあの弟のことだけ、彼女の意思に添わない。

今回、彼女が奨めたフェリスの婚姻についても、年齢があわない、あまりにもレティシア姫が幼すぎる、それではフェリスが可哀想だ、幸せな結婚になると思えない、と抵抗し続けていた。

いったい、なんで、フェリスに幸せになってもらいたいと思っているのか、我が息子ながらおおいに理解に苦しむ。

勝手な国民や、口さがない宮廷人が何と言っているのか、マリウスとて、知らぬわけではあるまいに。

（どうして、あんなに、竜王陛下にそっくりな、世にも神々しいフェリス様が、このディアナの国王じゃないんだろう？　ちょっくら、天の采配違いで、生まれる順番を間違えちまったんだろうねぇ。マリウス陛下は悪い方じゃあないけど、まあなんていうか凡庸な方だよなあ）

何の悪気もない、庶民たちのあいさつ代わりの軽口。

だけど、こんな忌々しい話があるだろうか。

国王の愛を奪って彼女を苦しめた美しいあの女の息子が、十七年後にはあろうことか創始の竜王陛下レーヴェ様そっくりに育って、彼女を不機嫌にし続けるのだ。

いったい何の呪いなのだ。

しかも、フェリス本人には、何の悪気もないことはわかりきってるのが、これまた余計に腹が立つ。

いっそ王家簒奪でも狙うような男なら、もっと清々しく憎めるものを。

「子供の頃から神童と言われて、教師の手に余った王弟殿下が話があうと？　それはまた、随分、賢い娘なのでしょうね」

羽扇で顔を隠しながら、温厚な息子に体裁を繕って、彼女は言った。

「そう思います。私も早くレティシア姫に会いたい」

フェリスの婚姻を案じていたマリウスは、少し安心した様子でそう言った。

「そうね。どんな姫なのでしょうね、レティシア姫」

子守りに苦労でもするがいい、国に帰りたがる少女に、散々嫌われて泣かれるがいい、とフェリスに与えたサリアからの花嫁は、いったいどんな娘なのか。

噂に聞いていた、扱いづらい、おかしなことばかり言う、得体の知れない不気味な王女、の筈ではないのか？　可愛くてフェリスと気の合う嫁なぞ、迎えたつもりはないのだが？

姫君の希望

「レティシア様、お食事の為のお召し替えを」

部屋で一人で、くまのぬいぐるみとお喋りしていたら、女官長のサキにそう言われた。

「え？　私も？」

そうか。

レティシアは出かけてないけど、やはり晩餐の為に着替えるべきなのか。

「はい。きっと、フェリス様が喜ばれますわ」

「そーかな？」

フェリス様が喜ぶかどうかはわからないけど、丁寧に作って頂いたお食事と、晩餐相手のフェリス様に礼節を欠いてはいけない。

「明日は、レティシア様のドレスの注文をしようと、フェリス様が仰っておいででした」

「ドレスはたくさん持って来たよ？」

さすがに、婚礼の荷物は作って貰えた。

レティシアへの愛情ではなく、サリアの国としての威信をかけて。

「もちろんでございます。ですが、こちらの家でも、花嫁様をお迎えした喜びとお祝いを込めて、新しい女主人の御衣裳をたくさん仕立てるのが、当然のことでございます」

「そうなの？」

でも、何と言っても、成長期なので。

あんまり、たくさん仕立てて頂いても、全部着れないうちにサイズ変わるのでは、と心配。

サリアから持って来たドレスも、そんな気持ちでぼんやり眺めていた。

お母さまと一緒に楽しく、結婚にわくわくしながら選んだ婚礼道具、とかではないので。

何というか、あまり、思い入れがない。

たくさんあったから、頑張って、サイズ変わらないうちに着なきゃ、仕立ててくれたお針子さんに申し訳ないくらいだ。

「はい。フェリス様は趣味がよくていらっしゃいますから、きっとレティシア様に似合うものを選んでくださいますよ」

「フェリス様が選んでくださるの？」

そんなことまでして下さるんだろうか。

それはだいぶ、夫というより、保護者マインド入ってるのでは……。

「今日は王宮で、お喋り好きの御婦人に、祝いの言葉とともに、貴婦人方のあいだで流行っている仕立て屋まで薦められたよ、と笑っておいででした」

「！　そうですね。私があまりおかしな恰好をして、フェリス様に恥をかかせてはいけませんね」

ぼんやりしていたけど、衣装はやはり貴婦人たちにとっては、戦闘道具。

そこは、きっと手を抜いてはいけない。

ああでも……。

「もうちょっと、大きくなりたいな、早く」

ぽつり、と思わず知らず、呟いてしまう。

着飾ってフェリス様と並んだところで、いまの姿じゃ、ちいさすぎて、花嫁になんか見えないと思う。

よくて、似てない可愛い兄妹……。

めっちゃ兄が美形で、妹やや残念的な……。

「まあ、レティシア様。お急ぎにならずとも、すぐに成長されますよ。これから美しい花が咲くように、レティシア様は、どんどん綺麗になられます」

優しい母親のように、サキがレティシアを慰めてくれる。

「そうかなあ……」

綺麗になれるかどうかは、この際、ひとまずおいといて。

十歳くらい、大きくなりたい。

だって、なんて言うか、並んだときどう見ても変だもん！

優しいフェリス様が、嫌味な宮廷人に小さい花嫁のこと影であれこれ言われないように、レティシアが一晩でめきめき成長できないかなあ……。

レーヴェ竜王陛下、何とか、お願いできないでしょうか……？

（新参なのに、無茶を申しすぎでしょうか……）

「レティシア、支度はできた？」

「はい、フェリス様」

お夕食のドレスは、こちらの薄紫のオーガンジーのドレスに致しましょう、とサキが選んでくれて、レティシアはそれを着た。

着替え終わるころに、フェリスが部屋まで迎えに来てくれた。フェリスもまたゆったりした薄紫の衣装に着替えていたので、サキはそれにあわせたドレスを選んでくれたらしい。

「あ、竜王陛下」

竜王陛下のタペストリーの前を通りかかると、思わず、御祈りしてしまう。

竜王陛下、おっきくしてっ。

十五歳くらいがいいけど、せめて、ちょっとでもこの身長伸ばしてくださいっ。

(何処の神様にも、つい、御祈りしちゃう日本人の癖が抜けない……)

「レティシアも、レーヴェが好き?」

なんだか苦笑気味に、フェリスが問う。

竜王陛下そっくりの生身で。

「……? はい。ディアナの皆さんのお話聞いてたら、なんだかまるで、竜王陛下って隣にいらっしゃるみたいだな……って」

ディアナ人はまるでいまもレーヴェがそこにいるように話す。

宗教色が強い国は他にもあるのだが、ディアナの竜神信仰は一種独特だと言われている。

「隣にいそうな竜王陛下に、何をお願いしてたの?」

「……。おっきくなりたいなって。フェリス様と並んでおかしく見えないくらいに……。私、小さすぎて、すみません……」

「……？　他の子を知らないけど、レティシアの年代としては、べつに小さくないのでは？」

「でも、私のせいで、フェリス様が笑われたりしたら、申し訳ないなって……」

「……？」

んんん？　とフェリスは、屈んで、レティシアを覗き込む。

「ん？　僕の花嫁を笑うような勇敢な馬鹿がいたら、顎を砕いてあげるよ」

「フェ、フェリス様」

剣より花が似合いそうな優雅な容姿から、思わぬことを言われて、レティシアは吃驚する。

「大丈夫。僕より強い者なんて、たぶん噂好きな宮廷人にはいない」

「え？　そうなんですか？」

「うん。僕は弱っちい、いじめられっこだったから、途中で腹が立ってきて鍛えたんだ。要するに、誰よりも強ければ、悩む必要ないんだな、と思って。剣でも大概の者には負けないけど、魔法の方が得意だな」

「魔法」

それはまあ、なんて綺麗な魔法使いだろう。

「そうだ。レティシアの魔法の授業も必要だね」

「ディアナでは、普通に、魔法の授業があるのですか？」

「うん。サリアにはないの？」

「ありません。サリアでは、王族や普通の民は魔法を使えません。魔法を職業とする方のみです」

「なるほど。それで、レティシアは、いろいろ定まってない感じなのかな？　魔法の授業も、受けてみるといいよ。おもしろいから。レティシアはとても素質あると思うし」

「わあ……！」

それは！　ちょっと！　楽しみかも！　魔法の授業！

「うん。よかった。レティシアが笑った」

「……え」

レティシアの金髪に、フェリスの手が触れる。

「レティシアは笑っているほうが可愛い」

「フェリス様……」

「それに僕こそすまない。レティシアをエスコートするのに、ちょうどいい背丈でなくて」

「いえ、それは、フェリス様の責任では……！」

ぶんぶん、レティシアは首を振る。

「同じことだ。レティシアが小さいことも、レティシアは何も悪くない。そんなことを詫びないでくれ。ああ、それに、レーヴェにお祈りしても、レーヴェは大雑把な男だから、背丈なんて繊細な悩みはわからないと思うよ」

「そ、そうなんですか？」

「うん。だって、レーヴェ、本体、竜だし。人の形や、美醜への拘りも、そんなにわからないんじゃないかな?」

「そっか……」

本体、竜だし。

と言われると、何となく納得。

何が納得なのかは我ながら謎だけど、偉大な竜王陛下を、お友達みたいに語るフェリス様が何だか可愛くて、思わず、笑顔になってしまう。

そして、うちの推し様、意外に武闘派?　でもあるらしい。

「レティシアは、そのままでじゅうぶん可愛らしいから、そんなに急いで大きくならなくて、大丈夫」

それはべつにフェリスが小さい子を好きなわけではなくて、レティシアの気持ちを気遣ってくれてるんだなあ、とわかる。

(人を勝手に大雑把な神様にして、可愛い子口説いてやがる、うちの子孫)

とでも言いたげに、タペストリーの中の竜王陛下が微笑んでいた。

ディアナの王太子殿下

「父上、本日、叔父上とお会いになられたのですか」

「ああ。どうした、ルーファス?　フェリスに逢いたかったのか?」

ディアナ王国、王太子ルーファスは、レティシアと同じ五歳だ。

本来なら、ルーファスとレティシアの婚姻が、歳も同じで、釣りあいがとれている。

レティシアにしてみると、やや偽の五歳児としては本物の五歳児と何を話そう……、とそれはそれで焦るとは思うが。

「僕もお話したかったです」

ルーファスは羨ましそうに、父であるマリウスを見上げた。

彼は無邪気な子供らしく、立ってるだけでも華やかな王弟フェリスが好きだ。

祖母である王太后からは、フェリス叔父上とはあまり遊んではいけません、と言われるが、何故なのかはよくわからない。

もちろん、おばあさまの言うことには、はい、と大人しく頷いておいて、都合よく忘れる。

おばあさまに口応えはちょっと無理だ。

「王弟殿下は、花嫁をお迎えしたばかりでお忙しいのよ、ルーファス」

母であるポーラ王妃が、ルーファスを諫める。

「僕と同い年の子が来たのでしょう、母上？」

「そうよ。レティシア姫は五歳とお伺いしてるわ」

「叔父上のお嫁さんにしては、ちっちゃすぎない？」

「そうねぇ。少し歳が離れてるけど……、ディアナとサリアの国同士で決めたことだから。レティシア妃にお会いしたら、優しくして差し上げましょうね。レティシア妃は、ルーファスと同い年なのに、遠くから一人でいらしたのよ」

「……はい、母上」

フェリス叔父上の妃に、そんなチビは、僕は気に入らない。と思っていたのがまるきり顔に出てたのか、ポーラ王妃にそう釘を刺され、仕方なくルーファスは頷いた。

優しくしてやってもいいけど、僕と同い年の癖に、フェリス叔父上のお嫁さんになるなんて、やっぱり、凄く凄く生意気だ、と思う。

誰も、叔父上の心の中には、入れないのに。

フェリス叔父上は、気まぐれなレーヴェ竜王陛下が、絵画の中から抜け出て来て動き出したかのように、美しい。

そして、誰にでも、ちょっと遠いところから、優しい。

王宮で舞踏会があると、令嬢たちはみんなフェリス叔父上と踊りたがるが、叔父上はいつも礼儀に適う程度に踊っては、退出していく。

叔父上の影のように離れないレイを、皆が密かに羨ましがっている。

宮廷人が言うように『氷の美貌』とまでは思わないが（叔父上は優しいので）、ディアナ宮廷の者はみんな、尊い竜王陛下にそっくりなフェリス叔父上の心を手に入れることなんて、誰にも出来ないんだと思ってた。

「フェリスはレティシア姫を気に入ったそうだよ」

「まあ、陛下、それはとても喜ばしいお話ですね」

呑気そうな両親二人の話を聞きながら、そんなの本当かどうかわからないじゃないか、だいたい叔父上は、いつも父上に遠慮して、嫌な話なんてしないんだから、とルーファスは子供心に、まだ少しも信じてなかった。

泣いてる君への誓いの言葉

「レティシア様。冷製バジルのスープでございます」

「美味しそう。ありがとう」

給仕してくれた者に、レティシアは礼を言う。

バジル好きー。ジェノベーゼとか大好き。

季節が夏に向かうから、もう冷たいスープも出始めるんだなー。

「お昼はどうしてたの、レティシア?」

「菜の花とアスパラのパスタを頂きました。とっても美味しかったので、フェリス様にも食べさせたいなーって思ってて。フェリス様、ランチ、何食べてらっしゃるのかなーって……」

「僕?　そういえば、昼は食べてないな」

「え?　ランチ食べられないくらい、お忙しかったんですか」

そんなに御多忙だったとは。レティシアの手、小さいけどこの手でも書類仕事くらい手伝えないかしら。レティシアは、銀のスプーンを持つ、自分の小さい手を見る。

「いや、それほど、食欲が……」

「フェリス様。少し、私が目を離すとやはりそんなことに。お一人の時も、きちんとお食事をとってください。健康維持は、当主の義務です」

「そうですよ。フェリス様。花嫁を迎えられた一人前の当主として、ますます健康には気を付けて頂かなくては」

随身のレイと女官長のサキが両脇からがみがみ御小言を言っている。

「わかったわかった。でも僕は、昔より食べているぞ」

怒られるフェリス様。ちょっと、目新しい……。

「フェリス様は、小食でいらっしゃるのですか？」

「いや、あまり空腹を覚えるタイプではないせいか、ときどき、食事することを忘れかける」

「だ、ダメじゃないですか、忘れちゃ」

食事を忘れる？　そんな人もこの世にいるのか……。社畜時代の唯一の憩いが、食事の時間だった雪（レティシア）には信じられない。

「ね。レティシア様、忘れちゃダメですよね」

「仰る通りです、レティシア様。生き物は食事を忘れてはいけない」

「そんなところで、皆で同盟を組まないで欲しい」

にっこり微笑んでフェリスが皆を煙に巻こうとするが、毎日傍らで仕えている者達は、氷の美貌には誤魔化されない。

「でも、本当ですよ。フェリス様。日々のお食事は大事です」

レティシアは、つい、真面目に言ってしまった。

「元気だった私の父と母が、疫病にかかり何も食べられなくなって、天に召されました。ごはんが食べられなくなるのは、とても哀しいことです」

「……レティシア……」

「あ！　申し訳ありません。決して、暗いお話をしようと思ったのではなくて」

ああ、失敗。

レイやサキに、気の毒そうな顔をさせてしまった。フェリス様にも……。

「いや、わかるよ。僕も、レティシアくらいの頃に、母を亡くしてるから。大事な人が、食事をとれなくなるのは、何より悲しいことだ。僕のは体調不良による食欲不振でなく、純然たる怠慢だが……」

「フェリス様のお身体の調子が悪くないのは、嬉しいことです」

うん。

食事を忘れちゃダメだけど。

食べられないんじゃなくて、ただサボってるだけなら、いいんだ。

「フェリス様、私より、長生きしてください。私、もう、家族を見送りたくないのです」

どうして、どうして、どうして。

どうして、父上。

どうして、母上。

目が溶けるくらい、泣いたばかりなので。

あんな思いはもうしたくない。

これから新しい家族になるなら、フェリス様には、レティシアより長く生きて欲しい。

「いや……、僕とレティシアの年齢的に、それは無理じゃないか？」

「サリアの民より、ディアナの民の寿命のほうが二十年近くも長いのです。それに、フェリス様は、レーヴェ竜王陛下の血を引いてらっしゃいますから」

寿命が長い。

若くして死ぬものが少ない。

それだけ、ディアナは栄えている国だということ。

竜王陛下の加護なのかも知れない。

「そんな万能じゃないよ、レーヴェの血。……うん、でも、わかった」

めちゃくちゃなことを言ってるのに、怒られなかった。

ただ、わかった、と言ってくれた。

「努力するよ。できるだけ、レティシアより、早く死なない」

「ありがとうございます」

その言葉が、いつか未来に、叶っても叶わなくても。

ただこのとき、フェリスがそう誓ってくれたことが、レティシアは嬉しかった。

「長生きの為にも、食事を忘れないようにしましょうね、フェリス様」

「善処するよ」

部屋の雰囲気を変えるように、サキが明るい声で言ってくれて、フェリスは笑って応じた。


「レーヴェ、僕に影響を与えつつ、挙動不審になるのはやめて下さい」

夕食後、レティシアを部屋に送り、レイやサキに細々とした指示を出して、自室で一人になったフェリスが、自室の竜王陛下の肖像画に向けて苦情を言う。

帰ってきて、レティシアと食事をしたあたりから、何か妙に落ち着かないと思っていて、確かにフェリスもレティシアと話していて気持ちを動かされていたのだが、フェリス単体の気持ちの揺れだけではない気がしてきた。

「だってな……」

声だけではなく、レーヴェが姿を伴って顕現した。

何もない空間から、フェリスそっくりの黒髪の美貌の青年が現れる。

「あんなこと言われたら、とてもじゃないが落ち着いてられん。びっくりして、思わず、本体で顕現しそうになった」

「それは遠慮して下さい。花嫁が来た途端に、怪現象で僕の宮が壊れて、レティシアが不吉扱いされてはいけない」

「失礼な子孫だな。そこは怪現象でなく、瑞祥と喜べ。オレは霊験あらたかな瑞獣だっつーの。災いでなく、幸運を呼ぶ獣だ」

空中に浮かびながら、創始の竜王陛下は文句を言っている。

貌が似てても、この生まれついての己と世界への肯定感が、フェリスにはない。

「ずっと聞いてたのですか、僕達の話？」

「うん。というか、おまえの花嫁に呼ばれたしな」

「レティシアに？」

「うん。フェリスがまだ帰ってないときに、レティシアに呼ばれてお願いされた。竜王陛下、大きくしてくださいい、って。可愛すぎて、つい返事しそうになったけど、フェリスに悪戯するなって言われたから、大人しくしてたんだが……」

「……いい傾向です。あなた、神様なんですから、ふらふらしないで、ちゃんと神殿に収まってて下さい」

「嫌だよ。あんな落ち着かないとこ」

ディアナには、もちろん壮麗な建築のレーヴェの神殿がある。

なんでこんな無駄に立派にしたんだ、緊急時の民の避難用なのか？　それならいいんだが？　とレーヴェは不思議がっていたが。

「おっきくなりたいのかあ、若者たちは可愛いよなあ、とほのぼのしてたら、ちびちゃん、オレの奥さんとおんなじこと言い出すんだもん。千年ぶりに、心の臓を撃ち抜かれるかと思った」

「……？　アリシア妃が？　何て？」

「うん。アリシアが言ったんだ。私より先に死なないでって。もう誰かに死なれるのは嫌なんだって。レーヴェと結婚する私は幸せ者だって。レーヴェの方がぜったい長生きだから、私を看取ってね、って」

「でも、それは……」

そうすると、レーヴェは、アリシア妃を失った後、ずっと一人になるんじゃないだろうか？

フェリスとレティシアの誤差は、せいぜい十年、二十年のレベルだが、竜神と人間の誤差は、そんなものではないだろう。

「アリシアは、お姫様の癖にやせっぽちのそばかすだらけの娘で、そんなに痩せてるくせに戦場ですぐ自分の食べ物、人にやっちまうようなお人好しだった。放っといたら、この馬鹿娘、絶対に早死にするな、と思ってオレが干渉したんだけど」

「そばかすは……ないですね、絵画のアリシア妃には」

「そりゃあなあ。アリシアを見たこともない後世の画家が描いてるしな。だんだん美人になってきてるな。本人が見たら事実を歪めないで！　って怒りそうだ。人間の美醜の基準で言うと、あんまり美人の部類には入らなかったんじゃないかな？　オレにはあの娘が一番可愛い、一番綺麗な娘だったけど」

そう語る竜王陛下の声は、ひどく愛し気だ。

千年も前に死んでしまった后を、間違いなくレーヴェはいまも愛してるのだ。

なんと気の遠くなるような永い恋をしてるのだろう。

「サリアの民の寿命が、ディアナより短いってレティシアが言ってたけど、その昔はディアナの民も、もっと短命だったよ。疫病も多かったし、薬もなくて病にかかるとすぐに死んでしまった。みんながもっと、幸せに長生きできる国を作るんだ、ってオレのお姫様が泣いてた」

「………、レティシアが、アリシア妃の生まれ変わりとか……」

そんなことないよな、とおそるおそるフェリスが尋ねる。

「いや、それはない。あの子は異……いや、とにかく、ないない」

レーヴェが、にこにこと、首を振って否定してくれた。

よかった。

何がよかったのかわからないけど、レティシアがアリシア妃の生まれ変わりじゃなくて、とにかくよかった。

いまは大人になって、たいがいの人間の男には怯まないフェリスだが、先祖だからどうこうではなく、レーヴェには何をやっても勝てる気がしない。

「少し気になったのですが……」

「ん？　何だ？」

フェリスの父親はディアナ前国王ステファンだが、フェリスはステファンとレーヴェほど会話した記憶がない。

実の父親より、神話に出てくる神様とのほうがよく会話してるというのも、我ながらどうなんだ？　とは思うが。

「サリアの民の寿命が、二十年もディアナより短い、とレティシアが言ってましたが、何が原因なのでしょう？」

「生き物が長生きできない理由は、たいがいその大地が痩せてるとかだけどな。肥沃な大地なのに生命が失われやすいとしたら、上に乗っかってる者の運営のやり方に問題があるかも知れん」

戦う武神として絵巻によく描かれているレーヴェだが、その本性は水の神であり、基本的には守護している土地の豊穣を司っている。

「ディアナの民の寿命が長いことには、レーヴェが関与してるんですか？」

「それはディアナの状態が悪くないから、付随して寿命も延びてきてるだけだと思うが。そもそも、オレが関与しようとしまいと、自分の国のことはそこで暮らす民自身が自分で頑張らないと、何ともならない。神様任せだけで、国なんぞ豊かにならないし、栄えん。しかもオレ、ぜんぜん万能の神様なんかじゃないし」

「レーヴェが万能じゃないことは知ってます」

「おまえ、そこだけ強調するなよ」

万能の神様では全然ないけど、優しくて、情にもろいことも知ってる。

孤独で死にそうな、ひとりぼっちの子供がいたら、放っておけないレーヴェ。

ちいさなときに、フェリスのところに顕現したのも、たぶんそれが理由。

そしてたぶん、アリシア妃やフェリスはレーヴェの声を拾いやすいから、手を貸してやりたいと思った時に手を貸せるんだと……。

「万能じゃない神様なオレだけど、レティシアはもううちの子だから、守ってあげたい。フェリス、レティシアの部屋にも、オレの肖像画おいてあげて」

「嫌ですよ。何を、僕の花嫁の部屋に入り込もうとしてるんです」

ねだるレーヴェに、フェリスが嫌な顔をする。

「だってなんかレティシアに悪いもんが寄ってきたら、撃退してあげたいじゃん。寂しいときには傍にいてあげたいし。これからきっとフェリスに言えない話も聞いてあげなきゃだし」

「サリアの女神に嫌がられますよ。どうしてあなたはそう何でも持ってるのに、他所にまでちょっかいかけるんだって」

「そんな不埒なことはしないぞ。オレは呼ばれないと、何にも出来ないからな。シャイで内向的な神様だからな。でも、あの子はオレを呼んだから、もううちの子」

「アリシア妃にレーヴェが浮気しそうですってお祈りに行きますよ」

「アリシアは、苦労してる小さい子の面倒をみてあげてね、レーヴェ、って言うよ。オレよりずっとおせっかいだもん」

レティシアも、フェリスの妃としてディアナ王族となるので、ディアナの守護神レーヴェにとって、フェリスと同じく、レティシアが「うちの子」になるのは間違いない。

そして、なんのかんのいっても慈愛深き神であるレーヴェの加護を手に入れるのは、レティシアにとって最大の祝福になるのは間違いないのだが……。

レーヴェの「うちの子」扱いが気にかかるなんて、フェリスはきっと疲れているに違いない。

「うわーん、くまちゃん、やらかしたー！」

私室に戻って、レティシアはベッドのなかでゆったりした白い部屋着で、くまのぬいぐるみに抱き着いていた。

「変なこと言っちゃった……。きっと、フェリス様、変な子だと思ったよね……、いや、変な子ではあるんだけども……。ああああ、私のばかばかばかばか」

さめざめ。

どうして、あんなこと言っちゃったんだろう。

ただ、ああ、ごはん、ごはんが……。

「くまちゃん、くまちゃん家の……フェリス様ん家のごはん美味しいよ。なんだかね、お父様やお母さまが天に召されてから、サリアで食べてたごはんは、凄く不味くなったよ……」

ごし、とレティシアは何となく落ちてきた涙を拭く。

日本から、この世界に生まれ変わって嬉しかったことは。王女様に生まれたことより、若いお父さんとお母さんが生きてることだった。

元の世界の雪のお父さんとお母さんは、雪が十七歳のときに交通事故で死んでしまった。

受験勉強するからって、雪だけ家に残ってた。

買い物に行ったお父さんとお母さんの乗ってた車が、居眠り運転のトラックと衝突した。

警察の人が、遺体が悲惨だから、娘さんに見せない方がいいって言った。

昨日まで幸せな三人家族だったのに、嘘みたいな世界の終りの話。

もしも何かあったら、雪の為に、と二人が保険をかけてくれていて、雪は両親の遺してくれたお金でちゃんと大学に行ったけど、二人がいなくなってからの十年を、どうやって過ごしたのかよくわからない。

頑張って、大学に受かっても、頑張って、希望していた会社に入れても、やったね、今夜はごちそうするね！　ってはしゃぐお母さんも、何か雪の喜ぶプレゼントを……と探しては失敗するお父さんも、いなくなった。

雪の家族が、初めからいなかったみたいに、誰もいなくなってしまった。

「フェリス様、凄くいい人だったよーって、サリアのお母様に教えてあげたいな……。びっくりするね、きっと。私の小さなレティシアが結婚なんて、早すぎる、って」

サリアに生まれ変わって、見慣れない異世界に戸惑いながらも、優しい父様と母様のもとで大事にしてもらって、毎日幸せだった。

なのに……。

「両陛下のご遺体から、レティシア様に流行病が感染してはいけませんから、姫様……、ご遺体との御対面は……」

「いやよ！　かまわないわ！　私も死んでもかまわない！　お父様とお母様にご挨拶をさせて！」

どうして二度目の人生も、この手は、いちばん大事な人を守れないのだ。

何故、いつも、最後に逢うことすら、できないのだ。

「なりません、姫様。両陛下の御意向です。あの子がどんなに泣いても、何があろうとも、レティシア姫を遠ざけるように。必ずや、レティシア様の身を守るように、と。何があっても、生き残るように、レティシア姫に伝えるように、と」

家族縁が、薄いのかもしれない。

せっかく異世界まできて、幸せな家庭に生まれ変わっても、こんな目にあうんだから。

泣き続けて、呆然としていたら、フェリスとの縁談の話がきた。

ちっとも生きる気力は湧いてこなかったが、レティシアの結婚が、サリアの国の役に立つと聞いて、それはいい話だ、せめても、自分でなくても、誰かの幸せの役に立てばいい。

サリアにいても邪魔にしかなれないようだし、と花嫁の輿に揺られてきた。

「くまちゃん。大丈夫だよね。あんなに綺麗なフェリス様には、竜王陛下の加護があるよね……。だって、あんなにそっくりなんだし……」

不安になる。ごはんはちゃんと食べて欲しい。ただの怠慢だとフェリス様は言ってたが。元気でいて欲しい。死なないで欲しい、もう誰も。

（努力するよ。できるだけ、レティシアより、早く死なない）

言葉にならないほどのレティシアの哀しみに、何も言わずに、気が付いてくれて、そう約束してくれた。

あの優しいレティシアの新しい家族を、あなたにそっくりなフェリス様を、お守りください、慈愛深きディアナの守護神、竜王陛下。

「あ！　くまちゃーん、私の部屋にも竜王陛下の絵、欲しいな」

（ディアナ人は竜王陛下が大好きですので、誰の部屋にも竜王陛下の絵があるのですよ）

午前中の授業をしてくれたセドリック伯爵夫人がそう教えてくれたけど、衣装替えを手伝ってくれながら、サキもそんな話をしてた。

「あの竜王陛下のタペストリーの前にいると、なんか落ち着くし……」

いいかも。

レティシアも、これから、ディアナの人になるのだし。

サリアの女神様は何も悪くないけど、どんなに女神の神殿で祈っても、父様も母様も元気にならなかったという哀しい思い出がある。

「それに竜王陛下、フェリス様にそっくりだから……」

部屋に推しのポスター（この世界では肖像画だけど）なんて、推し活っぽーい！

あれ？　フェリス様自身の肖像画じゃないと、推し活とは違う？

推しそっくりの神様の肖像画じゃ、ジェネリックかな？

でも何だか、竜王陛下のお話してるときのフェリス様が、普段ほど大人びてないっていうか、年相応、何ならちょっと歳より幼いくらいで、可愛い。

仲のいい兄弟とか、悪友の話でもしてるみたいで、自然な感じ。

フェリス様、この世の人じゃないみたいな、浮世離れした美貌だから、ああいうくだけたお話して下さると、安心する。

「うん！　明日、フェリス様に、竜王陛下の肖像画、お願いしてみよー」

（え。それはどうかな。どうなのかな～）

竜王陛下の肖像画希望に大乗り気のレティシアを、フェリスが贈ったくまのぬいぐるみが、それはうらの御主人、嫌がるのでは……？　と言いたげに、心配そうに見ていた。

レーヴェが聞いてたら、

（ほら、オレ、望まれてるだろ？　やっぱりフェリスに直接言いにくい話とか、オレが聞いてあげなきゃ）

とおおいに威張りそうな話ではある。


フェリスが、五歳の時に、病で母が死んだ。

十歳のときに父王も死んだが、ステファン王の死は国王の死として、ディアナの哀しみとなったが、フェリスにとっては母の死こそが、この世界の終わりのようだった。

逆に、父の死は、まるで他人事のようだった。

母が死んだときに、ステファン王が「これからは、王妃マグダレーナが母の代わりを」と言った時、いっそ僕も死んだ方がマシだ、と叫びたいのを耐えていた子供の自分を、フェリスは今も覚えている。

フェリスとマグダレーナ王妃は、絶望的に気性があわないのだが、気性があったところで、誰も死んだ母の代わりになどならない。

　ステファン王は凄く悪人という訳ではないのだが、いろいろと他者の気持ちに無神経で、それが為に、マグダレーナ王太后もあんな風に拗れてしまった。

たまにだけど、王宮の孤児のフェリスにも、優しくしてくれる人はいた。

気紛れに心配してくれる貴族もいた。

でもそれは、母ではない。

母が死んだときに、フェリスにとっての家族は、いなくなったのだ。

父は王であって、フェリスの家族ではなかった。

兄のマリウスにとっては、また、違うかも知れないが……。

父と兄と義母は、軋みつつも家族だったが、そこに異分子のフェリスが入れるはずもない。

無茶なことを強要されることを、義母が嫌がった気持ちも、フェリスにもわかる。

(フェリスはいい子ぶりすぎなんだよ。嫌なときは、ちゃんと嫌な顔したほうがいいぞ?)

明るい声で笑う、いたずらっ子のような竜の神様が話しかけてくれるまで、幼かったフェリスの精神は、王宮の片隅で闇に落ちていく寸前にあった。

(フェリス様は、優しい方です)

「女の子に優しいなんて初めて言われたな……」

自分は優しい人間ではないので。優しくあるよう、気をつけてはいるのだが。

少しは他者に優しいところもレーヴェに似ればよかったのだが。

数年後、竜王陛下そっくりにフェリスが成長したので、あからさまに人々の接し方が変わった。

レーヴェがフェリスを育てたようなところがあるので、遠い遠い竜王陛下の遺伝子が、ゆっくりと血の底から揺り起こされてきたのか、あるいは何かの皮肉なのか、そこはわからない。

（私より先に死なないで下さい）

フェリスは少し大きくなって、強くなった。

いまもまだ弱いけれども。

だから、今度はフェリスが、自分よりちいさいレティシアを守ろうと思う。

昔、フェリスがしたような嫌な思いを、絶対に、レティシアにはさせまい。

「竜王陛下、フェリスに花嫁が来ました。まだとても小さいのですが、やがてフェリスの孤独に寄り添ってくれる娘だといいのですが……」

自分の背丈より大きな竜王陛下の肖像画に向けて、マリウスは話しかける。

マリウスはディアナの国王であり、『竜王陛下の地上の代理人』の名を持っている。

歴代ディアナ国王のなかには、レーヴェ様の御姿を見たり御声を聴いたりできた者もあったと言う。

だが、マリウスには、そんな力はない。

竜王陛下自身は、大事ないか？　子孫よ？　とマリウスが政務をとっている玉座のあたりにも、ちょくちょく様子を見に来ているのだが、マリウスはレーヴェの気配に気づいていないのだ。

そして彼には、ずっと解けない昏い疑問がある……。

「竜王陛下、いつも……いつも、美しい陛下そっくりの弟を見てると、私は不安が頭をもたげます」

マリウスが二十歳、フェリスが十歳のときに、彼らの父であるステファン王が天に召された。

ステファン王はまだ四十代と若かったので、急な死に、マリウスもフェリスも呆然としていた。

そしてマリウスは、王位を継ぐ者として、宝剣の間で竜王剣に触れた。

「竜王剣を抜ける者が、ディアナの王、竜王陛下の後継者」なのだ。

「あのとき……、私は本当に、陛下の剣を抜けたのでしょうか？」

あのとき、強い伽羅の香の匂いがしていた。

いくつもの装飾を施された宝剣が重い、と思いながら最高潮の緊張のなか、宝剣に手を伸ばして、其のあとの記憶がマリウスにはない。

「まことに眩い光景でしたよ、マリウス」

母や家臣たちは、マリウスが竜王剣を抜き、竜王剣は眩い光を放った、と言う。

ならば、何故、マリウスにはその記憶がないのか。

マリウス自身には、宝剣がとても重い、本当に僕はこれを抜けるのだろうか、と思った記憶しかないのだ。

誰にも、疑われたことはない。

だけど、マリウス自身が、誰よりも疑問に思っている。

本当に、竜王剣は、自分のこの手に馴染んだのか？

本当に、自分には、ディアナの玉座にいる資格があるのか？

（まさか母上……）

胸に浮かぶ疑問を、いまさら問いただせる筈もない。

もしもそれが、許されぬ嘘だったとしたら、彼はずっと、国民も弟も后も息子も騙してることになってしまう。

胸が不安で波立つときは、いつも、父上が天に召されたとき、年頃の王家の男子は自分だけだったのだ。たとえフェリスのほうが、竜王陛下の血を強く受けていたとしても、あのとき十歳で玉座につくのは大変だったはずだ。だから……、と自分を無理やり納得させている。

もちろん、弟のフェリスが王位継承に不満を持って、マリウスを責めるわけでもない。

最近のフェリスは、

（見よ。フェリス様のほうが、陛下よりよほど……）

と言われるのを嫌がって、すぐに隠者のように何処かに引き籠ろうとする。

「私は父に似ていると言われるのですが、竜王陛下には似ていないのです。それが少し寂しいです、レーヴェ様……私もレーヴェ様に似ていればよかったのに……」

しょんぼり、自分の肖像画の前で、一人で盃を掲げるディアナ国王の髪を、肖像画から抜け出したノエリスそっくりの黒髪の人ならざる美貌の青年が撫でる。

（オレの声を聴く魔力はなくても、おまえはよくやってるさ、マリウス。ステファンを亡くしてか

ら、よく頑張ってるよ)
レーヴェがそう言ってやっても、魔力のないマリウスには聞こえないのだが、竜王の癒しの気だけはマリウスのもとへと注がれた……。

薔薇の花の咲く宮で

フェリス様に、我儘になって下さい、なんてお奨めしたけど、レティシアもちょっと我儘になってる気がする……。

国許にいたときは、お父様もお母様もいなくなって、もう何もレティシアの希望を聞いてくれる人はいなくなったから、誰にも、何も望んでなかったのに。

どうして昨日、初めてあったばかりのフェリス様に、いろんなこと言っちゃってるの……。

いくら結婚するからって、甘え過ぎ……。

フェリス様に、呆れられない様にしなきゃ……。

(努力するよ。できるだけ、レティシアより、早く死なない)

あれは、大事な人を失うことを知っている瞳だった。

愛する者とともに、身体の何処か一部を、一緒に天に持って行かれてしまったようなあの痛みを知ってる瞳。

フェリス様も、お母様を早く亡くされたと……。

「う……ん」

くまちゃん、ふわふわ。

ベッドも、ふわふわ。

気持ちいい……。

でも、もう、きっと朝だから、そろそろ、起きるー……。

「おはようございます、レティシア様」

「おはよう、ございま……」

サキとリタが代わる代わる、時には一緒に、レティシアのところへ来てくれる。リタは若くて可愛らしいし、サキは年配で母親のような安心感がある。

「お疲れではございませんか？　フェリス様が、レティシア様は慣れないことが多くて大変だろうから、ゆっくり寝ていてもいいとお伝えするようにと」

「大丈夫です。フェリス様の宮に来てから、なんだか凄くよく眠れて、体調がいいのです」

くまちゃんのおかげなのか、フェリス様のおかげなのか。

「まあ、それはようございました。きっと、フェリス様とお逢いできて、安心されたのですね。それに、こちらの宮では何も特別なことはしてないのですが、庭園の花などもよく咲いて、他の宮の方から羨ましがられるのですよ」

「わかります。王宮で、ここの薔薇が一番綺麗ですもんね」

嬉しそうなサキの説明に、うんうん、とレティシアが頷く。

フェリス様が自分の宮の花の世話をする訳ではないだろうけど、その人の庭に植えると、同じ植物のはずなのに、めきめき生き物が成長する人っているよね。

土の問題や、手入れの問題だけでもなさそうな、ちょっと不思議な現象。

あれも一種の魔法なのかなあ……。

「フェリス様は、うちの庭師は優秀なんだろうね、って仰るんですけど、庭の花まで王弟殿下に恋をする、って歌われてます」

「居心地のいい宮なのは、ご当主のフェリス様とそこで働く方々、きっと双方が素晴らしいのだと思います」

それはやっぱり、どちらも大事なことだと思う。

レティシアの宮なんて、両親が天に召されてから、レティシアが落ち込み過ぎて、真っ暗になってしまった。幼少の身で立ち直れなかったとはいえ、仕えてくれた人たちにも申し訳なかった…。

「まあ、本当に。うちの花嫁様が可愛すぎてどうしましょう、リタ」

「ですね！　人見知りのフェリス様が、花嫁様に馴染めるかどうか、皆で心配しておりましたが、レティシア様がいらしてから、フェリス様とても楽しそうです。フェリス様があんなに笑ってるところ、昨日初めて拝見しました」

……………？

サキさんが何かに感じ入ってるのが謎だけど、明るい声でリタが言うように、フェリス様が、ああー変な子が来たーって嫌がってなかったら嬉しいなー。

「フェリス様はあまり大声で笑う方ではないのですか？」

昨日、そういえば、フェリス様に大笑いされちゃった……。

摘んできた薔薇を喜んでくれたし、なんだかフェリス様がとっても楽しそうだからいっか、と思っちゃったけど。

「そうですねぇ。普段、あまりそういう方ではないですね。氷の美貌と称されてはおりますが、フェリス様は、私共、家の者には大変お優しい方ですので、その渾名はどうなんでしょう？　とは思ってるのですが」

「ですよね！　お優しいですよね、フェリス様！」

わー、同士発見！

フェリス様に影のように寄り添う随身のレイとか、フェリス様の恩師のランス先生とかを、勝手に心で推し仲間と認定してたけど、やはり推しのお話は、女子と熱く語らなくては！

推しの素晴らしさを語りながら、女子会でアフタヌーンティーなど頂く、そういう前世で憧れたリア充（？）的なことをぜひしたい！

「はい。変わり者だとか、冷たいとか、いろいろなことを言われますが、うちのフェリス様はとてもお優しい方で、私共は密かに自慢に思っております」

「本当です。奉公に出た男爵のうちで、手籠めにされかけて、泣きながら逃げ出したって子もいるそうなんですよ」

「え。それは、犯罪として立証せねば……」

朝から女子との推し話に喜んでいたレティシアは、びっくりな話をリタから聞いて、驚く。

「ええ。ディアナではそういうことは少ないんですけど、おかしな殿方っていますからね、やはり……。私なんて、うちのフェリス様がいつの日か、人間に恋をなさることはあるのかしら、ってこちらで呑気に暮らしてましたけど」

御鏡の前に、レティシア様、髪を梳かしましょう、と促してリタが優しい手で髪を梳かしてくれる。

「人間にって……、フェリス様、あんなにお美しいのに」

「そうですねぇ……、フェリス様は天にある月のような方、誰にも手に入らない憧れ、とディアナの社交界では言われてます。ですので、ディアナのどんなご令嬢も御婦人も、きっと心ひそかにレティシア様のことを羨ましく思ってらっしゃいますよ」

「いつの世も、女性の目は厳しいもの。レティシア様の正式なお披露目となる結婚式まで、まだ暫く時がありますから、私共はりきってレティシア様を磨き上げて差し上げねば。きっと、皆が王弟殿下の花嫁を一目見たがりますからね」

「……それは……気が……遠くなりますね……」

「は。すみません。余計なお喋りが過ぎましたね。どうか、怯えないで下さいね。何といっても、フェリス様がレティシア様を選ばれたのですから」

うう。

そこ、フェリス様の意志で、レティシアを選んだ訳ではないと思うけど。

(それなのに、充分、よくして頂いてるけど)

推しのフェリス様が人気なのは嬉しいけど、ちび花嫁としては、それはなかなか、責任重大に感じるなあ……。

そんな人気者の王弟殿下との結婚とは、ぜんぜん予想してなかった……。

「私が、一日に一年分、大きくなれればよいのですが……、私のことで、フェリス様が笑われないか、心配です」

自分で言うのも何だが、リタに髪を梳いてもらっている鏡の中のレティシアは、そんなにはひどくない。

もう少し成長したら、きっと、可愛い姫君の部類だ。

もちろんフェリス様や竜王陛下みたいな、この世ならぬ美貌ではない。

が、それは普通の人間は、誰しもそんな美貌ではない。

しかし、いかにも、まだ、レティシアは幼くて……。

「まあ、レティシア様。御二人の婚姻は、国王陛下がお決めになり、ディアナとサリアの国同士で結ばれた大切な婚姻です。誰が、それを悪く言ったりしましょうか。サリアの姫として、我がシュヴァリエ家の若き女主人として、胸を張ってお臨み下さい」

「そうですよ。それに、ディアナでフェリス様を笑いものにするような、恐れ知らずな方はおりません。あんなに竜王陛下にそっくりなフェリス様に悪いことをしたら、きっとレーヴェ様に祟られる、って怖がられてますから」

「え。そうなんですか」

竜王陛下の祟りつき！

それはサリアの国の威光より、ディアナではとっても強そう……。

「そうなんですよ。あまりにも竜王陛下そっくりに成長されて、フェリス様が御不便を感じることもありますが、そこはちょっと便利なんですよ」

竜神様の祟りつき扱いは普通の人の感覚では便利ではないと思うけど、サキもリタも、ね！　とにこにこしてる。

いいかも。ここのおうちの人の、この心の強さ。

「それに坊ちゃまも……あ、いえ、フェリス様もとても強くなられました。我が家の当主が、誰にも、当家の花嫁を傷つけることを許しません」

「坊ちゃま」呼びを言い直してるサキが、ちょっと可愛い。きっと、子供の頃から、フェリス様に仕えてるんだろうな……。

「もちろん陰で勝手なこと言う人はいるでしょうが、言わせておけばいいのです。何を言われようと、レティシア様は、フェリス様のただ一人の正式な妃、ディアナ王家の御方となられるのですから。そりゃあ、羨ましさに文句言う貴婦人方はいますとも」

ふふふ、と鏡の中のリタは自慢げに笑った。

「私共も、レティシア様がいらっしゃるまで少し不安でしたが、レティシア様ご到着以後、フェリス様が楽しそうなので大変安堵しております」

「そうですとも。坊ちゃま、いえいえうちのフェリス様が、女の子というのは何を用意してあげるべきなんだ？　そもそも、いったい何を喜ぶものなんだ？　ってこのサキに質問なさったんですよ！　ついに、当家にもそんな日が参りました！　もう……もう……、私、この歳まで、生きててよかったです。うちのフェリス様はこのまま、御婦人方に憧れられるだけ憧れられて、もしや、ずっと……ずっと、御一人でいらっしゃる気なのではと、サキがどんなに案じておりましたことか……」

いや、そんなに大事で心配な坊ちゃまにやって来た花嫁が、この私ではどうなんでしょう？　とレティシアは思ったが、感激の涙をそっと拭っているサキがあまりにも可愛らしいので、思わず、この善良な女官長の夢を壊さないように、どうにかよきお姫様らしくしていたいものだ……、と鏡の中で、リタの手で綺麗に髪が梳かれていく自分を見つめていた。

「レティシア様。今朝のお茶は、ストロベリーティーでございます」

「ありがとう。いい匂い」

給仕の者が、ティーポットからお茶を注いでくれると、薄く切った苺が浮き上がり、甘い香りがあたりに広がる。

「厨房の者達が喜んでるそうだよ、レティシア」

「はい？　何をですか？」

フェリスの金髪が、大きな窓からの朝の光を受けてキラキラ輝いている。

「レティシアが嬉しそうに食事してくれることを。僕は食べさせ甲斐のない主人だからね」

そうかなあ。そんなことないと思うなあ。

「フェリス様も美味しそうにお食事、お召し上がりになります」

「………」

何故か、周囲に控えていたレイやサキが笑うのを堪えているようだ。

何故?

「レティシア様。フェリス様は、すぐ、ああもう今日の食事はいい、と仰る方なのですが、昨日今日はレティシア様とお食事をしようと、食堂に通ってらっしゃるんです」

「私の為に?」

きょとん、とレティシアは瞳を瞠(みは)って、フェリスを見つめる。

「レイ。そんな話は……」

余計なことを、と言いたげに、フェリスが眉を寄せる。

綺麗な人って、こんな表情すら綺麗なんだなあ、と妙なことにレティシアは感心する。

「フェリス様、私の為に無理……されて、ますか?」

フェリス様とお食事、レティシアは楽しいけど、無理をさせてるんだったら、ダメかも……。

ああでも、フェリス様とお食事できなくなると、またご馳走だらけの一人ご飯の食卓に……。

それはちょっとしょんぼり……。

「無理はしてない。僕が、レティシアと食事をしたいから、そうしているだけだ」

「……！」

ん？　なんだかまるで愛の告白みたい？（いやそんな筈ないけど）

「レティシアも、フェリス様とお食事できること、嬉しいです」

フェリス様はちょっと現実感がないくらい、お美しいので。朝夕の食卓に、大天使様でも座ってるみたいで、ちょっと後光がささんばかりなんだけど。

でも、他愛ない話をして一緒にお食事できるの、嬉しい。和む。

この家の方々みんな優しくしてくれるけど、いろいろ変わった方なのだけれど、フェリス様といるときが、不思議と一番癒される気がする。

何なら、昨日みたいに、大笑いされてもいい。

フェリス様もレティシアといて楽しかったら嬉しいから。

「よかった。僕は、あまりおもしろい話もできない男だが……」

「いえ。フェリス様は、おもしろいです。次に何をなさるかわからないようなところが」

「ねぇ、レティシア、褒めてる？　いや、やんわり貶されてる？」

「褒めてます！　あ、フェリス様、私、お願いが」

「何？　何でも叶えるよ」

「私の部屋にも、竜王陛下の絵を飾って頂きたいのです」

「レーヴェの絵？」

「はい。私、竜王陛下のタペストリーがとても好きなので、私のお部屋にもあるといいなって」

柔らかいパンと硬いパンと、どちらを食べようかなー、と悩みつつお願いする。

シュヴァリエ家の薔薇のジャムも美味しいけど、いちごのジャムも捨てがたい。

今朝は、苺のお茶だから、ジャムも苺にするべき？

「どうしてあの人は動いても喋ってもいないのに、顔だけでたやすく人の心を持ってくんだ……？

どんな悪い魔法を使ってるんだ？　なんて手の早い、たちの悪い竜なんだ……？」

フェリス様が、呪うように、何か言ってる。

……？

ダメなのかな？

竜王陛下の絵？

私、まだ信心浅いから、ダメ？

「フェリス様、ダメですか？」

「まあ、レティシア様、ディアナの娘になろうという、美しい御心がけですわ。フェリス様、よろしければ、このサキが、竜王陛下のよき肖像画をお探しいたします」

フェリスの返事が遅いので、サキが褒めてくれた。

「レティシア。レーヴェの肖像画なんて自室にまで飾らなくても、そこらじゅうに溢れてるよ」

なんでフェリス様、ちょっと嫌そうなの？

「ディアナの方は、みんな、お部屋に飾ってらっしゃるとお聞きしたので、私も早くディアナの民になりたいなと思って……」

フェリス様ともそっくりだし、と心で思ってる。

うーん。フェリス様が反対ならやめるけど、いいと思ったのになー。

「フェリス様、お嫌ですか？」

「……そんなことはないよ。レティシアの気に入りそうなレーヴェの絵を用意させるよ。竜の本性の姿がいいんじゃないかな、勇ましくて」

「竜の御姿もとても素敵です！　でも人の御姿も、フェリス様そっくりで、お美しくて素敵です！」

力を込めて褒めたのに、何故かフェリス様が微妙にがっくり来ている。

うう？　何故ー？

（まあ、人間の若い男の心は複雑なんだわ。とくにうちのフェリスは拗らせまくってるから。可愛いお姫様、どうか、末永く、相手してやって）

誰かの楽しそうないい声が、ほの甘い薔薇と苺の香とともにした気がした。

ふわふわのオムレツと、ソーセージ。卵料理にわくわくしつつ、レティシアはフェリス様の手元もチェック。基本、食事に熱心じゃない、って言ってたから、ちゃんと食べてるかなーと確認。

フェリス様はサラダをつついていた。うん。ちゃんと栄養を摂取してらっしゃる。大丈夫。

「あの。フェリス様」

「うん？」

「私はフェリス様と竜王陛下が似てらっしゃるので、竜王陛下もより慕わしく思うのですが、もしかして、フェリス様、竜王陛下に似てらっしゃるの、お嫌なんでしょうか？」

神話で語られるようなご先祖にそっくりだったら、私なら嬉しいと思うけど、それはただの想像の話で、実際にそっくりなフェリス様はいろいろとご苦労があるのかも。

「……？　何故そう思うの？」

「あの、フェリス様が、竜王陛下に似てるせいで、祟りつきって怖がられたりするって……」

「ああ。それは、どっちかっていうと便利なくらいだけど……」

どうして怖がられて便利なんですか。

前世でドラマで見た、戦場でお面被ってた中国の王様とかみたいに、男の人でも、美貌すぎると舐められて困ることとかあるのかなあ……。

「うん……と、ね」

金髪を掻き揚げながら、フェリス様は笑った。フェリス様って、そんな顔もできるんですか？って言いたくなる、とびきり可愛いらしい、はにかみ微笑。

「レーヴェに似てるのが、嫌か嬉しいかって言われたら、……嬉しいよ」

「何故、そんなに間が」

しかも、何故、そんなに小さい声で。顔も、赤くなってらっしゃる。か、可愛い。めちゃくちゃ可愛いんですが……。

「何と言うか、……聞いてたら図に乗りそうで面倒……だから……、恥ずかしくて」

んんん？　恥ずかしくて、の前の部分が、小さい声過ぎて、聞こえない？

すーんごい照れ屋さんなのかな、フェリス様？

遠いご先祖に似てることを、こんなにまで恥ずかしがるなんて？

まあ、お父さんやおじーちゃんに似てるの照れる男の子みたいなもの？

「これでも僕も、ディアナの男だから、レーヴェに……、神話の竜王陛下に似てるのは、嬉しいよ」

まるで親しい友達に、内緒話をするような、密やかな声。

よかった。実はフェリス様が竜王陛下に似てるの嫌とかなら、それは竜王陛下の絵、飾れないと思ったの。これで安心して、堂々と飾れるー！

「フェリス様も、竜王陛下が大好きなんですね」

「……………」

無言で赤面するフェリス様が、永久保存したいくらい、可愛いーー！

「レーヴェに似てることはいろいろと面倒も引き起こすけど、レーヴェの影が、僕を守ってもくれている。ただ……」

「ただ……？」

「義母上に嫌われるのは子供の頃から慣れてるからいいんだが、皆がいろいろと勝手な噂をすることが、兄上の心の余計な負担になってはいないかと、案じている。だから、僕がレーヴェに似てて嬉しいなんて話は、レティシアにしかしないよ。……できないんだ」

そうだった。うっかり、フェリス様が竜王陛下似の御姿を利用して、王位狙ってるとか、言われてもいけない。

ディアナでの竜王陛下の人気を考えると、それってかなり冗談にならない。

高位の王族って、何気に、いつでも足場の危ういとこにいる。

レティシアの歳でさえも、王女殿下を傀儡として立とうという勢力あり、って言われたもの。

「心得ました。殿下。大変立ち入ったことを伺いました。忘れて下さい。いまのお話は、男同士の秘密です」

人差し指を、唇の前で立てる。これがディアナでも通じるか謎だけど。

「……男なのか？　僕の花嫁は？」

フェリス様が、きょとんとしている。

「かたい秘密の心意気として！」

フェリス様が笑ってくれて、レティシアもえへへと笑った。

でも、そうかー。なるほど、これって、意外と笑えない話になっちゃうんだと、自分の頭で納得するとともに、レーヴェに似てるのは嬉しいよ、と恥ずかしそうに笑った時の、可愛いらしいフェリス様の顔を、ずっとこっそり覚えておこうと思った。


「あの……、フェリス様……、フェリス様ってば、まだ笑ってます？　そんなにおかしかったです？」

フェリスの人生で、二日続けて、こんなに笑ったことは、ないかも知れない。

そんなに笑いが多めの人生ではないので。

だいたい、男同士の約束って、何処から出てきたんだろう？

朝一から、レーヴェの絵は飾りたがるし、誰もフェリスに聞かないような微妙な質問はしてくれるし、フェリスの花嫁殿は、何が飛び出すかわからない飛び道具入りのびっくり箱のようだ……。

「フェリス様、何かお飲み物をお持ち致しましょうか？」

「うん。水かな……、そして、レティシアにデザート持ってきてあげて」

「畏まりました」

レティシアはお喋りしながら、生真面目な小動物のように、せっせと嬉しそうに朝食を食べている。

何ということもない朝食を、こんなに嬉しそうに食べられるのは、女の子ならではなのか？

人間おもしろいもので、目の前でこんなに一生懸命食べている人がいると、いつもべつにとらなくてもいいと思う朝食も、つい動作を真似して食べてしまうものなんだな……と。

「朝からデザートを食べてもよいのでしょうか？」

「？　サリアではデザートは午後からと決まってるの？　まあ、ディアナは夜中にもケーキ食べる国だから、よそより食べ過ぎなのかな……」

ディアナは菓子類の輸出国でもある国なので、他国より生産量のみならず消費量も多いかもしれない。

ディアナ人は人生を愛するように、子供から大人まで、御馳走とお菓子と酒を愛している。

フェリスのように、食に興味が薄いなんて人間は、少数派この上もない。

「夜中にケーキ！　禁忌の味がしそうです」

「禁忌ってそこに使う？」

「変ですか？」

「うーん。そこまで禁断ではないね、ディアナでは普通だろうな」

昔から、フェリスは、夜中に本を読むのに、よくチョコレートを齧っていた。いろいろ食べるより、手軽だったから。

「フェリス様は、食事が面倒だと、御菓子で熱量をとろうとなさるんです。これからは、ぜひ叱って差し上げて下さいね、レティシア様」

「サキ。そんな話を……」

「それはダメです。フェリス様。御菓子は特別な御褒美ですが、御食事とお菓子はべつのものです」

こんなに小さい人に、怒られてしまった……。

「結果的に、熱量を得られて、身体が動けばよくないか？」

効率的だと思うんだが……。

とはいえ、僕だって、レティシアが食事でなくお菓子ばかり食べてたら、注意するが。

「ぜんぜんダメです」

「ですよね、ですよね、レティシア様！」

我が意を得たり、とサキがレティシアの言葉に喜んでいる。

なんとなく、強敵になりそうな予感……。

「本日のデザートは、さくらんぼとホワイトムースのゼリーでございます、レティシア様」

幸運なことに、フェリスの旗色が大変悪くなってきたときに、ちょうど給仕がデザートを持ってきてくれた。

「可愛い！」

「お気に召して、よかった」

レティシアが、瞳をきらきらさせている。

うん。確かに。これくらい喜んでくれると、作る者もさぞや嬉しかろう……。

「フェリス様、お水と、御口直しに、冷たい桃と紅茶のセパレートティーを」

「ああ、ありがとう」

そうか。

フェリスには、あまり経験がないけど、食事って、たぶん、こんな風に、にぎやかに楽しむものなんだな。

「フェリス様、さくらんぼ、美味しいです」

「レティシアのお気に召して何よりだよ」

普段からは考えられないほど、朝食で熱量を消費した気がするけれど、不思議と不快ではないフェリスであった。

魔法の授業

「今日は、魔法の講義があるよ」

と、フェリスから言われて、レティシアは朝からずっとときめいていた。

魔法の講義！

それでこそ、ファンタジー風な世界に生まれ変わって来た甲斐もあるというもの！

サリアでは、魔法に関わる人間は、その職業の者のみに限定されていた。

ディアナでは、普通の人も、魔法と触れ合えるらしい。

「レティシア姫。我らが王弟殿下の妃となる方に、お会いできて光栄ですぞ。私はマーロウ」

「こちらこそ、お会いできて光栄です。マーロウ先生」

魔法の先生は、ランス先生と同じくらいの、白髪、白髭の方だった。

うん。おじいさんの先生の方が、ハリーポッターとかロードオブザリング感が出てていい感じ。

「まずここディアナでは、王族も貴族も庶民も、子供の頃から読み書きと共に、魔法学を習うのじゃが……、王弟殿下のお話によると、姫の国、サリアには魔法の授業はないとか」

「はい。私の国サリアでは、魔法を習うのは、魔法の仕事をする者のみです。選ばれた魔法の才能のある者のみが、魔法学校に入り、修練を積みます」

「なるほど。それでは魔術士以外の者はまったく魔法を使えんのかの」

「はい」

こくんとレティシアは頷く。マーロウ先生は、皺深い瞼の下で、青い瞳を珍しそうに輝かせた。

「それは我らから考えると、やや不便じゃの。才能の多寡はあるが、誰でも、多少の魔法が使えた方が便利じゃからの」

「誰でも？　私でも、何か魔法が使えるようになりますか？」

「もちろんじゃよ、レティシア姫。山を崩したり天気を変えたり姿を変えたりするような魔法は、誰でも出来る訳ではないが、ちょっとした魔法なら、誰でも使えるようになるよ」

「本当に⁉」

嬉しい！

私にも、魔法で何か出来るようになるのかな？　箒に乗って、空を飛べたりする？　空を飛んだりするのは、高度な魔法なのかな……？

「姫の夫君になられるフェリス殿下などは、とても魔法が達者じゃよ」

「そうなんですか？　フェリス様が魔法使ってるところ、見てみたいなー」

マーロウ先生もいかにも古の魔法使いって外見だけど、フェリス様が有能な魔法使いなのもとても似合いそう。

「最近、殿下は大人しくなられて、あんまり魔法を使わぬからのう。魔法省が、ずっと、フェリス様を欲しがっていたのだけれど、殿下は大人になったら魔法が下手になった、と仰ってな」

「そんなことあるのですか？」

天才児も二十歳になるとただの人、みたいなことが、魔法学でもあるのかなー。

「それはあるよ。子供の頃、達者に魔法を操れてた子が、あるときを境にさっぱり使えなくなることは、魔法の世界では多々ある。ただ、フェリス殿下のは、魔法が下手になったんじゃなくて、魔法省に魔力のことを調べられるのが嫌になって、しらばっくれてるんじゃとわしは思うが……」

「しらばっくれるフェリス様」

落ち着いた雰囲気のマーロウ先生とフェリス様に、その単語は似合わなくて、ちょっと面白い。

「ふむ。みんなが、子供の頃にうるさくしすぎたんじゃと思うよ。昔のディアナは、王家の方の魔力が最大だったんじゃが、最近は魔力の薄い方が多いから、フェリス様は、いにしえの王家の魔力再来なのでは！　とうちの魔法省がはしゃいでしまってね」

マーロウ先生のお話を聞いてると、昨日のランス先生の「私は殿下をあのまま育てて差し上げたかった」って少し寂しそうな声を思い出す。

マーロウ先生の方が、「しらばっくれてる」っていうくらいの、茶目っ気があるけど……。

「そのうえフェリス殿下が、えらく竜王陛下に御顔が似てきてしまったので、何やら言う奴もいてのう……そんな野心家な方ではないのに。王弟殿下は兄君をたてていらっしゃるから、周りにうるさく言われるのを嫌って、すっかり魔法省に遊びにおいでにならなくなってしもうた。なので、最近お会いできなくて、わしらは寂しがっておる。フェリス殿下が、すっかり自分の宮に引き籠りになってしまわれて、残念じゃ」

「せ、先生、引き籠りって……。よく通ってらしたのですか、フェリス様は」

しょんぼりしてるマーロウ先生。

「昔は、幼いフェリス殿下が、魔法省に入り浸ってたころもあったのじゃよ。新しい魔法を覚えるのが楽しくて仕方ないという様子での」

「フェリス様は勉強熱心だったって、昨日、ランス先生が……」

「そう。学ぶのが好きな御方での。御本人は、何もかもいろいろと飽きてしまったんだよ、と笑ってらっしゃるが、隠れて御一人で研究してらっしゃるんだろうと、わしらは思うておるよ。……おやおや、ずいぶんと余計な話をしてしもうたな」

「いえ」

年寄りは話が長くていけない、と笑うマーロウ先生に、ぶんぶんレティシアは首を振る。

「嬉しいです。幼い頃の王弟殿下のお話。フェリス様のこと、何も知らないので」

ちっちゃいフェリス殿下は、昨日から聞き齧ったところによると、お勉強好きで、なんで？　どうして？　っていっぱい質問する可愛い少年だったんだろうなーと……。

思うに、いまよりは外向きの少年だったのでは？

「姫様はフェリス様をどう思いになった？」

「……？　とても綺麗で、優しくて」

「ふむふむ？」

「少し、寂しい瞳をした方だなと……」

あんなに綺麗で、何でもできそうな人なのに、何処か諦めたような、あの硝子細工のような碧い瞳が何だかもったいないなあ、って。

レティシアだって、せっかく生まれ変わってきたのに、またお父様もお母様もいなくなった。婚姻て言われたけど、ただ誰かの邪魔にならない場所に行くだけ、と思って、かなり後ろ向きな気持ちで、ここに来たんだけど……。

どうしてかな。フェリス様には幸せでいてほしいって思うなあ……。

「そうさのう。王弟殿下は魔法に限らず、いろんな才に恵まれているけれど、いろいろとお立場的に不自由な御方だ。可愛らしいレティシア姫が、孤独なあの方を幸せにしてくださるとよいのう」

「私……」

悩みごとの相談相手になるにも、今のレティシアでは小さすぎるだろうし（中身はけっこうな大人ですから、どんとどうぞ！　と言われたところで、フェリス様もただ困惑だろうし……）。

いまのところ、変なこと言って、大笑いして頂くのが、関の山では、なんだけど。

でも、肩の凝ることも多い王宮暮らしのなかで、少しでも気晴らしになれるといいなー。

「そんなに難しく考えなくても、レティシア姫はすでに、陽の気をここに連れて来てるよ。では、大事な御夫君のフェリス殿下の昔話はさておき。レティシア姫の、初めての魔法学じゃ」

「はい、先生！」

うんと簡単な魔法を教えてもらって、覚えてフェリス様に見せたいなー、と初めてのお使い気分のレティシアである。

「この世界のすべては、四つの元素から成り立っておる。レティシア姫、この四つの元素が、何かわかるかね？」

にこにことマーロウ先生が問う。

「え……と、水と炎と……、土と、風？」

ここに第五のエレメントが足りない、とか、よく本や物語ではあるのよ。第五のエレメントが何だったかは忘れたけど。

「左様。本日の生徒は優秀じゃ」

よしよし、と褒めてくださる。先生、優しい。褒めて育ててくださる。

「風、火、水、土。世界はこれらの要素によって始まり、これらの要素によって構成される。たとえば姫が立っている大地、これは土属性だ。土は全てを育む。時に隠す。死したものを分解し、再構成する。農作物や、木の葉、虫、獣、人に至るまで。それゆえ、自然界で生まれたすべてのものは、土に還っていく。土に還ることの叶わぬものは、自然なものではなく、異質なものとされる」

「異質なもの……」

「なかなか人の手では、何千年も土に還らぬもの、というのはいまのところ、作りがたいがね」

「お母さまから、魔法学というのは、あまりにも赤子のような人間がこの世界や、神様のことを少しでも知りたくて始まった学問、とお聞きしました」

だから、何処の国であろうと世界中の神殿や魔法の塔は、高く高く天へと聳え、神様に近づこうとするのだと。

まるで、叶わぬ恋のように、人が神様や世界の秘密に近づこうとすればするほど、遠ざかるのだと。

「姫の母君の言葉は正しい。魔法学も、神学も同じ。人間が、この世界や神様のことを知りたくて始めた学問だよ。だが世界のことなど、生まれたばかりの赤子のような人間に、全て知りえる筈もない。神様を理解しようとするなど、レーヴェ様を理解しようとするようなものだ」

「竜王陛下は、難解な方ですか？」

レーヴェは我儘、と言ったフェリス様の美しい貌を思い出す。

言葉の内容より、なんだか我儘な友人に手を焼いてる風なフェリス様の様子が可愛いかった。

「太古の、竜王陛下自身のお言葉を書き留めた書物によると、竜王陛下は大変単純で好みのわかりやすい御方なのだそうだが、神ならぬ人間の身には、陛下の御心は測りがたいね」

「このディアナは、レーヴェ竜王陛下の守護のもとにある地だ」

「はい」

「レーヴェ様は、水を司る水竜。故に、ディアナの者は水の属性の者が多い」

「人間にも、属性があるのですか？」

「もちろんだよ。姫もまた、いまの名を持つ以前、この世界に生まれる以前から、水に属していた筈だよ」

「私も？」

「水竜の王の血脈を継ぐ一族の花嫁に、いかなる縁を結ぼうとしても火の娘は来られない。火は水に戻されてしまうから。レティシア姫もまた、水の属性を持つからこそ、ここにいるのだよ」

「水の属性……」

水の属性なんて、あるのかなあ？

せいぜい、レティシアは、前世で二月生まれで、魚座だったくらいしか……。

ああ。

生まれた国である日本は、その世界では有数の水の綺麗な国だったけど……。

蛇口を捻った水道の水が、そのまま安心して美味しく飲める国なんて、この世界に、そんなにいくつもないいんだよ、って優しいおばあちゃんに教えられて育った。

「ディアナの国の方、すべてが、水の属性を有してらっしゃるのですか？」

「いや。レーヴェ様のお膝元だから、水属性の者がよそよりは多いというだけで、土の気の者も、火の気の者も、風の気の者も、もちろんおるよ」

穏やかに、マーロウ先生が続ける。

「それぞれの物質を構成する元素の性質を理解することで、それらを扱えるようになる」

マーロウ先生の手がテーブルの上に差し出されて、その中にぽうっと明るく、炎が灯った。

炎は小さな球になり、勢いよく燃え始める。

「……先生！　大丈夫ですか？　熱くないですか？」

うう、魔法の火だから、熱くはないの？

でも、あんまり勢いよく燃えてるから、先生の指が心配……。

「大丈夫。これはわしが燃やしてる炎だから、主のわし自身を傷つけることはない」

「そ、そうなのですか」

ぽう、ぽうと、マーロウ先生は、炎の球をいくつか増やしてくれた。

魔法学のお勉強の灯りがわり？

「ディアナでは火の魔法を扱える者は少ないから、火魔法を覚えるとすぐ出世するよ」

「やはり、水魔法が得意な方が多いのでしょうか？」

「左様。水の魔法が得意な者が多いし、レーヴェ様の気に満ちたこの土地では、水の魔法は発現しやすい」

「なるほど……。例えば、砂漠では、水の魔法は使いにくいってことでしょうか？」

「正解。ねぇ、レティシア姫。……サリアのこんなちいさなお姫様が、どうして、砂漠なんてものを知ってるんだい？　ここから遠い遠い国に確かに砂漠はあるのだが……、あんまり貴族の小さいお姫様が詳しい話ではないんじゃが」

マーロウ先生が、不思議そうに、そしておもしろそうにレティシアの顔を覗き込んでいる。

フェリス様を思い出させる、魔法を使う人の碧い瞳。

「……………！」

口に手をあてる。

いけない。そうなのか。ううう。

サリアでは、普通の少女らしい言動を、と一応気をつけていたのだけれど、こちらに来て、「普通」を気にするのを忘れて話してても、フェリス様が奇妙がったり、聞き咎めたりしないものだから、「普通の貴族の少女っぽい、かくあるべき姿」の擬態をすっかり忘れてしまってた……。

あれ？

よく考えると、なんでフェリス様は何もレティシアを奇妙がらないいんだろう？

マーロウ先生の不思議がる反応の方が普通だよね、きっと。

フェリス様御自身が、竜の血を受け継ぐ、不思議な血族の方だから？

そもそも、フェリス様が変わった方だから？

ただの、おなじく変わった子（レティシア）に対する思いやり？

「私、本を読むのが……とても好きで……」

落ち着いて。深呼吸して。

何もマーロウ先生は、変なことというな、ってレティシアを責めてる訳じゃないんだから。

さんざんサリアで、奇妙な王女、気味が悪い、って白い目で見られたトラウマが疼くけど……。

いまは、ただ、どうして？　って優しく尋ねられただけ。

「ほう」

「サリアでも周囲に不気味がられるほど、本を読んでいたので……、砂漠のことも、本で読みました」

「左様ですか。それは随分と、書物を読み漁ったと拝察致します。……本好きの博学のお姫様は、フェリス様にはぴったりですの」

「フェリス様は私にここでは、本をたくさん読んでもいいって言ってくださいました」

御顔が綺麗なことより何より、それが一番レティシアが、フェリス様、好きだー、いい人だー、と思う理由。

あまりに綺麗すぎて落ち着かないので、御顔はもうちょっと綺麗すぎなくてもいいくらい……。

「それは、ああ見えて、フェリス様も本の虫だからでしょうね。昔よく少年の頃、舞踏会の予定などを忘れて、魔法省の図書室に引き籠ってらっしゃいましたよ。気になった本を読むのに没頭されると、他のことを忘れてしまわれるらしくて」

うんうん、と言いたげにマーロウ先生の作った炎の球たちが揺らめいている。

「そうなんですか？」

マーロウ先生の言葉で、大きな魔法書の山に埋もれてる、ちいさいフェリス様が浮かんで可愛い。

こちらの世界の本て、そもそもわりと大きくて、子供の手には重いのだ。

元の世界みたいに軽い紙は、まだ生まれてないからだろうけど。

じゃあ、フェリス様、魔法省の図書室行けなくなったの、残念なんじゃないかな？

それこそ、そこにしかない魔法書とかたくさんありそう……。

こっそり、魔法で行ってたりするのかな……？

レティシアもお父様が亡くなられた後に、触れさせて頂けなくなった書架があって、悲しかったな……。

世の中、腑に落ちない理不尽なことは、いっぱいある……。

元いた日本にも、いまの異世界にも。

「たとえば、砂漠に雨を降らすような魔法は、かなり高度な魔法になるので、誰にでも出来る訳ではない。それができるものが、魔術師や、魔導士と呼ばれる」

「魔法を仕事になさる方は、この世界のどこでも、お仕事に困ることがなさそうですね」

サリアでは、魔術師は少なかったので、厚遇を受けていた。

「そう言えんことはないが……。だいたいは変わり者が多いな。苦労して魔法を学ぶ者もいれば、生まれつきの魔力を持て余して、制御を覚えん事にはとてもまともに暮らしていけない者もいる」

「生まれつきの魔力……」

「そう。わしが思うに、レティシア姫も、とても潜在魔力が高いよ」

「わたし、ですか?」

生まれつきの魔力!

そんなの高かったら素敵だけど、昔から霊感とかあったためしないんだけど!

日本でも両親を早くに亡くしたので、私に霊感があったら、お父さんやお母さんとお話できるのにね、って二人の写真に話しながら、いっぱい泣いた。

「でも、わたし、ぜんぜん魔法的な力とか感じたことないですが……あ!」

「何じゃね?」

「唯一、不思議なことといえば、ディアナに来てからときどき、男の人の凄くいい声が聞こえます」

「どんなときに?」

「最初は、竜王陛下のタペストリーの前にいたときに……」

「どんなことを言ってるんだい?」

「おもに、フェリス様のことを心配してるのかな……、という感じのことを」

「ディアナの精霊が、王弟殿下の若き妃に興味を示して、レティシア姫に話しかけておるんじゃろうかの？」

「精霊」

フェリス様の宮に来てから、あの声聞こえるようになったから、フェリス様を守ってる精霊さんなのかなー。

「レティシア姫から悪いものの気配は何も感じぬから、よき精霊の類いだとは思うのじゃが」

「はい。私も悪い気配は、何も感じません。なんて言うか……どちらかと言うと、どこか守られてるような……、不安になるんじゃなくて、安心するような声なんです」

「うむ。よき精霊が、フェリス様の花嫁を歓迎しておるのじゃと」

「だったら、嬉しいです」

うん。ぜんぜん怖い気配じゃないんだけど、マーロウ先生に、きっといい精霊だって言ってもらうと、なんか安心した。

御伽噺で、子供が生まれたときに、精霊が祝いにきて祝福を授けてくれる、ってよくあるけどそれの結婚式版なのかなー。

悪しき気配や、害意は、何も感じない。

その声が聞こえるときは、いつも、とっても優しい気配を感じる……。

フェリス様を守護してる、優しい水の精霊さんとかなのかな。

アニメとかゲームなら、水色の髪で、ちょっとフェミニンなかんじのキャラだよね。

「そういう無自覚な力も、きちんと魔法を学ぶと、自分の思うとおりに使えるようになりますぞ、レティシア姫」

「ホントですか？　じゃあ、フェリス様の守護霊様とも話せるようになりますか？」

いや、オレとはいつでも話せるんだけどね、フェリスから、レティシアにちょっかい出すなって言われてるだけで。しかもマーロウよ、なんかレティシアに微妙に誤解させとるぞ、とレーヴェが聞いてたら、大笑いしそうだ。

「左様。姫の中にある力を、うまく操れるようになれば、この世界がまた違った顔を見せますぞ」

「私にも、何か出来るようになると嬉しいです‼」

いまのところ、レティシアは、何もできないので。

手に職をつけると、もし、フェリス様との婚約が破綻したりしても、サリアに帰れなくても、何処かで一人で生きていけるのでは……。

いいえ、決して、フェリス様を疑うとかじゃないけど、お互い、恋しあっての結婚でもないから、あんなにイケメンのフェリス様が、いつか運命の恋の相手に出逢うかもしれないし。

そしたら、いっぱいお世話になってる大事な推しのフェリス様に、後顧の憂いなく、御自分の望む人生を選んで頂けるように、さまざまな修練を積んでおかねば！

推しの足手纏いになるようでは、信者の風上にもおけない！

「女の子の騎士はなかなか難しいですが、魔法使いは体力差は関係なさそうですね？」

そもそも女騎士になれるほど、前世も今世も、我が身に運動能力を感じない。

フェリス様が暴漢に襲われたときに守ってあげられるくらいだと、とってもかっこいいんだけど……、戦闘方面にはまったく才能を感じない。

「ほう。姫は職業をもつ婦人に憧れておるのかね？」

「はい。手に職をつけられたら、よいかと」

「ディアナの未来の王弟殿下妃に、手に職は要らぬと思うがの？」

マーロウ先生が、楽しそうにくすくす笑ってる。

「でも、マーロウ先生、人生、何が起こるかわかりません。今日は、王弟殿下の妃でも、明日の私は、街でおだんごを売る娘かもしれません。やはり、自分に何かできることがあったほうが、心強くいられます」

だって、こないだまで、サリアの父様と母様の自慢の幸せな王女だったけど、あっというまに、親を亡くしたやっかいものの王女になって、さらにディアナの王弟殿下の婚約者になったよ。

意外にも、ディアナの王弟殿下のフェリス様、とってもいい人だったけど。

そのさきに、落とし穴がないとは、誰にも保証できない。

未来なんて、誰にも、保証できない。

「なるほど。これはフェリス殿下も退屈せんのう……。では、姫君、未来の偉大な魔女をめざして、まず手始めに、魔力でちいさな水球か、火球、どっちか作ってみるかね？」

「はい、先生！」

レティシアの覚悟を、ちっとも本気にしてないマーロウ先生は、にこにこしながら、魔術の初歩の教本を広げた。

「レティシアが倒れた？　今日はマーロウ師の魔法の授業だったのでは？」

フェリスが誰かを大切に思うのは、随分久しぶりのことだ。

「は、はい、フェリス様。レティシア様は、大変熱心に授業を受けてらっしゃったのですが、魔法の実践の授業で、魔力の制御がうまくいかなかったらしく……」

フェリスはレーヴェみたいに無敵でも最強でもないから、誰かを大切に思うことは、怖い。

「初日から、そんな大技を習ったんだろうか？　もっと初歩的な講座だと思ってたんだが……」

フェリスの大切な人は、いつも傷つきやすくて、失われやすいから。

「それで、レティシアの容態は？」

「大事ありません。お医者様も、マーロウ師も、疲れて眠っていらっしゃるだけだと仰られました。マーロウ師からはフェリス様にお手紙をお預かりしてます」

「ありがとう」

手紙を受けとり、レティシアの部屋へと足を向ける。

勝手にかまうな、と自分で牽制しておいて、なんでレーヴェは、こんなときにレティシアをちゃんと見ておいてくれないんだ、と苛立つという……。我ながら、身勝手この上ない。

「フェリス様?」

レティシアの寝室の前で悩んでいるフェリスを、女官のサキとリタが促す。

「眠っている女子の寝室に、勝手に立ち入っていいものだろうか……?」

そもそもここはフェリスの宮なのだが、フェリス自身が己のプライベートをぜひとも死ぬほど尊重してもらいたい人間なので、他人のそれも大事にしたい。

「……。フェリス様は、レティシア様の夫になられる方です」

「それは、そうだが……」

そんな、国と大人達の都合で勝手に決められた夫に、何でも勝手にされたら嫌だろう、と思うのだ。

その点では、少しは安心感を与えられる、かも知れないので、わりと女性に好かれるほうの顔でよかったかもしれない、と最近やっとフェリスは思っている。

「どうか、お傍にいらして差し上げて下さい」

リタが躊躇うフェリスをそっと促し、寝室のドアをあける。

広いベッドに、レティシアは一人で眠っていた。

眠るレティシアの隣には、くまのぬいぐるみがいる。

あのくまのぬいぐるみはフェリスが贈ったのだが、レティシアは気に入ってくれたらしくて、とても喜んでくれていた。レティシアが喜んでくれたので、フェリスとしても、ほっとした。

何といっても、フェリスは、生まれてこのかた、女の子の機嫌をとろうと思ったことがない。

なので、女の子が何を喜ぶのかわからない。

女の子というか、大人の女性である義母上の機嫌は、いつも何とかとろうとして、長い年月ずっと失敗し続けた。

もう自分には、女性の機嫌をとる才能はまるでないのだ、と諦めて久しい。

「……ん……、……ん……」

レティシアが魔法の鍛錬に疲れて悪夢でも見ているのなら、それこそ魔法で払ってあげよう、と思ってフェリスは、レティシアのベッドに近づく。

「……ん……」

遠方から来た心細いであろう幼い姫君の気持ちが安らぐ内装に、と整えさせたレティシアの可愛らしい部屋だが、果たしてこれで正解なのかは、フェリスにはわからない。

記憶にあるフェリスの子供時代の部屋は、うず高く積まれた本と、謎の科学と魔法の道具だらけで、これまた参考にならぬと思う。

「……ん、……い、や……」

フェリスが食事にあまり興味がないと言ったら、ごはんはちゃんと食べてくれ、とレティシアに泣かれてしまった。フェリスの食事事情どうこうより、いろんな悲しいことを思い出させてしまったんだと思うのだが。

あの頃のフェリスにそっくりの、親を亡くした、居場所のない小さな子供。

「……ん……」

フェリスが、レティシアの額を撫でると、安心したような顔色になった。

「夢魔よ、疾く去れ。我が花嫁を、我に還せ」

レティシアに何をどうしてあげたらいいのか、的な難題に比べると、フェリスにとって魔法は大変扱いやすい。昔から、気心の知れた友人のように。

人の心の複雑さに比べたら、フェリスにとっては、魔法の呪文のほうがよほど読み解きやすい。

「……フェリス、さま……？　……わた、し……？」

レティシアが瞳を開き、フェリスは安心した。

レティシアが受けた魔法授業は初歩も初歩で、高度で危険な呪文とは縁がないと知ってはいるが、それでも稀に、魔術習得中に、身体や心の一部、あるいはすべてを失う者がいる。寧ろ、魔力の少ない者より、魔力の多い者のほうが、事故は起こりやすい。

「魔法の授業で気を失ったそうだ。レティシアは慣れていないから、身体がびっくりしたんだろう」

「まあ……。マーロウ先生や、皆様に、ご心配を……かけてしまいました」

驚いて、レティシアは身体を起こそうとしている。

「寝てていいよ」

とはいえ、寝たまま、フェリスと話すのも落ち着かないらしい。

それはフェリスがレティシアの立場だとしても、そうだと思う……。

「いえ。何処も痛くないんです」

「何の実践をやってたの？」

「火球と水球を作ろうとしてて……」

「ああ。物質の構成に触れるのか……」

フェリスは、空間に、マーロウ師の手紙を浮かべてみる。

レティシア姫は魔法の素質があること、レティシア姫も興味があるようなので、魔法の授業は増やしてはどうか、との進言。そして、魔法省の者は、常にフェリス殿下の訪れを楽しみにお待ちしている、との結び。

「マーロウ師が、レティシアには素質があるって書いてる」

「マーロウ先生お優しい……初日から倒れてては、魔法使いの初級弟子、落第です」

赤くなって困っているレティシアが可愛い。

レティシアに魔法の素質があるのは、マーロウのお世辞ではなくて、ホントなんだけどな。レティシア本人が気づいてないだけで。竜王陛下の御墨付きだし。

「そんなことはないよ。魔法の授業、レティシアが楽しいようなら増やすけど、歴史や行儀作法の授業よりは危険もあることだから、無理はしないって約束して欲しいな」

あぶないことしないでください、いくら魔法学が得意だからって無茶はダメです、フェリス様、とレイやサキからずっと叱られる役だったので、こんなことをレティシアに言ってると、ちょっと大人になったような気分だ。

「はい。殿下……」

レティシアは、反省、しょんぼりという様子だ。

レティシアの身を案じているだけで、決して叱ってる訳ではないんだけどな……。

「ん、何?」

ひどく沈んだ顔をしている、うちのちいさいお姫様。

「私がはしゃぎすぎたせいで、マーロウ先生が叱られたりは……」

「そんなことはしないから、心配しなくていいよ」

「安堵いたしました」

レティシアのほっとした顔。

そう。それは王族や貴族の家なら、よくあることだ。

たとえ何の罪科もなくても、大切な婚約者を倒れさせた、という理由で教師を罪に問う者すらいる。

フェリスは、そういうことが嫌いなのでやらないが。

子供の頃、こんな悪しき風習は僕が大人になったらすべて滅ぼしてやる、と思っていたことがたくさんある。すべては無理でも、僕がこの手で変えられることは変えていく。それがどんなちいさなことでも。

「そんな顔しないの、レティシア。大丈夫だよ。僕なんて、魔法の鍛錬していて、魔法省の塔ひとつ吹き飛ばしたことがあるよ」

蒼白な顔のレティシアが落ち込んでいるようなので、そんな話をしてみる。

「……え? 塔?」

「あのときは怒られたよね、サキ」

「はい。ただ、塔がひとつ吹き飛んだだけで、魔法の塔の方に誰もお怪我はなく、真によろしうございました。やはり子供の頃からのフェリス様のお優しさが、爆破の魔法にも顕れております。あの塔はだいぶ老朽化しておりましたので、そろそろ新しく建て替えによい時分でございました」

「物凄く苦しいフォローありがとう、サキ」

澄ました顔のサキは、どうにか、レティシアの気を晴らしたいというフェリスの気持ちを汲んでくれて、昔話を面白おかしく語ってくれてるようだ。

「フェリス様でも、そんな失敗をなさる……？」

きょとん、としてるレティシアが可愛らしい。

「失敗の連続と言った方が正しいかも。子供の頃の僕は、力の制御がうまくできなくて難儀した。たとえばね……手を、レティシア」

「はい？」

レティシアの手に触れて、フェリスの力を少し彼女に分け与える。

「……フェリス様、あたたかいです」

レティシアは少し緊張した不思議そうな顔をしている。

実際、フェリスも、この手の魔法は普段ほとんどやらないので、だいぶ緊張している。

「そう。僕も、こういう癒し系の魔法も……全くできないって、訳じゃないんだけど」

ああ、でも、なんだか、レティシアに触れると、凄く心地いいな。

レティシアが生まれて初めて体内の魔力を動かそうとして消耗してる筈だから、フェリスの魔力を少し与えるつもりなのに、何故だろう、与えてる筈なのに、フェリスにもレティシアの力が自然と還ってきてる。

「はい」

「僕は、壊す方が、たぶん得意」

「フェリス様」

冗談だと思って、レティシアはくすくす微笑っているが、残念なことにただの事実である。

フェリスの場合、ヒーリング（治療）系の魔法は、意識してやらないと発動しないが、攻撃の魔法系なら、ほぼ考える前に発動する。ちっとも優しくない根っこの性格が出てるようで、嫌である。

「うん。きっとね……、レティシアはこういう系の魔法の方が向いてるんじゃないかな」

綺麗な波動だな……。

どうやったって、こうして身体の一部に触れていると、レティシアの本来の気に触れるけど、なんて濁りがない波動なんだろう……。

レティシアの失われた気を補填するつもりだったフェリスが、何故か逆に癒されていく。

「……はっ！　フェリス様！　これもしかして、私、フェリス様の御力を吸い取ってるんじゃゃ……」

大人しくフェリスにされるままになっていたレティシアが一転、吃驚した顔で、フェリスの手を放そうとする。

それ以上、後ろがないのだが、何とか、ベッドのなかでずるずる後退ろうとしてる。

なるほど。

自分のものじゃない力が流れ込んできてるのに気づいたんだ。

ホントに聡いんだな。

それにしても、相変わらず、反応がおもしろい……なんでこうなるんだろう？

「レティシアが吸い取ってるんじゃなくて、僕が分けようと思ったの」

「……！　そんなのダメ！　フェリス様の元気が減ります！」

フェリスの意思というところを強調しようと、説明したが、聞き入れて貰えない。

「元気……、いや、元気じゃなくて魔力、レティシア」

「ダメです！　もうフェリス様、私に触っちゃダメ！　私、もう元気です！　フェリス様、ありがとうございました！」

ぷるぷるぷるぷるぷる、レティシアが金髪を振ってる。

見開いた、琥珀の瞳。

まるで……治療を嫌がる、仔猫とか仔犬のよう。

ダメだ。

可愛すぎて、笑い死にしそうだ……。

「フェリス様？　何かおかしいことありました？　私から何か変な菌とか、病気とか、フェリス様に行ってません？」

「……だって、あんまり可愛すぎて」

可愛すぎて、涙がでそうだ。

この世にフェリスから何かを欲しがる人間はそれなりに数いるんだが、ほんのちょっとした力を分け与えるのさえ嫌がるこのちいさい婚約者殿、どうなってるんだろう、おもしろすぎる……。

「……？　よくわからないけど、笑うとこでしょうか？」

「じゃあ、ここ泣くとこかな。僕の可愛い花嫁殿の手を、僕が初めて握ったら、振り払われて、哀しみで、この心臓が壊れてしまいそうって」

笑いがとまらなくなったフェリスを、女官のリタがきょとんとした顔で見つめている。あまり大笑いするタイプの人間でもないので、無理もない。サキはなんだか嬉しそうだ。

「いえ、あの……振り払ったわけではなくて、あの……あの、フェリス様の御身が心配、で」

うう、治療してもらってたのに、振り払ってしまった……、そんなつもりでは……、と困っている。

「それにね、僕はレティシアに少しだけ力を分けたけど、レティシアからも貰ったよ」

「ホント、ですか？」

「うん。なんかね、僕、こういう治療系、あまりやらないから、わからないんだけど、レティシアからも還って来たよ。凄く綺麗な波動に、浄めてもらった感」

「私も、凄く、あたたかく包まれてる気持ちでした」

うまく言えない、と言いたげに、レティシアが言葉に迷っている。

「ね。だから僕は、逆にレティシアから貰ったくらいで、何も力を失ってないから、心配しないで」

金髪を掻き揚げて、レティシアの白い額にくちづける。琥珀色の瞳が、呆然と、フェリスを見上げている。闇の中の魔物を払うと言われる宝石の色をした瞳。

「……お、おでこに……」

レティシアの真っ白な頬が、真っ赤になった。

なるほど。

いままで考えたこともなかったが、キスとはこういうときにしたくなるのか。

愛しいとか、可愛いとか、大事にしてあげたいとか、怯える小動物みたいなこの子を安心させてあげたいとか、いろんな気持ち……。

なかなか、慣れない感覚だな。

「癒しの魔法、おしまい。もう悪戯しないから、怒らないで、レティシア？」

「お、怒ってませ……」

ううう、と困り果てている。弱ってる子を、困らせたくないんだけど……。

「レティシア、マーロウ師は元気だった？」

マーロウ導師と古馴染みで、いまだにフェリスをよく魔法省に誘ってくれる。

魔法省では、だいぶ、昔、好き放題したのだが……。

「あ……、はい」

「マーロウ先生、僕の悪口言ってなかった？」

「先生、凄くフェリス様を褒めてらして。フェリス様が魔法省においでにならなくなって寂しいって仰ってました」

「ああ……」

行ってないこともないんだけど。どうしても見当たらない本があるときとか。皆に見えるようには、行ってないんだけど。

「フェリス様、魔法がお上手だって」

レティシアに、魔法学の先輩に憧れるような瞳をされても、何とも扱いに困る。勝手なことばかりしてて、魔法学院の優等生とは言い難いと思うので。

「昔ね。いまは、ほら、レティシアに嫌がられる癒し魔法くらい」

「嫌がってはいないです！　フェリス様の体力とっちゃダメ！　って思っただけで……」

「僕が与えたがってても？」

「うう。でも……そんな、申し訳な……」

「レティシアは、手に職をつけたいから、魔法がんばって覚えたいと言ってて、まだいろいろご不安なようだ、ってマーロウ、手紙に書いてきてるけど……」

「ち、違います、フェリス様、あの、いえ違わないんですが、それは……」

レティシアにこんな顔させたい訳じゃないんだけど、マーロウの、蛇足ながら殿下、未来の妃殿下におかれましては……、の言葉を知らないふりしておくのもなあ。

「わりと、僕とレティシアは考えることが似てるから、一人で城を出ても、魔法が一番食べていけそうかな、とか考えてる？」

「ど、どうして、それを……」

可愛い。

考えてること、ぜんぶ顔に出ちゃうんだな……。

「城を出て何処かへ、は僕も昔思ったたし、いまも時々思うからかな？　何処か遠くの誰も知らない森で、流行らない魔法使いとして、微妙な出来の魔法薬を売って暮らすのはよさそうだなって」

「上質の魔法薬を錬成されて流行りそうです、フェリス様」

「それは困る。最低限の生活が維持できる程度の依頼しかいらないからな。……レティシア、マーロウは敵ではないけど、宮廷には思いがけない伏兵もいるから、もし僕と離婚して何処かへ行きたくても、あまり適当な者には喋らない方がいいよ」

フェリスが幼い花嫁に逃げられたら、それはそれで宮廷としてはおもしろい事件にはなるとは思うが……。

「あの、わたし、決して、フェリス様と、りこん、したい、わけでは……」

「うん。わかってる。そんな意味でないことは。ただレティシアに妙なものが寄ってくるといけないから」

それもこれも、フェリスの足場が盤石とは言い難いからであって、本当に申し訳ない。

薄氷の上に立ってバランスをとるような不安定な生活を長年やってはいるが、こんな無邪気な婚約者まで、そんな暮らしにつきあわせるのは、心が沈む。

やはり隠遁して魔術師生活は、フェリスにとっても、かなり魅力的な夢ではある。

「私が、手に職を、などと言ったら、私がフェリス様との結婚を疎んじているように聞こえますか？」

「聞く人によっては、もしかしてね。僕とレティシアが仲良しだっていうのは、みんな知らないからね」

「仲良し」

「……だと、僕は思ってるんだけど、違う？」

「いえ！　私……たち、仲良し……です！」

女官たちが苦労して笑いを堪えている。

うん。うちのお姫様、可愛すぎて、笑いを堪えるの、苦労するよね。

「一目逢った途端に恋に落ちた、とか、そんな物語のようなことは言わないけど、僕はレティシアを大切に思ってるし、守ってあげたいと思ってるよ」

「わ、わたしも、フェリス様を大切に思ってるし、お守りしたいと思ってます！　頑張って、魔法の修行を積んで、いつか、フェリス様を守れるくらいになります！」

「期待してる。でもぜったい、危ないことしないで。さっきも、レティシアが倒れたって聞いて、僕の心臓が軋んだ」

「……す、すみません、いろいろ御心配を」

フェリス自身はわりと無茶な魔法を試す方なのだけれど、なるほど、危ないから無茶をしないで、っていうのはこういうときに思うんだな、と初めて実感。

レティシアが倒れた話を聞いたとき、理由は不明だが本当に心臓が痛んだので、フェリスの身勝手ながら、レティシアには危ないことをしてもらいたくない……。

「謝らないで、レティシア。迷惑をかけてるのは、僕の方だから。ややこしい家に、お嫁に来させてごめんね」

「そんなことないです！　王家なんて、何処もみんな、ややこしいです！」

力いっぱい、レティシアが保証してくれて、フェリスはまた笑ってしまいそうになる。

うん。

この子、好きだ。

めげない、おもしろい、可愛い。

フェリスの人生で、義母上から頂いた贈り物のなかで、唯一、嬉しい贈り物かも。

「フェリス様のおうちのよい精霊さんも祝福してくれてるって、マーロウ先生も言ってました」

「精霊？」

そんな可愛いらしい、優しい響きのもの、我が家にいたか？

「マーロウ先生が、私に魔力があるって仰って」

「うん。それは僕もあると思うよ」

「……でも、私、ぜんぜん、何も魔力的なこと感じないんですけど、フェリス様のところに来てから、ときどき、声が聞こえて」

「………、どんな声？」

それはあれだ。我が家の精霊なんて可愛いらしいものじゃなくて、女たらしというか人たらし？

生きてる者も死んでる者も、何でも隙あらば誑しこみそうな、我が国のたちの悪い竜王陛下だ。

「いい声です。優しい声。優しい気配。いつも、竜王陛下の絵のところとか……、フェリス様のこと考えてるときに聞こえてくるから、きっとフェリス様の守護霊様なのかなーって。御心あたりあります？　フェリス様？」

「……、いや……」

きらきら輝く琥珀の瞳に、尋ねられてしまった。

「ないな。きっと、ディアナの花嫁のレティシアのことを歓迎してくれてる、優しい御先祖の御婦人の霊かもね」

優しい御先祖までは、嘘ではない。嘘では。

「男の人の声なんです。……あ、でも、低い声の御婦人かも知れませんね」

「そうなのか。魔力の低い僕にはわからないな」

「……」

「……」

レティシアのみならず、なんだか女官たちからも、やや疑わしい視線を頂いたが、まさかそれはレティシアの好きなディアナの竜王陛下、レーヴェだよ、とも言えない。

レーヴェ的には喜んで、レティシアに自己紹介したがりそうだけど……。

「フェリス様が、御存じないうちに、大切に見守って下さってるのかもしれませんね。いつもフェリス様を案じるような声なんですよ」

子供だからなのか、元来、そういう性質なのか。

レティシアは、善意で出来ている。

ぜったいレーヴェ、僕について何か余計なこと言ってるんだろうに、聞き手の性質が優しいと、優しい精霊さんに聞こえるんだな……。

それこそ、魔法だな……。

大事な姫君

「レティシア様。蒼白でいらした頬が薔薇色になりましたよ。フェリス様に来て頂いてよかったですね」

「はい。とても楽になりました。でもフェリス様に御心配かけてしまいました……」

フェリスが部屋から退出したのち、レティシアはサキに身の回りの世話をして貰いながら、ちょっとしょんぼりしている。

顔色はサキの言う通り、意識を失っていた時の紙のような白さから、フェリスの魔力を補充して貰い、薔薇色に戻った。

マーロウ先生の言葉に従って練習していたら、空間から、水を呼び出すことは出来たのだ。

初めての不思議な経験にとても嬉しくなって、調子に乗って、今度は火を呼び出そうとしてたら、立て続けに集中力を使いすぎたのがいけなかったのか、意識がなくなってしまった。

意識を失う寸前、身体から、熱量がふっとなくなるような感じだった。

さっき、フェリスには言いそびれたが、気を失う寸前に、

（あらら……、ちびちゃんは、まだちょっと存在が不安定なんだから、あんまり急いじゃダメだよ）

と、例の精霊さんの声を聴いた気がする……。

「心配されるのは当然ですわ。大事な婚約者ですもの」

「う、……」

あんなこの世の誰にも興味ないみたいなクールな外見だけど、フェリス様は、実は物凄く面倒見がいいのかもしれない。本当に心配して、焦ってる声だった。

（僕の心臓が痛むから、無茶はしないで）

誰かにあんなに心配されたの、いつぶり？

いや、前世でも恋人もいなかったレティシアは、両親以外の他人に、あんなに心配してもらったの、前世現生の人生二回通しても、もしや初めてなのでは……？

「レティシア様。魔法のお勉強楽しそうでしたが、危険なこともたくさんありますので、くれぐれも無茶をしないでくださいね。私などは、あまり魔法に熱心になられることを、お勧めしたくないくらいです。魔法の鍛錬中に一生治らぬ傷を負ったり、手や足や御命を失う人もいるのですよ」

サキが真面目な顔で言ってくれる。

「はい……。あの……サキさん、フェリス様が子供の頃、魔法使ってて、塔が壊れたって本当に？」

ナチュラルに、サキさん、あの塔は老朽化してたからちょうどよかったとか言ってたけども……。

塔って、タワーであり、日本でいう高層建築だから、壊れるとだいぶえらいことじゃない？

「私のことは、どうぞ、サキとお呼びください。……はい。本当に。フェリス様はいまは穏やかな方ですが、子供の頃は無茶な方でした。無茶というか、御自分の力を持て余すというか」

「意外、です」

子供の頃から、ずっと、いまみたいに穏やかなフェリス様なのかと思ってた。

「だからレティシア様に、無茶はダメなんてフェリス様が仰ってるのを伺ってると、ああ、大人になられたなあ、と感慨が……でもちょっとおかしくて」

「フェリス様が、お兄ちゃんになったなーって？」

サキさん的には少年の頃から世話してた坊ちゃんが、突然、年下の妹ができたようにお兄ちゃんぶってて可愛いのかな？

「それもありますが、人間とは我儘なものだなあ、と。御自分では無茶しても、大事な姫君には無茶してほしくないんだなと」

「だいじなひめぎみ」

思わず、平仮名で繰り返してしまう。

それは偉く昇格しすぎでは。一昨日会ったばかりの姫君から。

「そうですよ。フェリス様があんな顔なさるの初めて見ました。レティシア様が心配で仕方ないんですわ。最近のフェリス様、人間不信極めてらした感があったので、本当にレティシア様がこちらにいらして下さって、ありがたいです。まさか、王太后様お奨めの姫様が、こんなに可愛らしい方とは……」

そこは、こんなに可愛らしいより、こんなにおもしろい、が正解な気がするー！

フェリス様、やたら、レティシアのいう事なす事に笑ってる気がするよー！

「可愛いというか、珍しくて、おもしろいのかも……？　私が何か言うと、フェリス様、よく笑い転げて……」

もしかして、聞いてなかったけど、フェリス様、超絶美形の笑い上戸なのでは？　いえ、フェリス様が楽しそうで何よりですけど。

「レティシア様は凄いですよ。すでにこれは、魔法の域です」

リタが大きな花瓶に薔薇を活けてくれながら、何か感じ入っている。

「……魔法？」

レティシアの魔法なら、火を灯せずに失神してしまって、褒めていただけるレベルにはまったく達していないが……。

「フェリス様があんなに笑うところ、私、こちらに勤めて初めて見ました」

「私もですよ、リタ。いつもは静かなこちらの宮が、明るくなりましたね」

ねー！　と二人は楽しそうに盛り上がっている。

「？　そうなの？　フェリス様、笑い上戸なのでは……」

「それは大変な誤解です。フェリス様は、肖像画の画家に、フェリス殿下、ほんの少しでいいから笑ってください、と拝まれて、男の肖像画なんて、笑ってなくてもべつに問題ないのでは？　と応える方です。面倒がってらっしゃるときは、表情筋を極力温存して乗り切ろうとなさいます」

「そうなの？」

じゃあ緊張してるレティシアのために、すごくがんばって表情筋使って下さってるのかな～。

さすがフェリス様。お優しい。レティシアの推し！

表情筋を省エネ中のフェリス様も、おもしろいから、ちょっと見てみたいけど……。

「あのお貌でフェリス様が無表情でいらっしゃると、本当に神像みたいで本当に近寄り難くて……、レティシア様とお話しされてると、普通のこの世の方のようで、とても微笑ましいです」

リタが何処か安心したような顔でそう告げる。

「レティシア様、喉が渇かれたときように薔薇水をサイドテーブルにご用意しておきますね」

「わーい、薔薇水好きー」

「まあ、よろしうございました。フェリス様が、レティシア様が好きだから、お持ちしておくようにと」

「フェリス様が？」

最初のアフタヌーンティーのとき、好きって言ったの覚えててくださったんだ。

レティシアも、フェリス様の好みを覚えて、何か贈り物とかしたいなー。

「では、レティシア様、今夜はおやすみくださいませ。せっかくフェリス様が大切な御方に御自分の御力をお分けしたのに、私共がお喋りで疲れさせてはいけませんから」

「うん……、あ、はい。ありがとう」

あ、うん、って言っちゃった、と言い直す。張ってた気がちょっと緩んできちゃってるかも。

「うん、でよろしうございますよ。ここはレティシア様の私室でございますから。すぐには無理だと思いますが、私共にも甘えてくださいね」

サキの言葉に、こくんとレティシアは頷く。レティシアが緊張していることを、きっとみんなちゃんと知ってる。


「くまちゃーん。なんかね、身体があったかいんだよ。不思議だね」

皆がさがって一人になった寝室で、レティシアはくまのぬいぐるみに報告する。

「お父様とお母様が天国に行かれてから、ずーっと身体が冷たかったんだけど、さっきフェリス様が魔力？　をわけてくれて、なんか身体あたたかくなった……何となく強くなったみたいな気分」

極度に喪失していた気を補充されたのだとは、レティシア本人は与り知らぬこと。

そしてフェリスが与えた気というのは、フェリス自身が竜王陛下から他の王族より色濃く受け継いでいる純血の竜気である。

異世界の記憶を持つとはいえ、身体はこの世界のごく普通の少女に過ぎないレティシアは、その最強の竜王の気をほんの少し分け与えられ、気のせいではなく、確実に強くなっているのである。

「いまも、ここにいないのに、フェリス様、傍にいてくれてるみたいなの」

レティシアは、安心したようにそう言って目を瞑って、ぎゅっとくまのぬいぐるみを抱きしめた。

夜はいつも怖いけど、今夜は少しだけ怖くない。

(僕の心臓が痛むから、無茶しないで)

そう言ってくれた優しいフェリスの気配が、いまも傍にあるような気がするから。


「己の気を、勝手に他人の中に入れちゃうのって、治療魔法で許される域なのか、フェリスよ？」

神も魔物もひれ伏すような極上の美貌で、ディアナの守護神レーヴェが己の子孫をにこにこと見下ろしている。

「それは些か、治療の域、超えてないか？　人間の魔法のことはよくわからんが」

「多少、違ったかも知れません。僕は、回復関係、不得意なので」

そっくりな美貌の子孫が、にこりともせず、先祖を見つめ返す。

「おまえはオレによく似てるからなあ。あれだな、絶対、レティシアが大きくなったら、この過保護竜！　って怒られるぞ」

「……僕がレーヴェに？　似てますか？」

戸惑うように、フェリスは、竜王陛下を見上げる。

「そもそも顔がそっくりだろうに」

「顔は似てますけど、気性は……」

「情が強いところもよく似てるよ。我が眷属は、愛しい者には際限なく甘く、とても弱い」

「レーヴェじゃあるまいし、愛しい者なんて、僕には……」

魔法を覚え始めた小さい頃、フェリスには魔法の才能がとてもあると言われて。では、魔法の技を磨いて、フェリスは母上を守ってあげたいと思っていた。

だが、母は若くして天に招かれ、フェリスは守りたいと思う存在を失ってしまった。

趣味と自己防衛の実益を兼ねて、魔法の修行は続けたけれど、技を極めたところで、

「フェリスは魔法がとても上手なのね。きっと竜王陛下の血ね……」

と無邪気に喜ぶ母の声はなく、空しい気持ちになった。

誰もが「兄のマリウス様よりフェリス様のほうが」とフェリスの才を讃えたが、幼いフェリスにしてみれば、学問も武芸も魔法も、たとえどんな結果であろうとも、必ず義母から肯定され、庇われる兄マリウスが正直羨ましかった。

そして、フェリスの役どころは、なんと悪役だ。

大事な可愛い王位後継者マリウスの正当性を脅かす、要らぬ才を持って生まれた弟。

誰にも望まれていないのに。

「まさかのマグダレーナが、フェリスの孤独を埋める娘を召喚しようとはな。王太后本人は大変に不本意だろうな」

「そんな、ことは……」

「顔、赤くなってるぞ。……まあ、うちは愛情過多な家系だから、本当はフェリスはずっと誰かを可愛がりたくて仕方なかったんだよな。無駄に能力も高いし」

「無駄で申し訳ありません」

「拗ねるなって。やっと活かせるだろ？　愛するものをえて。あのちびちゃん、ここでの存在がまだ不安定だから、無茶させちゃダメだぞ」

「レーヴェ、レティシアが魔法を学ぶことに、何か危険はありますか？」

「いや。マーロウの教える程度の魔法に、危険はないと思うが……、何事も時によるからなあ。念のために、フェリスの気を分けたんだろう？」

「人の身体はとても脆いので。少しは守りになればと」

レティシアの身体はとても華奢で小さい。

また、死を司る神に奪われるのは、ぜったいに嫌だ。あんな思いは、もう二度としない。

「フェリスんとこの優しい精霊として、オレも頑張って、姫君をお守りしなきゃな」

「あれを……聞いてたんですか。誰が優しい精霊……」

レティシアの善意の誤解を思い出して、フェリスは頭痛がしそうになる。

「間違ってはいないぞ。我が身は水を司るもの。我が地へ来たりし、我が家系の可愛い花嫁を祝福するもの」

「何かが違う気がします……」

レーヴェが真面目に口上を述べていると、有難そうに見えるからたちが悪い。

「違わないぞ。フェリスを癒してくれて、健気にこの地で暮らしていこうとする歳若き花嫁をディアナのよき精霊はお守りするぞ。……ところで、ちびちゃん、なんでかオレに、水色の髪ご所望みたいだから、水色にしとこうかな？」

言った途端に、レーヴェの黒髪が水色に変化する。

「しかもフェリスと同じ貌だったら、フェリスの愚痴とか言いにくいよな？　何なら可愛めの水の乙女にしとこうか？」

ぽん！　と竜王陛下が、可愛らしい水色の髪の若い乙女に化けている。

「何をやってるんですか、レーヴェ！」

フェリスがぎょっとして先祖を見ている。

「変化の術。最近使ったことなかったけど。どうだ？」

衣装はそのままで、水色の髪の可憐な乙女になっているので、男もののブラウスから大変豊かな乳房が零れんばかりになっている。

「そんな破廉恥な恰好で、レティシアに近づかないで下さい！　お香焚き上げて、駆除しますよ！」

「えー。おもしろそうなのに。ちびちゃん、きっと心細いだろうから、優しい女友達欲しいかもしれないのに……、しかも、この地で、オレを祓える香なんぞないし」

「レティシアの友達にそんなお色気いらないでしょ！」

「そうか？　もっと涼やかな乙女がいいか？」

ぽん！　と音がして、あたりに白い芍薬の花びらが散ると、レーヴェの姿は物静かな清楚系の水色の髪の乙女に変わっていた。

「さっきよりましですが、どちらにしてもダメです。レティシアに逢うのはダメ！」

「なんでだよ。オレのがフェリスよりいい男だからか？」

つまらーん、と言いながら、レーヴェはもとのフェリスと瓜二つの美貌の青年の姿に戻る。

「ちがいま……」

「おまえね、心が狭すぎだから。レティシアは純粋な心で、可愛くフェリス様を慕ってくれてるから。ひーじーさんに心動かしたりしないよ」

「曾祖父どころじゃないじゃないですか」

「そんなもん何回、ヒイヒイいれたらいいかわからないくらい、遠いからな」

「ともかくダメです！　大人しくしてて下さい！」

子供っぽい独占欲で、レティシアがレーヴェに惹かれたら嫌だな、というのもあるのだけど。

何と言っても普段こうして邪険にしてても、レーヴェは大変魅力的な御先祖様なので。

それもあるけど、ディアナ宮廷の誰も知らぬこととはいえ、フェリスがレーヴェと親しくしてるだけでも、本当は、兄に悪い気がしてるのに、さらに遠方から来たフェリスの妃までレーヴェと仲良くなってしまったら……と、果てしなく余計な気も遣ってしまうのだ。

凡百の私には、竜王陛下の御声は遠い、と寂しそうな兄を知っているので。

もちろんこんなの完全にフェリスの余計な気遣いで、優しい兄上にそんな気持ちが届くことはないのだけれど……。

金色のドラゴン

夢の中で何か悲しいことがあって、ちいさいレティシアが一人で泣いてたら、緑の森の中から、金色の子供の竜が現れて、レティシアの涙を舐めてくれた。

ほんもののドラゴンだー！　とびっくりして、レティシアの涙もとまった。

「ちっちゃいりゅう。かわいい。ありがとう」

お礼を言ったら、ぶんぶん尻尾を振って（しっぽもかわいい）、向こうに行ってしまった。

ドラゴン可愛い……、もうちょっとお話したかった……としょんぼりしてたら、また戻ってきてくれた。

摘みたてのいちごを、両手いっぱいに抱えて。

「いちご？　くれるの？　ありがとう」

どうやら、いちごをとってきてくれたらしい。

「……フェリスさま？」

そんな筈ないのにそう尋ねたら、ちっちゃなドラゴンがいちごを喉に詰まらせかけて、盛大に咳き込んだ。

「だいじょうぶ？　だいじょうぶ？」

そうだよね。違うよね。何でそんなこと思ったんだろう。

でも、ドラゴンだけど、竜王陛下っぽくはない気がして……。

「だいじょうぶ」

金色のドラゴンの咳が収まったので、レティシアもドラゴンもほっとした。

「どうして泣いてたの？」

「ここから帰れないの」

「お城に帰りたいの？　お城、大変じゃない？」

「うん。でも、心配かけるから」

「じゃあ、僕に乗って。運んだげるよ」

「え。え。だいじょうぶ？」

レティシアも子供だけど、金色のドラゴンも子供だから、レティシアが重たいんじゃないかと心配していると……。

「うん。平気。ぼく、歩くより、飛んでる方が楽！」

促されて、どきどきしながら、ドラゴンの背中に乗った。

初体験！　初騎乗！　ファーストドラゴン！

いくらファンタジー世界に生まれ変わったって言っても、ドラゴンなんて生で初めて見たし、乗ったことない！

「……ぢめん、とおい！」

ドラゴンの背中に乗せて貰ったら、どんどん上空へと上昇した。

あぶない！　とか、初めて逢った知らないドラゴンに、食べ物貰わない！　乗らない！　とか、おかたい常識派の日本人ＯＬの意識がうるさいけど、ちびレティシアは、金色のドラゴンの背中から見下ろす景色に、大ご機嫌だ。

「こわくない？」

「うん。こわくない。たのしい。きもちいい」

森を抜けて、王宮へ。上空から見下ろす、ディアナの街並みや王宮の見事なこと。

「とうちゃく！」

レティシアの部屋のヴェランダに下ろしてくれた。到着して安心したのに、ドラゴンの背中から離れるのが寂しい。

「泣かないで。泣いてたら、すぐ来てあげるよ」

「ホント？」

「うん。約束」

「きゃ……」

金色のドラゴンにおでこにキスされた。

別れ際に、いちごをレティシアの口に放り込んで、金色のドラゴンは飛び去っていってしまった。

フェリス様なら一緒に帰らなきゃダメだから、フェリス様じゃないのかな……、でも何だか気配が似てる……と思いながら、ちいさなレティシアは眠りの国から、現実世界へと引き戻された。

「レティシア様。おはようございます。お加減はいかがですか？　もし御気分が悪いようでしたら……」

「ううん。気分、すごく、いい……」

瞼を擦りながら、レティシアは半身を起こす。

金色のドラゴンの夢を見ていた。魔法の授業受けたり、フェリス様に治療して貰ったりしたせい？　カラーでリアルな感覚の夢だった……。

「いちご、美味しかった……」

「いちご？　朝食に、いちごを御所望ですか？」

「あ。ううん。夢を見たの。金色のドラゴンの夢。ドラゴンにもらったいちごが美味しかったの」

「まあ……ドラゴンから果実を頂くとは……なんと良き夢でございましょう。きっと瑞祥ですわ。占い師を呼んで、夢占いをして頂きたいくらいですね。フェリス様に御願いしてみましょうか」

さすが竜神の守護する国の人だけあって、サキは竜の夢の話に目を輝かす。

嬉しいな。竜は密かに前世から好きなんだけど、前世では竜の話とか語ったことなかったから。

「きっと、竜王陛下が、フェリス様に可愛い花嫁がいらしたのを喜んで、レティシア様の夢に竜の使者を送って下さったんですわ」

リタもとても誇らしげだ。

「そうだったらいいな。あのね、すごく綺麗でね、可愛い竜だったんだよ」

ああ、レティシアに絵心があったらいいのに。

（全くない）

みんなにもあの竜の美しさと可愛さを伝えたい。

鏡台の前で、リタに髪を梳かしてもらいながら、レティシアは嬉しさを隠せない。

いちごをくれた金色の竜の背中に乗せてもらった夢も幸せだったし、竜の夢の話をしても、やはり不気味な王女だ、気味が悪い、って言われなくて嬉しい。

ずーっと、だいじょうぶ、だいじょうぶ、と思ってたけど、やっぱり、いろいろ大丈夫じゃなかった。

（あの姫は何かおかしい。大人が読むような本ばかり読んで）

（喋る内容も、とても子供とは思えない。頭がいいというより、気味が悪い）

生まれ変わりで挙動不審だったのはもとからだったんだけど、叔父様はレティシアを完全に復帰できない様に廃嫡したかったから、レティシアの悪い噂話にも気合が入ったのだ。

人は噂で、たぶん、人を殺せるのだ。

前世でも、ネットの非難に耐え切れず自殺した外国のアイドルのニュースなども聞いた。

もともとが日本の庶民の魂なので、サリアの王位に執着があった訳ではないんだけど、お父様とお母様が大事にしてたレティシアの評判がボロボロになっていくのが辛かった。

思ったことをそのまま普通に話しても、気味悪がられない、嫌われないって、幸せだなあ……。

「レティシア様、今朝は、レティシア様の肌や髪が輝くようですわ。昨日のフェリス様の治療、きっと美容にもいいんですね」

「わかんないけど……髪も肌も、ついでに栄養貰ったのかな？」

最初、温泉入ってるみたいで気持ちいいなーと思ってたんだけど、これもしや、レティシアにくれてる分、フェリス様の力が減ってるのでは？　と慌ててやめてもらおうとしたんだけど……。

おかげで、すっごく元気になりました！　って御礼を言いたい。

フェリス様と早く会って、昨夜の竜の夢のお話もしたいなー。

「レティシア。よく眠れた？」

食事のテーブルについているフェリス様は、相変わらず金髪が朝の光を受けてきらきらと輝いていらっしゃる。

はっ！　家の中に推しがいるのって、もしかしてとっても贅沢なのでは……!!

「はい。フェリス様の魔法のおかげです、ありがとうございました」

「………、………」

何故か赤面してしまわれた。何故だろう？

「レティシア様。本日の朝の紅茶は、桃の紅茶でございます」

「ありがとう。いい匂い」

レティシアの目の前で、給仕の者がティーポットから注いでくれて、桃の甘い匂いが立ち上る。

香で言うなら、昨日の、いちごの紅茶より桃の紅茶のほうが好きかも。どれも美味しいけど。

「フェリス様。レティシア様は、昨夜、竜の夢をご覧になったそうですよ」

春キャベツとあさりのスープが運ばれてくるなか、サキが嬉しそうにフェリスに報告する。

「……竜の夢？　どんな？」

「私が森で泣いてたら、金色の子供のドラゴンが慰めてくれて」

早くフェリス様にドラゴンの夢の話をしたかったのに、いざ話そうとすると、何だか恥ずかしい。

何でだろう？

「子供のドラゴン」

フェリス様が繰り返す。何か考える風で。

「はい。ちいさな、可愛いドラゴンでした」

「……子供には化けないか」

ぼそっとフェリス様が言ってる。何のこと？

「優しい竜がいちごをくれて、背中に乗せて私を城まで送ってくれました」

「背中に？　夢の中でドラゴンに乗ったの？」

「はい！　絶景でした！　上から見下ろした街の景色が」

空を飛ぶときの、風の感触。ドラゴンの背中の感触。

「レティシアは怖くなかったの？　ドラゴンのこと？」

わあ。フェリス様、極上の微笑み。夢のお話聞いて、こんなに優しく微笑ってくれるなんて、フェリス様もドラゴン大好きなのかなー。御先祖でもあるし、きっと大好きなんだよね。

「ちっとも！」

「ドラゴンって、女性が好きなもふもふの毛皮ではないけど……」

そもそもフェリス様が、もふもふという言葉を知ってることにびっくりです。

「鱗が金色に光ってて、凄く可愛くて、綺麗でした」

何故か、自分のことのように、自慢げに語ってしまう私。

「なんとなく……フェリス様に似てました。優しい気配が」

これを言おうか言うまいか悩んだ末に言ってみる。

「僕？　僕がドラゴンなら、確かにレティシアを乗せて飛んであげたいね。それは凄く楽しそうだけどな……」

空を自由に飛べることに憧れるように、フェリス様が言う。

「飛翔する美しい竜の姿を、昔の人々は当たり前に見られたらしいが、人の世界からドラゴンが距離をおいて久しい。いい夢を見たね、レティシア」

「はいっ」

やっぱり嬉しい。フェリス様も、気味の悪い夢とか言わない。幸せ……！

居心地よくて、ごはんも美味しい。レティシアは、このおうちに、お嫁に来てよかった！（めちゃくちゃ現金である）

「フェリス様。夢占い師を呼んで、占わせてはどうでしょう？」

「どうかな？　ちゃんとした能力のある者が見つかるのかな？」

「占いの内容よりも、シュヴァリエ家の婚姻の吉兆の夢として、佳き宣伝となりましょう」

意外と現実的なことを言ってるサキ。

「竜の歓迎があると、レティシア様がディアナの民に受け入れられやすくなります」

「それはそうだね。みんなレーヴェの御心に弱いから」

「わ、わたしの他愛ない夢ですので、それは大袈裟です」

「そんなことないよ。竜王陛下がレティシアを気に入ってるのは本当のことだからね」

やけに確信を持って保証して下さるフェリス様。何故ですか。お貌が同じだと、心も通じるんでしょうか（いや、そんなはずは……）。

「……フェリス様。御歓談中のところ、申し訳ありません」

「何だい？」

あまり浮かない顔のレイが入ってきて、膝をついて、フェリス様に耳打ちする。

「気軽においで頂きたいと……」

「今日のことを今日というのは、王族のやることではないと思うんだが……」

さっきまで明るかったフェリス様の表情が曇る。

「レティシア」

「はい」

「うちの義母上が、レティシアに、本日午後ごく私的な御茶会においでにならないか、と言ってるそうなんだが……」

「御茶会ですか？　今日？」

それは、なかなか……。王太后様の正式な御招きの御茶会とあれば、何日も前からの招待となるだろう。今日の今日では、レティシアも、何の支度も……。

「断ってかまわないよ。いつもの義母の気紛れだ。もう少し後に、ちゃんとした日程の食事会も予定されてるし」

「王太后様は、国王陛下から、フェリス様がレティシア様を大変気に入られたと聞いて、ぜひ会ってみたいと仰せとのこと」

「もちろんお受けします。王太后様に、お誘い嬉しいです、とお返事してください」

微妙な顔のレイにお返事をしたら、安心した顔をしてた。

それは、行くでしょ。初のお姑様のお呼び。レティシアどころか、フェリス様本人の時点で不仲のお姑様だけど。それでもフェリス様のお義母様。ディアナの国母様。

日本の普通の家庭であれば、ここへ来た日に、難しそうなお姑様にもご挨拶だと思うんだけど、邸宅がわかれてらっしゃるので、お約束してないと、すれ違うこともないという……。

噂の王太后様、どんな方なのかなあ？

「フェリス様」

「だいじょうぶ？　レティシア」

「お義母様が何かお嫌いな仕草などあれば、教えて下さい」

真面目な顔で尋ねてみる。礼儀にうるさい方と聞いたはず。

「大丈夫だよ。レティシアは可愛く微笑ってたら、文句など言われない。何といっても、レティシアとの婚姻を一番奨めたのは義母上なんだから」

奨めた理由が善意でないとしても、確かに、これは王太后様の肝入りの婚姻なのだ。

「あまりにも急なお話で、レティシア様が心配でございます」

「失礼ながら、王太后様におかれましては、不意打ちで、私共の姫君の振る舞いを見分されようとの御心でしょうか……」

「だいじょうぶ」

朝食のあと、午後から王太后様の御茶会とあっては！　と俄かに女官達は殺気立っている。

「髪も肌も、サキやリタがとても綺麗に磨いてくれてるから、何も問題ないよ」

鏡台の前で、ふたたび金髪を梳かして貰いながら、レティシアは皆を励ます。もちろんレティシアも不安なのだが、今日の今日って言われたら、レティシアの支度してくれる女官達も蒼ざめるよね……。責任重大すぎる……。

「レティシア様。お優しいお言葉ありがとうございます。私共、精魂込めて、御仕度致しますね」

「う、うん。よろしくね」

き、鬼気迫っている。

とはいえ、生まれた時からディアナで育った皆の意見をよく聞かないと。

何処の世界だろうと、国によって、ドレスの礼儀も好みも流行りも違うだろうから、レティシアが選んで、自分では頑張ったつもりで、大きく外してはいけない。

「レティシア様の雪白のお肌が映えるように、可愛らしく薄紅色のドレスはいかがでしょう？」

「そうね。こちらもとても可愛らしいと思うのだけど、どうかしら、この深いコバルトのドレスは……」

「こちらはこちらで、レティシア姫の聡明さを際立たせますね」

「深紅のドレスは美しいですが、王太后様に生意気と思われてはいけませんから、こちらは本日の衣装ではございませんね」

アフタヌーンドレスは、昼のドレス。夜のイブニングドレスとは違って、品のよさを大切に、肌をぴったり覆った露出のないものを選ぶ。

「アクセサリーや宝石は？　どちらになさいますか？」

衣装室からレティシアのドレスや宝石がどんどん持ち出されてきて、戦略会議が行われている。

ああ……くまちゃん……抱っこしたい……。

お外、いい天気だなあ。フェリス様と薔薇のお庭散歩したいなあ……くすん……。ふんわり開いた唇から、魂が出ていきそう……。ダメ！　みんなレティシアの為に、真剣にお茶会用のドレス選んでくれてるんだから、本人が敵前逃亡ダメ絶対！

「レティシア」

「フェリス様！」

ああ。フェリス様、美しさが輝いてて、眼が癒される。

「目が泳いでない？　レティシア」

戦場になってる御仕度部屋から、フェリス様と隣の部屋に移る。

「そんなことはありません」

ぶるぶるぷるぷる、レティシアは首を振る。ドレスの山に気が遠くなってきて、魂が口から出そうになってたのは内緒！

「大丈夫。レティシアは優しいいい娘だから、義母上もきっと気に入るよ。たとえ意地悪されても、それは僕のせいで、レティシアのせいではないから」

「そんなことは……、フェリス様」

王太后様がレティシアを気に入るかどうかは甚だ謎だけど、フェリス様の為にうまくやれるといいんだけど。人生二度目だけど、前世でも嫁に行ったことがないどころか、彼氏のお宅訪問経験すらない残業命の社畜娘なので、甚だ心もとない。

でも、それより、気になってることが……。

「フェリス様、王太后様には、今日、急にお会いできることになりましたが、あの……フェリス様の亡くなられた実のお母さまのところへ……、できればよき日にご挨拶を」

フェリス様の母上は、公式には王太后様になられてるだろうから、公式予定に入ってない気がするので……、これをフェリス様に個人的にお願いしなくては、と。

「……、……」

あ。

フェリス様がフリーズしてしまった。

嫌、かな？

そんなに親しい訳じゃない、来たばかりの妃だから……。

で、でも……、わ、わたしたち、ちょっとだけ、ほんのちょっとだけ、仲良しになったので！

フェリス様の妃と言うか、ちいさな友として（中身ちょっと老けてるけど）、私、お母様にそっとご挨拶をば。こんな怪しい嫁で申し訳ないですけど、きっと大事にお守りしますからね、って。

「うん……。ありがとう。誰も思い出さない、僕の母のことを、気にかけてくれて」

「そ、そんなことはないです！　皆さん、きっと心で思ってらっしゃるんです！」

逢ったことはないんだけど。

逢えないんだけど。

フェリス様のお母様、きっと綺麗な優しい人だったんだろうなー、と思うの。

フェリス様が、家なき子の残念王女のレティシアにも、こんなに優しい方だから。

空と海のサファイヤ

「レティシア、サファイヤは好き？」

「はい。フェリス様の瞳と同じ色の宝石ですね」

そうだ。サファイヤにして貰おうかな、今日のジュエリー。フェリス様の瞳と同じ色の……。

「フェリス様？」

「これ、レティシアに、どうかなと……」

「綺麗です」

清楚なサファイヤの耳飾りと、首飾り。

朝の光を受けて輝くサファイヤがフェリスの瞳の色のようだ。

「昔、亡くなった祖母が、これは僕の瞳の色に似てるから、いつか大きくなって大事な子にあげなさいって言ってたのを思い出して……、うん。レティシアには、まだ大きいかなと思ったけど、大丈夫そう」

「フェリス様、そんな大事な宝石」

「うん。大事な宝石なので、レティシアにつけて欲しい」

レティシアの金髪をかきあげて、フェリスが首筋に首飾りをつけてくれるけど、どうにもこそばゆい。

「く、くすぐったいです、フェリス様……」

うにゃー。

フェリス様がそっとしてくれるので、余計にこそばゆいよー。

「ごめん。出来上がり。……今日のレティシアのドレスの色とあう？」

「ありがとうございます。これにあわせたドレスにして貰います。いまみんなが凄く悩んでくれてて……」

凄く高価そうだけど、何となく可愛らしい優しいサファイヤ。

このサファイヤのブルーにあわせるなら、同じブルー系のドレスがいいかな？

それとも、白いドレスがいいかな？

あ、ドレスアップ大作戦に、つい魂逃亡しかけてたけど、やっと、やる気になってきた……。

不思議。

王太后様に逢うのは不安だけど、フェリス様に初めて逢う前の恐怖を思えば、少しも怖くない。

あの日のレティシアは一人きりだったけど、いまは、フェリス様もおうちの人も、一緒に心配してくれる。

フェリス家チーム、ありがたい（プロジェクトチームみたいに言ってしまった。お姫様をやってるのに、いまだ前世の社畜が抜けきらない）。

「母からもらった宝石もレティシアに貰って欲しいけど、今日は、おばあさまのジュエリーを」

うん。義理のお母様に逢いに行くのに、実のお母様のジュエリーは、御二人が仲良しでないと、ちょっと難易度高そうだよね……。

おばあさまのジュエリーも、まだレティシアにはもったいないけど。

落としたり、傷つけたりしないよう、大事に取り扱わねば……！

子供なせいか、ご機嫌でわーっと走るとね、頭からごん！　てコケちゃうの。

「フェリス様の瞳が凄く綺麗なブルーなので」

「うん？」

「ここに来てから、ブルーが好きな色になりました」

耳飾りもフェリス様につけてもらった。やっぱりくすぐったい。

耳飾りは自分では見えないけど、首飾りのサファイヤブルーが目に入ると、なんだか安心する。

フェリス様の瞳とおんなじ空と海の色だーって。

あ！　昨日の夢の金色のドラゴンもフェリス様と同じ碧い瞳だった！　それで、フェリス様かな？　って思ったのかな。

「フェリス様？」

気が付いたんだけど、フェリス様って、ちょいちょいフリーズしてる気がする。

あまりにも綺麗な御顔なので、フェリス様が黙ってたら、フリーズしてるとか、困ってるとか、戸惑ってるとか、他人から見てもわからないと思うんだけど、何気によく戸惑って稼働停止してたり、笑ってたりする、とても可愛い方な気がする……。

「昔から僕は王太后のところへ行くのが苦手なんだけど」

「……」

「今日はレティシアが一緒だから、いろいろ負けない気がする」

「ホントですか？　フェリス様の足を引っ張らないよう頑張りますね！」

よしっ！　と気合入れて拳を握りかけて、いかん、衣装がお姫様ドレスだった、と誤魔化す。

なんだかツボに入ったらしく、またフェリス様が笑ってた。

笑いすぎですから。

うん。でも。私も元気を頂いたので、感謝です。


皆で悩んだ末に、レティシアの本日のドレスは、サファイヤのジュエリーの映える白いドレスになった。流行の、袖のふんわり膨らんだパフスリーブの白いドレスに腕を通していたら、サリアで花嫁衣裳の仮縫いをしていたころのことを思い出した。

あの頃は、地の底までも落ち込んでいたので、ただ人形のように着せ替えをしていた。女の子に生まれて、これほど花嫁衣装にときめかない花嫁もなかなかいまい、と思っていた。

「花嫁道具には、何もかも最高のものを用意させたと言うのに……、レティシアは少しも嬉しそうではないのだな」

サリア王ネイサンが、少しも華やがぬレティシアの態度に不満を漏らした。

「申し訳ございません、陛下」

だが、レティシアの持って行きたいものは、何一つディアナに持っていくことが許されない。

仲良しの愛馬。大事にしている本。父上、母上と遊んだ、他愛ない玩具。

何もかも花嫁道具には向かぬと、婚礼の支度を仕切る王妃の差し向けた女官に却下された。叔父にも叔母にも、女官達にも、こんなに意地悪される理由が、正直レティシアには思いつかない。

王冠は既に叔父の頭の上にあり、サリア王宮の孤児に過ぎなくなったレティシアを苛める必要などないと思うのだが。

「レティシア、あなたは喋らなければ可愛いのだから、フェリス王弟殿下に気に入られるために、くれぐれも余計な事を喋らぬように。子供は子供らしくしていればよいのです」

叔母のイザベラ王妃の言葉に、不思議な気持ちになった。

「はい、王妃様」

そもそも、あたりまえの子供というものは、五歳で嫁には行かぬ。

花嫁から年相応にかくれ鬼でも誘われても、十七歳のフェリス王弟殿下は困るだろうに。

何もかもが、嘘のようだ。

何もかもぜんぶが嘘ならいいのに。

父母が病で死んだことも、両親がいなくなったら、叔父たちが、急に人が変わったように意地悪になったことも。

「レティシアの出立はもう三日後か」

「時が過ぎるのは、まことに早うございますね……」

サリア王もサリア王妃も、レティシアが旅立つことがいかにも嬉しそうだった。

とても哀しい。

叔父と叔母に疎まれてることよりもさらに、サリア王とサリア王妃という父と母の座っていた場所に、レティシアを疎ましく思う人達が座っていることが、悲しい。

レティシアの生まれた国が、レティシアの帰れる場所ではなくなってしまったことが哀しい。

(レティシア姫の婚礼は姫にもサリアにも吉兆、レティシア姫はサリアにあれば不和の種となる)

と占い師が告げたそうだ。

もっとも、それくらいなら、占い師でないレティシアにもわかる。

レティシアが、生きているだけで、ただそこに存在してるだけで、邪魔なのだ。

五歳のレティシアはやがて成長し、年頃になり、そのレティシアが臣下の若者に嫁せば、その者はサリア王家の血を引く子を得られる。

幼くして父王を失った悲劇の王女レティシアを旗印にサリア王位を狙うこともできる。

それを怖れて、ネイサン王やイザベラ王妃たちは、『不気味な娘』『奇妙な王女』とレティシアの名を汚し、とてもそんな重責は背負えない娘だと印象づけている。

前世は存在感の薄さを心配していた雪が、ただ生きてるだけで、誰かの邪魔になるとは驚きである。

(ディアナの王弟殿下の妃となれば、フローレンス大陸の誰も、姫様を傷つけたりできませぬ……フェリス殿下の妃であることが、姫様を守って下さいます)

ウォルフじぃの、命がけの、あの言葉……。

「レティシア？　ドレスがきついのでは？　顔色がよくないよ？」

優しい声が、レティシアの名を呼ぶ。血の繋がった親族達の冷たい声とは違う。

「フェリス様」

「気分が悪いのであれば、このまま帰ろう」

王太后宮へと向かう六頭立ての馬車のなかで、フェリスがレティシアを案じている。

「いいえ、いいえ、帰りません。大丈夫です。参ります」

みんなで頑張って支度したのに、このまま帰るなんて、ダメそんなのー！

フェリス様の婚約者として、今日は頑張る！（予定）

「ドレスのことを考えてたら、……少し……嫌なことを……思い出して……」

何であんなこと思い出したの。

「嫌なこと？」

「御嫁入りの支度をしてた頃のことを……」

「凄い年上の、変人の王弟殿下のところへ嫁ぐの怖いなあ、嫌だなあ、って？」

そのときは、聞かせて貰ってなかった。どころか、きっとサリアの誰も知らなかった。

そのディアナの王弟殿下が、こんなに美しい方とも、優しい方とも。

「フェリス様ったら……違います。いえ、まだお逢いしてないフェリス様のことも怖かったんですけど、自分が……」

「うん？」

「私の嫁入りの日を待ちわびる王や王妃と切ない気持ちでお話しながら、ここにいちゃいけないんだなあ……って。もうここには私の居場所はないんだなあ、って思ったのを……」

レティシアの母様の愛した花の咲くお庭。

レティシアの父様の守っていた、レティシアの生まれ育ったサリア。

もちろん、フローレンス大陸でもっとも美しいと称えられるディアナに敵うべくもない、小さなサリアだけれど、ほんのついこないだまで、レティシアを優しく育んでくれた場所。

そこにはもうレティシアの居場所はなく、レティシアは災いの種、不和の種にしかなりえないのだ。

「僕もよく感じる。とくに、こんな風に、義母上のところへお伺いするときは。僕の居場所はないなあって」

「そんなことないです。役立たずの私と違って、フェリス様はちゃんとディアナでたくさんお役に立ってて、皆様に大事に……」

ふるふる、レティシアは綺麗に整えて貰った髪型が乱れんばかりに首を振る。

「人間、役立ってるから、愛されるとは限らない。多少何かの役に立とうとも、邪魔になる人間は邪魔にされるし、愛される人というのは、何もしなくても、ただそこにいるだけで愛されるものだよ。……僕の優しい兄上や、僕の可愛いレティシアみたいにね。ただ、そこにいてくれるだけで、愛らしくて、癒される」

「フェリス様、いまの私の話を聞いてらっしゃらな……、私は嫌われ者のサリアの王女で……」

フェリス様のお兄様はディアナの国王陛下ですから、愛され体質このうえもないと思いますが、それとレティシアはまったく……。

「僕は、レティシアがここにいて、ただ笑ってくれるだけで、とても嬉しい。……幼くして親を失ったレティシアは僕と境遇が似てる気がして、僕はレティシアを守ってあげたいと思ってたけど、逆に、毎日、僕がレティシアに幸せにしてもらってる。想定外の、嬉しい誤算だ」

とても優しい貌でそう言われて、レティシアは文句が言えなくなった。

「フェリス、様……」

多少何かの役に立とうとも、邪魔になる人間は邪魔者として扱われる。

自嘲気味のフェリス様の言葉が、幼いレティシアにもわかる。

せめて、サリアの国益の役に立とうと思って、ディアナにお嫁に来たけど、そんなのはきっとレティシアの自己満足で、サリアにとっては、不和の種になりそうなレティシアがいなくなってくれることが、幸いなのだと……。

「私も幸せです、フェリス様のところに来られて」

僕達は似てる、とフェリス様は言うけれど……。

フェリス様にもレティシア同様、それ以上に逃げ場はない。

何も悪い事してなくても、ただ生きてるだけで、竜王陛下にうりふたつのその貌が、出来の好いその振る舞いが、その存在自体が邪魔だと思われるような、ここで、この場所で生きていかなければばならない。

レティシアがウォルフじぃから心配されたように、不必要にフェリス様の名が汚されたり、御命が狙われることもあるかも知れない。

「私、お父様とお母様を守れなくて、死ぬほど後悔したので、フェリス様のことは、きっと、どんなものからも、私が守ります」

病魔から誰かを守れるなんて驕りだろうけど、それでも、じゃあ何の為に転生したの、何か意味があるのなら、今度こそ家族をこの手で守れるはずじゃなかったの？　幸せに溺れて、何かの予兆を見落としていたの？　と涙が枯れるまで泣いた。

あんな思いは、二度で充分。三度目は死んでもいやだ。

「僕の可愛い、愛しい騎士殿。僕にもレティシアを守らせて」

レティシアのあどけない白い指先におくられたフェリスのキスは、何かの約束のようだった。

マグダレーナ王太后によるごく私的な御茶会

「ようこそいらっしゃいました」

マグダレーナ王太后宮は、フェリス様の宮から、最も遠かった。

「御招き頂き、大変、光栄に存じます」

このあいだ習ったばかりのディアナ風のお辞儀をする。うん。ちゃんとできてる筈！

「フェリス様」

「フェリス様が」

「フェリス様とサリアの姫君が」

ざわめきが広がっていく。この御茶会は午後のガーデンパーティー仕立てらしい。室内よりはまだ気が紛れていいけれど……。

うーん。ごくごく私的な御茶会にしては、かなりの人数の着飾ったお客様がいらっしゃる（……ちょっと話違わない？）。

うう、よかった。フェリス様、一緒に来てくれて……。

さすがに、一人だとこれは心細かった。

「あら可愛らしいお姫様」

「フェリス様と並ぶと愛らしい兄妹のようね」

「あら、あれが、サリアからいらした……ねぇ、サリアって何処にある国……未開の国……？」

そうです。私がサリアの田舎から出て参りました、サリアの小娘ですよ。フローレンスでいちばん豊かな国の麗しの王弟殿下の花嫁には、異論お有りの方がいらっしゃるでしょうけど……。

「レティシア、義母上に紹介する」

フェリス様が手をとってくれる。ううう、安心。

お兄様も弟もいない一人っ子だから、お父様以外のこういうエスコート初めて。

でもフェリス様の手には安心だけど、なんだか凄く周囲から、呪うような殺気を感じる……。

ぎりぎりぎり、なんでこんな小娘がフェリス様の隣に立つの！　って感じの！

フェリス様、フェリス様が宮廷では人気ないって思ってるの、もしかして、この世でフェリス様だけなのでは？

「義母上にはご機嫌うるわしう。こちらが僕の妃となるレティシアです」

「王太后陛下、お会いできて光栄に存じます」

「レティシア姫、よくぞ参られた。ディアナはいかがかな？　フェリスはたいそう姫を気に入ったそうだが」

王太后様は、前情報をいろいろお聞きしたせいか、どうもラスボス感、感じてしまっていけない。

それに、隣から、美しい無表情のフェリス様の緊張がかすかに伝わってくる……。

「はい。お優しい王太后様が、私たちの婚姻を奨めて下さったおかげで、この世でいちばん優しい夫君にめぐり逢うことができ、私はこの上もなく幸福な娘となりました」

若干、マグダレーナ王太后が引くぐらい、レティシアは満面の笑顔で申し上げる。

未開の国から政略結婚で連れて来られた哀れな幼女などと言わせない。

だって本当に、サリアにいたときより幸せなの。いろいろ風変わりなレティシアとフェリス様だけど。

「フェリス様には、私が幼いため、いろいろとご苦労おかけしますが、皆様にいろいろ教えて頂いて、よきディアナの娘として、竜王陛下の祝福を得たいと思っております」

ああぁ！　今朝ばたばたしてて、竜王陛下の絵姿にご挨拶忘れたー！　既に日課なのに！

フェリス様、私の部屋にも竜王陛下の絵をお早くー！

竜王陛下、どうか、守ってくださいね！　王太后様との初顔合わせ、無事に切り抜けて、フェリス様を安心させられますように！

「ほお、何とも……、姫の幼さに似合わぬ、立派なお言葉よの」

どうしてだろう。褒められたのに、貶されてるようなこの気配。あ、こういうのを、日本語で「扇越しの嘲笑」というのかな。なかなか庶民の生活では使わない言葉ではある。

不思議。レティシアは、マグダレーナ王太后と初めてお逢いするんだけど、なんだか好かれてないみたい。なんでかな……？

マグダレーナ王太后は、すべてを見下ろすように、ゆったりと腰かけていらっしゃる。この婚姻はフェリス様の力を弱める為では、ともこちらに来てからお聞きしたけど、……何だろう？　王太后様にとって、レティシアがどんな娘だったら合格だったんだろう？

レティシアが、おかげで幸福です、と言った途端に、王太后から露骨に眉を顰められたので、もしかして、もっと不幸そうな方がよかったんだろうか？

「幼いのにひどく賢い姫、昔のそなたと似てるかも知れぬの、フェリス」

王太后様、それは違います。

フェリス様は本物の早熟な天才で、レティシアはただのｉｎやまとのむすめ雪です。しかもそこまで賢くもありません。賢かったら、前世も現世も、もう少しいろいろ仕事も人生もうまくやれてると思います。

「ええ。僕とレティシア姫は、何処か似ていると思います」

いいえ。それは誤解です、フェリス様……。でも、フェリス様が、僕達は似てる、とせっかく気に入って下さってるので、そこはあえて突っ込みません。……きっと、孤独だったんだろうなあ、かつての天才少年。

「それ故、レティシアといると、僕はとても穏やかな気持ちでいられて、……そう、幸せです」

フェリス様が自分で言いながら、自分で驚いている。

フェリス様も驚いてるけど、周囲もざわめきまくりで、そうとう驚いている。

どういうことなの、ここの人達！

みんな、私たちが、とっても不幸です！　とでも言ったら満足なの⁉

実際に、フェリス様と私、日々、ほのぼのと幸福なんだけど、これでも私たちは結婚式直前なんだから、たとえ不幸でも、不幸だとは言わないでしょ！

「お互いの年齢が離れているので、この婚姻に少々、不安を抱いておりましたが、いまは義母上に感謝致しております」

キリリ、とお義母上様の眉があがる。

あきらかに、御礼を言われたのが嬉しくはなく、美しい義理の息子がこの奇妙な組み合わせの婚姻に不満ではなく、むしろ何処か幸福そうなのが、随分と御不快の御様子……。

ううう？　もっとちゃんとフェリス様と打ち合わせしとくべきだった？　私達、気があわなくて、とても不幸です、のほうが王太后様を喜ばせるんだったら、それでいくべきだったのかも？

でも「王太后様のおかげを持ちましてのこのたびの婚姻……、我ら二人、大変に感謝致しております」はここでは外せないご挨拶よね？

どうしたらよかったの？

「それは何より、どんな美姫にも心を動かさぬと言われた我らが王弟殿下の心を、こんな可愛らしいまだミルクの匂いがしそうな姫が動かそうとはの」

ミルクの匂いは、しないと思うの。だってそこまで、ミルク好きじゃないもの。

紅茶とかいちごとかのほうが、まだ匂うかも。

ああ、なんだか、せっかく綺麗に梳いてもらった金髪が毛羽立ってきそう。

ここ、乾燥してるのかな……、空気が薄い感じ。

「それはそうと、レティシア姫はまだまだ幼い。二人はしばらく白い結婚となろう。フェリスよ、レティシア姫のお眼鏡にかなう側妃を選んでもらってはどうだ？　こういうことは、正妃の気に入る者を選んだほうがうまくいくゆえな」

そくひ？

え？

え？

ええええええええー？

何を言ってるの、このお義母さま！

もちろん、我が推しフェリス様が、いつの日か運命の恋に落ちられたら、レティシアとて身を引く心の準備はあるものの、そんなメロンでも選ぶみたいに、レティシアにフェリス様の側妃（二人目の妃）を選べって……。

それはフェリス様と運命のお相手の心が選ぶことで、他の人が決めることじゃないでしょ！

だいたい、本日、結婚の最初の挨拶に来てるのに、王太后からお茶に呼び出しといて、何なのその最悪な嫌がらせ！

いくらレティシアでも、ここに、ちゃぶ台があったら、ひっくり返したいー！

（このサイズのレティシアにひっくり返せるの、せいぜいミニテーブルだけど！）

フェリス様とレティシアと側妃（未定）の人権はどうなってるんだ！

「義母上」

王太后からの側妃を選んではどうか発言に、御茶会のゲストたちのざわめきも最高潮だが（一部きゃあと色めき立ってる令嬢方までいる……）、フェリスの声が地の底までも冷えていく。

「何ぞ、フェリス？　そなたの母君ほどの美姫はおらぬが、ディアナの美しき御令嬢たちがここにはおるぞ？」

何もこんな時に、フェリス様のお母様まで引き合いに出さなくても！

（……あ、ダメ……、なんか……ダメ）

フェリス様の心が、遠くに行ってしまう……。

レティシアから遠のくんじゃなくて、なんというか……ダメ……ダメな感じがする……。

レティシアが両親を失って、もう何もかもどうなってもどうでもいい、と思ったときの虚無感のようなものが、隣にいるフェリスから伝わってくる。

無作法だとは思ったけれど、レティシアはフェリスの上着のレースの袖をそっと掴む。

ふと、レティシアは、フェリスと眼があった。

碧い碧い、凍てついた、冬の海のような瞳。さっきまで、春の空みたいな、透き通った碧だったのに。

「いや!」

な、何か言わないと。フェリス様の心が凍ってしまう。

慌てたあまり、いや! だけ言ってしまった。

王太后も、なんだこの小娘は? と言いたげに見下ろしている。

レティシアの人権はこの際もうどうでもいいけど、そもそもお義母様的に、もともとレティシアに人権はなさそう。

早く、こ、このお義母様の毒気を祓いのけないと……、フェリス様の心が死んじゃう。

「私は、いやです! 側妃など選びません! フェリス様の心は、フェリス様のものです!」

ああ。ここは正妃的に、私のものです! と言うところかも知れないが、いま一番思ってることが、口から出てしまった。

やめて、お願い。

フェリス様の心を壊さないで。

震えるちいさな指先で、フェリス様の小指を繋ぐ。

大切な人の心が、何処か遠くへ、行ってしまわない様に。

「おやおや。大人びたご挨拶ができても、サリアのお姫様は、やはり、まだ幼くていらっしゃる」

呆れたように、王太后が言った。

いや、違うでしょ。それは幼いとか、幼くないとかの話じゃないでしょ！

竜王陛下だって浮気しない人だったから、ディアナの女の子はみんな竜王陛下みたいな夫が憧れって、一昨日ちゃんと習ったからね！　騙されない！

そんな側妃はいて当然のていで、お話進めないでもらいたい！

だいたい私は、もしフェリス様が他のお妃迎えるなら、そのときにはお傍は辞したいの!!

名前だけの正妃といっても、同時進行は嫌なの！

「王太后様、レティシア殿下はまだ本当に幼い方ですもの……致し方ありません」

王太后の仲良しなのか、綺麗な令嬢が、場を持たせるように言葉を挟む。

本当に幼い方で悪かったわね！　子供の情操教育に悪い話しないでよ！

「レティシア」

「はい？　フェリス様？」

ああもっと、口の達者なレティシアならいいのにー！

いいえ、お義母様の仰ることはおかしくて、礼儀がなってないです！　って言いたい。

でも、あんまり王太后に口応えしたら、フェリス様に御迷惑なんだろうか？　と悩んでたら、フェリス様が、ちょっといつも宮にいるときみたいに笑いを堪えてた。

あ。よかった。フェリス様、無事だ。死んでなかった。生きてた。

(なんだろう……物理的にじゃなくて、フェリス様の心の何かが、死んじゃう気がしたの)

「そこは、フェリス様の心はフェリス様のもの、じゃなくて、僕の心はレティシアのもの、って言ってくれないの?」

これはいつもの、レティシアの発言の何かがツボに入って、大笑いしてるときのフェリス様だ。

ここで大笑いはマズイと思うけど、フェリス様がお元気そうで何より!

「そんな烏滸(おこ)がましいことは申しませんが、ただ……!」

フェリスがレティシアの手を取り、そっとくちづけた。優しい騎士のくちづけ。

「義母上、ご存じの通り、私は不調法な男で、いままでについぞ浮いた話もございません。その私が、義母上の勧めで、ようやくこの可愛い妃を迎えたと思ったら、そのうえ側妃などと、とんでもない冗談にしか聞こえません」

笑っているのに、取り付く島もないような、フェリスの声。

完全な拒否。

「だが、フェリスよ……」

「私は母と義母上を見て育ちました。ゆえに、父上のような恋はしたくありません。恋多き男でもないのに、誰かを傷つけるような恋はしたくない。願わくば、私は、竜王陛下のように」

竜王陛下、とフェリスが口にすると、王太后は息をのんだ。

「たった一人の愛しい妃を、永遠に大切にしたいと思っております」

もう、そう語るフェリス様が、物語の王子様そのままで！　いまこの瞬間にスマホのカメラが欲しい！　とレティシアは、この状況を忘れて思ってしまった。

そう思ったのはレティシアだけではないらしく、居並ぶ御婦人方から、ほう、と何とも悩まし気な溜息が漏れる。

そうなの。フェリス様って、御本人は恋愛音痴らしいけど、御姿はそれはもう恋の化身みたいな人だから……。

「誰でも若い時はそう思うものよ」

馬鹿馬鹿しい、と言いたげにマグダレーナが吐き捨てる。

「兄上も、ポーラ妃御一人を大切にしておいでです。義母上が、大切に兄上を育てられたからだと思いますが。それに竜王陛下はずっとアリシア妃のみを大切にされました」

たぶんフェリス様は、他ならぬ義母上からだけは、側妃の言葉は聞きたくなかったんだなー、とレティシアは繋いだ手から感じた。

というか、いつまでもこの手を二人で繋いでていいんだろうか……？

「まして私は兄上と違って、御世継をなす身でもありません。ご心配はまるで無用です。私はいま、このレティシアに夢中ですので」

それは主に、話してるとレティシアが変なこと言って、おもしろいからでは……？

「新婚早々、側妃など選んで、一人で遠くからきて心細い思いをしている、可愛いレティシアに嫌われたくありません。義母上、どうぞ、私たちのことは、御放念ください」

フェリスがそう言ったので、王太后様はまだ何か言いたげだったが、側妃の話はそれでおしまいになった。

マグダレーナ王太后の不機嫌もさることながら、あまりにもフェリスが公然と異国から来た妃への愛情を述べたため、レティシアは知らずに、ディアナの独身のみならずの御令嬢方の恨みを買うことになる。

王太后に口応えした小さなレティシアの果敢な心意気は、密かに皆に評価されたのだが、フェリス本人の知らぬフェリス人気が暗然と高いので、フェリス最愛の姫君登場となると、なかなかにその姫が女性人気を勝ち取るまでには遠い道のりがある。

「レティシア、ここで少し待っててくれる?」

「はい、フェリス様」

やっとのことで、王太后の御前を辞して、人気のないほうへとフェリス様と二人で逃れてきた。

黄色とオレンジの花の飾られたテーブルに、レティシアはちょこんと座って、言われた通りにフェリスを待つ。

疲れたー！　一か月分以上は疲れた！　そしてごめんなさいフェリス様、可愛いお嫁様作戦大失敗！

「ああ。我慢がたりなかったかなー……」

でも、いつになく、黙ってちゃダメな気がしたの……。

レティシア自身のことならべつに何言われてもいいんだけど。王太后様の言葉に、フェリス様がひどく傷ついてる気がして……。

「……いやもう落ち込んでも、やっちゃったことだし……」

「おまえ、なかなかに勇気のある女子だな」

「……え？」

銀髪のちっちゃい男の子が、何か凄く偉そうに話しかけてきた。

王太后の御茶会のお客様の、貴族の少年……？

「僕は、あのおばあさまに言い返す人間を、この世で初めて見たぞ。母様も父様も、みんな、おばあさまには何も言えないんだ。おばあさまは凄く凄く凄く強いからな。もちろん、僕も無理だぞ」

お、おばあさま？　てことは、この子、ディアナの王太子殿下……？

「お、王太子殿下？」

「ルーファスだ。おまえは僕の叔母上になるから、特別に名前で呼ぶのを許してやってもいいぞ」

「お、王太子殿下、こ、こんなところに、御一人で大丈夫ですか？」

「抜け出してきたんだ。女官たちはうるさいからな」

え、えらそうで、可愛い。

フェリス様のお兄様の国王陛下のお子さんだよね。

フェリス様と似てはいないけど、可愛いらしいお顔立ち。

「ちいさいのに叔父上の妃とは生意気だと思ってたけど、そなた、なかなか、見所のある奴だ。僕が、遊んでやってもいいぞ」

ディアナの王太子殿下に、ナンパされてしまった……。というか、たぶん、王太子殿下、退屈してたんだろうね。フェリス様の側妃候補なのか、妙齢の御令嬢のゲストが多くて、同年齢の子なんて、レティシアと王太子殿下のほかにはいなそうだし……。

「何をして遊ぶのですか、殿下？」

「かくれ鬼かな！」

う、嬉しそう。瞳がきらきらしてる。これは、かくれんぼ、してさしあげねば。

「では、私が鬼になりますね」

うーん。鬼と隠れる人、どっちが安全かなあ、と悩むけど、王太子殿下を鬼にするのもね。

「私、探すの下手なので、殿下、遠くに行かないで、近くで隠れてくださいね」

念のため、お願いをしておく。

「わかった。そなたのために、遠くには行かない」

殿下は上から目線の王子様だけど、聞き分けがいいっぽい。いい子ね！

「では、十、数えます。殿下、きっときっと、ちかくに隠れてくださいね」

何度もお願いする。王太子殿下に、危険があっては一大事！

「そなた、なかなかの甘えん坊だな」

それはちょっと違うけど、近くに隠れてね！

「ひとーつ。ふたーつ。みーっつ」

レティシアは大きな樹に凭れて、目を瞑っている。十数えたら、王太子殿下を探しに行く約束だ。

フェリス様が帰って来るまでに、王太子様を捕まえて。王太子つきの女官に届けてあげないと、
きっと今頃は涙目だよね、女官の方々。かくれんぼとか久しぶりだな〜。

「ななつ……」

「……レティシア、何してるの？」

甘い声がする。もう聞きなれた声。

「フェリス様……！」

いけない。フェリス様もう帰ってきちゃった。まだ、王太子殿下捕獲できてないのに。

「あの、かくれ鬼を」

「ひとりで？　それとも僕と？」

フェリス様……まあまあ天然なのでは。

いくらレティシアでも、一人とか、ここにいないフェリス様と、かくれ鬼しませんから！

とはいえ……。

「あの……小さな貴公子様に誘われまして」

どうなのかな？　一人でお散歩してたのバレたら、王太子殿下、怒られちゃうんじゃゃ……。

「貴公子？　……レティシア、いちご水飲む？」

「あ、はい」

わーい、美味しそう。フルートグラスに入った、赤いいちご水。フェリス様、いつもいつも美味しいものありがとうございます。

「さて、高貴なる迷子の貴公子、でておいで？」

「……叔父上」

バツが悪そうに隠れてた樹の陰からルーファス王太子が出てくる。

わあ。さっきまであんなに偉そうな子だったのに、借りてきた猫みたいになってる。

王太子殿下、フェリス様には弱いんだあ。

「叔父上、ご結婚おめでとうございます」

「うん、ありがとう、ルーファス。そして小さなディアナの騎士として、一人残していった私の婚約者の面倒を見てくれてありがとう」

フェリス様、私が！　この可愛い王太子殿下の面倒みてたつもりなのですが！　そこは却下なんでしょうか？

「当然のことです。叔父上の花嫁は、私の大切な叔母上ですから」

私、幼くして、叔母さんになってしまった……あはは……。ま、こんなに若くして、政略結婚で既婚者になるのも、現代日本ならありえないから……。

「ルーファスもいちご水飲む？　子供っぽいからいや？」

フェリス様は天使みたいに甥御さんに微笑んでいる。フェリス様ん家の家庭環境はいろいろと複雑だけど、とりあえず叔父と甥はわりと仲良しらしい。

仲良しというか、ルーファス王太子殿下、フェリス様と話してると、真っ赤なんだけど……。

恋する乙女なのか？

ん？　もしや、王太子殿下、レティシアと同族のフェリス様推しなのかしら？

それならば、ぜひとも親睦を深めたい。レティシアは、推し友を持って、噂に聞く同担トークというものをしたいのだ！

「いちご水、いただきます、ありがとうございます」

緊張しつつ、フェリス様の白い手から、いちご水をいただく王太子殿下、可愛い。

竜王陛下の守護を感じる、美しい竜王陛下直系の御二人だ……。

「それを飲んだら、ちゃんと帰って、心配してる女官達を安心させてあげなきゃダメだよ？　ルーファスはディアナのハートなんだからね。皆を心配させるのではなく、安心させてあげなくては」

「はい。叔父上」

レティシアには我儘放題いってた王太子殿下だが、フェリス様には褒められる振る舞いをしたいらしい。

「レティシア」

「はい」

「ルーファスをみててくれて、ありがとう。大切な王太子の身に何かあったら大変だった」

「……私は、何も」

でも、そうだよね。いくら王太子の宮とはいえ、私達の結婚のご報告のために開かれた王太后の御茶会で、この元気な王太子殿下が転んで怪我でもしたら、目も当てられないよね。ありもしない陰謀を疑われても嫌すぎる。

それにしても、このいちご水美味しい！　フェリス様、これを選んでくれてありがとう～。

「叔父上。こんど、遊びに伺ってもいいですか？　魔法の呪文で、教えて頂きたいことがあって」

遠慮気味に、王太子殿下が問う。

「もちろん。でも私に教えられるようなことあるかな？　私のはかなり我流だから……ルーファスは、マーロウ師から、最初はきちんと正統派の呪文を真面目に習わなくてはダメだよ？」

「でも、他の師の魔法は、叔父上の魔法みたいに優雅でもないし、楽しくもないんです。マーロウ先生が言ってました。ディアナで叔父上が一番、四大の原理を操るのがうまいって」

そうなんだ。じゃあ、レティシアもフェリス様から魔法習いたいな。お願いしたら、教えてくれるかな？

「マーロウのお世辞にも程がある。こんどいい果実酒でも差し入れなきゃね。ルーファス、うちのレティシアも、マーロウ師に魔法習い始めたんだよ」

うちのレティシア。うちのレティシア。うちの……。

「叔母上も？」

あれ？　王太子殿下から、おまえとかそなたとか呼ばれてた気がするのに、フェリス様来たら、レティシアは叔母上に格上げされた……なんか身分上がった……。

「はい。初歩の初歩ですが」

レティシアは、初日の授業から倒れて、フェリス様をびっくりさせちゃったけど……。

「レティシア、顔が赤い。そのいちご水、いちご酒じゃないほうを頼んだんだけど、もしかしてアルコール入ってた？　ルーファスも平気？」

フェリスの指がレティシアの頬に触れる。

「……いえ」

「僕は何とも。アルコールは入ってないと……」

「あの。あの」

うちのレティシアになんだか嬉しくなったのです、と言うべきか……。

「レティシア、疲れた？　さっき僕が気苦労かけたから……」

フェリスがレティシアを気にしている。

うう。

フェリス様、なんというか天然でいい人なんだよね……。

このお貌で、天然って言うのも、始末に負えない気がするけれども……。

「ち、ちがいます！　疲れてないです！　あの、うちのって……」

「うちの？」

「うちの？」

金髪のフェリス王弟殿下と銀髪のルーファス王太子、竜王家一族が不思議がっている。

「うちのレティシアが、……なんだか」

顔から火が出そうと思いながら、レティシアがやっと訴える。

「……え？　でも、レティシア、うちの子だよね？」

「叔父上の花嫁だから、叔父上の家の方で、さらにいうと我が家の方ですよね？」

ルーファス的に言うと、フェリスのところのレティシアであり、もっと言うと、レティシアはディアナ王家の人となるので、ルーファスのファミリーにもなる。間違えていない。

レーヴェが、レティシアの全く知らないところで、「我が家系にお嫁に来たレティシアは、もううちの子だから、オレの管轄」という程度には間違えていない。

「……はい。でもまだ慣れてなくて」

「そうなの？　具合が悪くないなら、よかった。……うちのレティシア、ダメ？　まだ早い？」

「いえ。そんなことはないです……」

ぱあああと、赤くなっているレティシアを、よしよしとフェリスが撫でてくれる。

甥っ子の王太子もいるせいか、フェリスがとてもちゃんとしている。

先刻、心が死んじゃうんじゃないかと、レティシアが心配したフェリスと思えないくらいに、優しい美貌の王弟殿下として立派に復元していた……。

誰もがその場にいたとしても、何を想うかは千差万別

「フェリス様」

レティシアにドリンクを、とフェリスが歩いていると、美しい御婦人に呼び止められた。

「ご結婚お祝い申し上げます。先ほどの王太后陛下への御言葉、聞いておりましたすべての女子が胸を熱くいたしましたわ。これほどにフェリス様に思われて、レティシア姫、何と羨ましい」

幼くして嫁に来て、相手は十二歳も年上のうだつの上がらない王弟で、しかも変人。

婚家先の義母ときたら、結婚式の前から、側妃を選べと言い出す。もはや妖魔の女王みたいな人でもですか？　とも言えず、フェリスは曖昧な表情をしていた。

いつも、何といったものだろう、と思って、結局何とも言えないのだが。結果ついた渾名が、氷の王弟殿下なのだが、氷も何も口が下手なだけだと言いたい。

下手というか、話ができない訳ではないのだが、何かと微妙な話が多すぎるのだ。

「ありがとう。妃はこちらに不慣れなので、どうか優しくしてやってください」

「はい。私、レティシア姫を好きになりました。私よりずっと年下なのに、とても勇敢な方です」

「勇敢……」

御令嬢は輝く瞳でレティシアを褒めていて、嫌味という訳でもないらしい。

確かにレティシアは勇敢である。

いまだかつて、マグダレーナ相手に、いや！　と啖呵を切った人をフェリスは見たことがなかった。

「結婚式がこれからなのに側妃なんて、と思いましたけど、怖くて誰も王太后様にそんなこと言えませんもの。私も着飾って参れと父に言われて参りましたけど、馬鹿みたい、幾ら何でもお相手のお姫様に失礼よ、ふざけた話だわ、と思ってました。レティシア姫がお断りになられて、正直すっきり致しました」

「何というか……、迷惑をかけたね」

「いいえ。おかげで姫への愛を語るフェリス様を拝見できました。竜王陛下がそこにいらっしゃるようでとてもお美しかったです」

レーヴェ……。レーヴェなら何と言ったろう？　もっとうまく言えたろうか？

いやでも、レーヴェ本人でもやっぱり、「いらん。オレの妃は一人だ。結婚式前に、余計な世話にもほどがある。おまえは悪い酒にでも酔ってるのか？　まあ少し落ち着け。水でも飲め」としか言わない気がするが……。

「みなフェリス様に愛されるレティシア姫を羨ましがって、だいぶ妬いてもおりますが、集められました私達も、御式の前にこれはやりすぎでは、と思っていたこと知って頂きたくて。……もちろん、みな、フェリス様のたとえ一夜のお相手でもかまわない、と麗しの王弟殿下に恋焦がれておりますけどね」

「ありがとう。もしよかったら、レティシアが困っていたら、助けてやってくれると嬉しい。……

どちらの令嬢だったかな？」

「レイス公爵家のクリスティーナと申します。……はい、殿下。わたくし勝手にレティシア様のファンになりましたので、私にできることなどささやかですが、御力になれたら嬉しいですわ」

何処まで本当かわからないが、レティシアの振る舞いを咎められるのではなく、褒められるのは素直に嬉しい。

たとえ、あの場の誰にも褒められなくても、フェリスにとっては、黄金よりも価値のある一言だったけど。

初めて逢ったときの蒼白の表情でフェリスの前に現れたレティシアは、邪神の供物の幼い少女はかくもあらん、という有様だった。

幼くして、何もかも諦めてしまったような瞳が、フェリスに似ていた。

少し話してみると、レティシアは多様な表情を持つ、大人のようなことを言う少女だった。

よく笑い、よく食べ、いつも突拍子もないことを言い出す娘。

けれど、レティシアは、誰よりも強気な娘などではない。格別、豪胆な娘でもない。

レティシアはただあの娘のせいいっぱいで、フェリスの為に、王太后に抗ってくれたのだ。

（フェリス様の心はフェリス様のものです！）

この国で、十七年間生きてきて、まさか、あんな小さな姫君が、フェリスを義母から守ろうとしてくれるとは……。

「嘘みたいな話だな……」

レティシアを褒めてくれた令嬢とわかれて、御茶会のゲストを見渡す。

明るい陽光の下で笑いさざめく、着飾った美しい遠い人々。どんな美しい女にも男にもフェリスの心が動いたことはない。

それはフェリスが、誰も自分と似てるように思えなかったからだ。

竜王陛下の血が、どうこうと言うのではない。

誰もかれもがフェリスから遠く思えて、恋などという気持ちを覚えたことがなかった。

フェリスだけは、何か、人としてきちんと生まれ損なった化け物か何かのような気持ちだった。

レティシアには笑い話として話したが、魔法省の塔を壊したときに強く思った。

子供の頃は無力さに苛立っていたが、長ずるにつれ、学ぶにつれ、フェリスは意図することなく、ほぼ何でもできるようになった。

人より強いフェリスの魔力を、これ以上高めて、どうしろと言うのか？

いまだとて義母上の不愉快な仕打ちを受け流して生きてはいるが、やらないだけで、きっとフェリスは跡形もなく、マグダレーナをこの世から消すこともできる。

恐らく、右手ひとつ捻る必要さえないだろう。

それに気が付いた時、むしろ怖くなった。

この魔力が、フェリスの身体に流れるレーヴェの血の力だとしたら、きっとディアナを守るために使うべき力だろうと、基本的にディアナの為にすべての力を使っている。

でも、ときどきひどく空しい。

フェリスは何の為に生きて、いったいこれは、誰の為にやっていることなんだろうと……。

さっきも王太后の言葉に、怒りのあまりに、箍(たが)が外れそうになった。

フェリスは自分がされて嫌だったことを、他人にしたいとは思わないが、王太后は父が側妃を持ったことをあんなに恨んだ癖に、フェリスに側妃を持たせたいらしい。

意味不明すぎる。

それでその側妃に、フェリスの子でもできれば、また義母上が困るんだろうに。

血の気が引いていくような、この世にフェリスを繋ぎとめている糸が切れていくような気持ちでいたら、レティシアの白い手に、手をぎゅっと握られた。

あたたかい、ちいさな手。

レティシアは魔力が強いから、なにがしかフェリスの身に異変を感じたのだろう。

この世にフェリスを繋ぎとめる、あのしろいゆびさき。

レティシアは親を失っただけでなく、それまでにも、ひどく苦労をしているようなのに、どうしてあんなにゆがんだところや、よどんだところがないんだろう……？

小さくとも、フェリスがレティシアの年頃には、もうだいぶやさぐれかけていたが……。

「フェリスさま」

レティシアの指先に指をふんわり繋がれて、レティシアの優しい声で呼ばれると、不思議とフェリスもちゃんとした人間のような気がしてくる……。

「王太子殿下！」

レティシアとルーファスがいちご水を飲んでいるところに、半泣きの女官たちがルーファスめがけて走ってきた。

「ルーファス様！　お探ししておりました！　御無事で何よりでございます！」

「あ、ああ、アンナ。よく見つけたな」

ルーファス王太子が大きな瞳を瞠っている。

「さきほど、フェリス様が魔法にて私共にお知らせを下さり……、フェリス殿下まことに、まことにありがとうございました」

「ポーラ王妃より義母上は厳しいから。ルーファスが危ないことしないように、気にかけてあげて」

「はい、フェリス様。王太子殿下の御姿を見失い、我ら一同、寿命が縮む思いでございました」

「……悪かった」

おお。魔法って、そういうことも出来るのかー。便利！

この世界にはまだスマートフォンがないから、離れたところにいる人と連絡とるの、ちょっと大変なんだよね。

「フェリス様」

「何、レティシア？」

ルーファスと王太子付きの女官達がきゃあきゃあと感動の再会を喜んでるのを横目に見ながら、レティシアはそっとフェリスに耳打ちする。

「あのね。このいちご水美味しいから、飲みませんか？」

ここを離れる時点では、フェリスとレティシアは二人だったから、フェリスは二人分の飲み物をとってきてくれた。いざ戻ってみると、かくれ鬼が始まっていて、甥っ子の王太子がいたので、当然のごとく、フェリスは飲み物をレティシアとルーファスの二人に与えた。

フェリス様の分がなくなっちゃった……とレティシアは大変にちいさなことを気にしていた。

こんな華麗な人に、ねーねー、これ、はんぶんこ、どう？　とは勧めにくい……のだが、たりなくなっちゃった……フェリス様の分もいちご水……と、凄ーく他愛ないことを思っていた。

ほんのついさっき、義母殿と窮鼠真剣一番勝負！　をやってたとは思えない呑気さで。

「レティシアの飲んでるものを、僕に？」

「……あ、あの、私の飲みかけ、汚かったら、ぜんぜん無理しなくてよくて……」

わーん！　恥ずかしい！

なんかね、なんかね、サリアで叔父さん一家にレティシアの分だけない、ってのを結構やられたせいか、自分の分だけないの苦手で……。

もちろん、フェリス様は飲み物になんか全然不自由してないし、あ、それこそ魔法ですぐ、ぽーん！　って取り出せるのかもだけど……。

「ありがとう。僕は、そんなこと言って貰ったの、初めてだ」

フェリス様がまた笑ってる。うん。フェリス様、王子様だからね。それは言われないと思うの。

いいの。また笑われちゃったけど、笑って貰えて何よりなの。

フェリス様の気配が暖かくて何より。

先刻、王太后のところにいたときは、なんか凄まじく冷気が巻いて来てたし……。

このせいで、氷の美貌の王弟殿下なの？　って思ったくらいに……。

「甘い」

レティシアからグラスを受け取って、フェリスがいちご水をひとくち飲む。

同じ赤い液体がフェリスが持つと、高級なお酒のように見えるから不思議だ。

「レティシア」

「はい」

よかったー。ちゃんと、半分こできたー。

いや、どっちかっていうと、フェリス様、気を遣って飲んでくれたのでは、だけど……。

「僕は、レティシアと結婚できるのが嬉しいよ」

……いちご水、はんぶんこしたから？

よくわからないけど、フェリス様がとても幸福そうなので、レティシアも嬉しい。

「……？　私も、フェリス様と結婚できてうれしいです」

だって、現実的な年齢差はおいといて、だいぶ挙動不審なあやしげな幼女（ｗｉｔｈ雪）にたいして、こんなに理解のある殿方は、きっとほかにはいないと思うの。

「まあ、見て、サリアのお姫様……、いつのまに、ルーファス王太子殿下とまで仲良く……」

「何と……さすが、あのフェリス王弟殿下を虜にした方は、お小さくても私共とは違いますね」

何を言うとるのじゃ、五歳児相手に。

フェリスと、ちゃんと顔は出したし、疲れ果てたしもう宮に帰ろうか、という話になって王太子と三人連れだって中庭に戻ると、美声じゃない雀が囀っている。

ルーファス王太子は、女官からの逃亡を諌められたものの、大好きなフェリス叔父上に遊びに来ていいと許可を貰ったのでご機嫌だった。

レティシア的にも、ルーファス王太子様が遊びにいらしたら、フェリス様、最高ですよね、な、そう思うだろ、って同担トークできるかしら、と楽しみではある（だいぶまちがい）。

大失敗しちゃったけど、王太后様にもお逢いした。

次回はもっとうまく話を収められるように、図書宮で嫁姑本？ 後宮陰謀もの？ でも読もう！

その方面はこれまで全くカバーしてなかった（必要なさすぎたため）。

ところで、王太子とは手を振ってにこやかに別れたけど、これはずっと、手を繋いで歩くものなのかしら？

なんだか手を繋いでるの、レティシアとフェリス様だけの気がするけど……。

「フェリス様」

「ん？」

「どうして、私達、ずっと手を繋いでいるのでしょう？　フェリス様が歩きにくくありませんか？」

「レティシアが迷子にならない様に」

「⁉　……なりません。王太子殿下ではありませんので」

「僕と手を繋いでるの、いや？」

「いいえ。そんなことは……」

「何なら、肩に乗せてても可愛いと思うけど、レティシアのサイズ的に……」

「う……、それは子供っぽいから嫌です」

うーん。こんなところで肩に乗せてもらうのは嫌だけど、フェリス様は背が高いから、あのぐらいの位置から人を見るのってどんな感じかなーと興味はある。

夢で金色のドラゴンに乗せてもらって、下界の街並みを見下ろしたとき、楽しかったなー。

「そう？　可愛いと思うけど。じゃ、手繋いでて。……僕が、心細いから」

「フェリス様が？」

それは嘘だと思うんだけど、たぶんレティシアを心配してくれてるんだよね。

お庭の薔薇や春の花たちの香りは心地いいのに、ねっとりと空気が重い。何というか、瘴気が纏わりつくような気がするので、フェリス様と手を繋いでると確かに安心する。

「ご覧になって、フェリス様よ、やはり素敵……あんなに怒りっぽい、お行儀の悪い、我儘なお妃様を迎えられて可哀想……」

「まあ、あの方が王弟殿下のお妃さま……？　とても可愛らしいけど、恐れ多くも、王太后様に口応えをなさったって……ねぇ、あんなちいさな方が本当に……？」

好奇心、揶揄、羨望、嫉妬、たくさんの視線とひそひそ声が纏わりつく。

そうです。

私が、買ってはいけないだいぶ強めのお姑様からの喧嘩を買ってしまったお馬鹿さんです……、しくしくしく。

「雑音は聞き流して、前を向いて、顔をあげててね？　ここにいる御令嬢方のなかで、僕のレティシアが一番可愛いし、一番優しい姫君だよ」

「それはだいぶ謎ですが、フェリス様の激甘採点には感謝です」

うん。でも、妬まれても仕方ないかも。

レティシア的には、結婚のご挨拶のお茶で、側妃の相談はないでしょ！　何寝惚けてるのよ！と怒ったけど、もしかしたらずっとずーっとフェリス様のことが好きで好きで好きで、どんなお話だろうと、一縷の望みをかけてた姫君がいるかもだものね。

フェリス様はこんなに素敵なんだし……（ちょっと中身はだいぶ天然だけど）。

大丈夫です！

レティシアが、果物みたいに側妃選ぶとかある訳ないでしょ！　ですけど、ちゃんと、うちのフェリス様をとっても大事にしてくださる、真実の恋でしたら全力応援しますよ！　とも公表できないので、すみません……仕方ないので、恨まれておきます……。

「お帰りなさいませ、フェリス様」

「お帰りなさいませ、レティシア様。いかがでしたか、御茶会は？」

フェリスの宮に帰りついて、リタとサキの笑顔に癒される。ほわーんて、全身に入っていた力が抜けていく。

「あ、あのね、二人とも、私、大失敗をば……」

これからはレティシアがこの家の女主人、とサキに言われていたのに、面目ない事態である。王太后様の御言葉は納得できなかったけど、もっとうまく柔らかく躱さなくては……。

「ご立派でしたよ、レティシア様は」

控えていたレイが、声を上げる。

「ご立派にご挨拶されて、当家の名誉を守ってくださいました。多少、誤解は生じたかも知れませんが、あれは王太后様のほうの冗談が過ぎたと私は思います」

レイが生真面目に言ってくれる。ううう。ありがとう。ごめんね。次のときは（次があればだけど……あんな子ダメだと二度と呼ばれないかも）、フェリス様のおうちの名誉を傷つけないように頑張るね。

「何かあったのですか？」

女官たちが不思議がる。

「義母上がね……、僕の側妃をレティシアに選べって言いだして」

戸惑い顔の皆に、フェリスが軽く説明する。

「まあ、なんてひどいことを……！」

「結婚式直前に側妃なんてそんな、王太后様、お若いのにもしやボケはじめ……」

サキは驚きに顔を曇らせ、リタが真剣な顔で悩んでいる。

「これ、リタ。王太后様はあんまりですが、ディアナの国母の君であり、フェリス様のお義母様に失礼はなりません」

「はっ！　申し訳ありません、フェリス様」

「いや。僕も思ったから。義母上、いよいよ、僕を疎んじるあまりにおか……、いや……その……言動が不可解になりすぎだって……ただ何処かで誰かに聞かれて、そんなことで罪に問われてはいけないから、サキの言うように、いつも言葉は慎しんでおくといいよ、リタ」

フェリスも暴言を吐きかけて、上品に口を押さえている。

うん。よかった。みんな変だと思うよね……。

「私では……その……夜のお相手がまだ無理だから、側妃をとのことでしたが、王太后陛下はフェリス様の御子を早く、とお望みなのでしょうか？」

「そんな訳ないよ。ただの僕とレティシアへの嫌がらせだよ。側妃の話も、きっと本気じゃなかったと思うよ。そもそもレティシアとの結婚を奨めたのだって、そんなに早く僕に子ができないように、幼いレティシアを僕に娶らせたんだろうと噂されたくらいなんだし……」

そうかあ。財政支援的にも（もしもフェリス様がある日突然、野望を抱いて、王位とか望んだ場合の）、次世代の後継者を得る為にも、いろいろとレティシアは、フェリス様の封印みたいな感じなのかー。なんだかなー。

「申し訳ないです……」

「何が？」

しょんぼりするちいさなレティシアの顔をフェリスが屈んで覗き込む。

「いろいろと……私、フェリス様のお役に立つことができません……」

「何故？　今日もレティシアは僕を守ってくれたよ？　十七年生きてきたけど、あの人から僕を守ろうなんて勇敢な女の子に、初めて逢ったよ、僕は」

「勇敢ではなく、無謀な方が正解です。もっと上手に笑顔でかわして、ちゃんとお守りしなくては」

「そんなこと十七歳の僕にも、たぶんもっと大人にも難しいことだから」

あの場合、どうしたらうまく躱せたんだろう、と思うんだけど……、何かね……あのとき……、隣にいるのにフェリス様が何処か遠くにいっちゃいそうな気がして、焦りまくってしまって。

「あのとき、レティシアが怒ってくれて、僕は本当に嬉しかったよ。きっと永遠に忘れないよ。僕を含め、誰も王太后には怒れないんだけど、だからってあの人が正しい訳じゃない。おかしいことはおかしいって言えた方が本当はいい、国としても、人としても、家族……としても。さあ、サキ、リタ、御茶会デビューとても頑張ったうちのレティシアに美味しいもの食べさせてあげて？」

「はい。料理長たちが、きっとむこうではゆっくり召し上がれないはず、お疲れの御二人に癒しの食事を、ってお出かけの直後から、本日は腕まくりしておりましたよ」

「まあ、レティシア様、ルーファス王太子殿下にもお会いになったんですか？」

お疲れになったでしょう、まずは着替えましょう、と女官達と自室へ。いつもはお着替えめんどうくさいな……と思うレティシアだけど、さすがに外交疲れしたので、この白いドレスは可愛いけど、のんびりなおうちドレスに着替えたい。

「うん。王太子殿下、女官たちから抜け出してきたんだ、って威張ってて可愛かった」

あ、御無礼かな？

「レティシア様と同い年ですよね」

「まだまだやんちゃなお年頃ですよね」

王太子殿下、可愛かったけど、普通の日本の小さい子よりは大人っぽい。何といっても王太子殿下なら、ちいさいときから参加する国家的な公式行事とか多いしね。

「私には威張ってらしたんだけど、フェリス様には従順な感じで、それも可愛かった」

「王太子殿下はフェリス様がお好きらしいんですけど……」

「本日レティシア様も驚かれた様に、ちょっと複雑なご親族事情なので……」

「どうして王太后様はフェリス様が好きじゃないの？　フェリス様、ちゃんとお義母様のことたてるのに……」

義母上、と呼ぶときのフェリス様の声が独特だった。義母上たちを見て育ったから、私は父上のような恋はしたくない、と言ったときの、あの凍てついた冬の月のような美貌。

深い深い静かな絶望と哀しみが、フェリス様と繋いだ指先から流れ込んできた。

「フェリス様が何をしても、王太后様は気に入らないんですわ。当家の主人はちゃんと、どんなに嫌なことを言われても、子として孝を尽くしておりますのに、あの方には大人げというものがないんです！　その上、こんな幼いレティシア様にまで意地悪を……！」

「リタ。気持ちはわかりますが、またフェリス様に諫められますよ」

「わかっておりますが、腹は立ちます～！」

うー！　とリタは鏡台の前でブラシを持ったまま、怒っている。この悪い気を収めてから、レティシア様の大切な髪に触れますね、と囁いている。

「先王陛下も、フェリス様のお母様も、天に還られて久しいのに、フェリス様だけがずっとディアナ王宮で居心地の悪い思いをされるのは、私もとても納得のいかぬ思いです……王太后様にはぜひとも心穏やかに落ち着かれてほしいものです……、でもいつもの王太后様と逢われて御戻りの憂鬱な御様子と違って、今日、レティシア様と帰って来られたフェリス様は幸せそうでした……」

「御二人で手を繋いで帰って来られて可愛らしかったですね」

「フェリス様ね、私がよっぽど心配だったのか、御茶会のあいだずーっと手繋いでたの。おかげで、王太后様以外には、いじめられずにすんだけど……」

「きっと可愛くて仕方なかったんですわ」

「違うと思う。また私が何かやらかさないか、心配だったんだと……」

「そんなことありませんよ。本当にとっても可愛らしいんですもの、今日のレティシア様」

ただ、もしもできるなら、ずっと繋いでた二人の手から、こないだフェリス様が魔力をわけてくれたみたいに、レティシアからもフェリス様に元気を送れてたらいいのに。

結婚のご挨拶にいって、あの会話は、レティシアとしても困惑以上だったけど、なさぬ仲のお義母様にもほんの少しくらいはまともに祝ってほしかったろう息子のフェリス様の方が、ずっと哀しかったろうから。

「ルーファス、女官たちを置き去りにして困らせたのですって？」

「は、母上、お耳が早い……」

御茶会から戻ってきて、ルーファス王太子は母に捕まっていた。

「そもそもあなたは、おばあ様のお茶会の招待も貰ってなかったでしょ？」

ポーラ王妃は、両腕を組んでお説教の構えだ。

「叔父上と叔父上の花嫁がおいでになると聞きまして……これはぜひお祝いにと」

それは噂の花嫁を見たいと思うじゃないか、だいたいおばあ様もおばあ様だ、最初から呼んどいてくれればいいんだ、呼んでくれなくていいときばかり呼んでくれるのに、とルーファスはモゴモゴする。

「おばあ様も、フェリス様も困らせてはダメ」

「困らせてはいません。おばあ様は僕の訪れを大喜びしてくれましたし、叔父上のところに遊びに行くお約束も出来ました」

大収穫である。やはり、王子宮で女官と母上とばかり遊んでいても、幸せはやって来ない。よその宮に探しに行かねば。

「ホントに？　おばあ様、お怒りじゃなかったの？」

「おばあ様はまた叔父上に意地悪して、場が微妙になったところに、僕の顔を見たので大喜びでした」

「………。意地悪の前にお邪魔して、意地悪する気をなくせればよかったわね。王太后様はあなたには甘いから」

「……残念ながらそこまでの力は、僕にはないです。が、叔父上の花嫁が……」

「レティシア様？　可愛かった？」

「可愛いのに、勇敢な姫でした」

あんなに小さいのに、レティシア姫は恐怖のおばあ様に言い返したのだ。

綺麗な金色の髪に、琥珀の瞳。叔父上の瞳の色と同じサファイヤが首を彩ってた。

レティシア姫はルーファスとふたりでかくれ鬼をしてたのに、フェリス叔父上が戻ってきて、かくれ鬼は中止になり、その後ずっと、レティシア姫はフェリス叔父上と手を繋いで歩いてた。

「あの姫、どうしてあんなに歳が違うのに、叔父上の花嫁になったのですか？　僕のほうが……ずっと、あの姫と歳が近いのに」

「どうしたの？　花嫁のレティシア姫が可愛くて、フェリス様が羨ましくなったの、ルーファス？　いくら可愛いかったからって、いまからあなたの花嫁にもらい受けるのは無理よ」

「そ、そ、そ、そんなこと、僕は申しておりません！　何を言うのです、母上！」

ルーファスは真っ赤になって反論する。

羨ましくなどないとも！　僕にあのちびをくれなどと一言も言っていないとも！

僕が女官たちに叱られているのに、ひとつのいちご水を仲良く二人で飲んでたんだぞ！

あのちびはあんなに小さいのに、あんなふわふわして、いい匂いがして、いけないいんだ！

もっと大きくなったら、もっと美しくなって、もっと大変になるに違いない！

「きっとそうですわ、王妃様。私共、途中から御茶会に参入いたしましたので、詳細はわからないのですが、フェリス様とレティシア姫はそれはもう仲睦まじくて、生まれてからずっと共に育った美しい兄妹かとおもうほどの親しいご様子でした」

「もうずっと御二人でお手を繋いでいらして、王弟殿下があんなに姫君にお優しい御様子は初めて拝見しました。ルーファス様が可愛いらしい花嫁が羨ましくなるのも御無理はありませんね」

「まあ、おもしろい。そんな珍しいフェリス殿下、私も見たかったわ。では王太后様のご機嫌はともかく、御二人は本当に、国王陛下の仰ってたように仲がよろしいのね」

「おばあ様は、ちび姫に叔父上の側妃を選べと言って、ちび姫を怒らせていました」

「それは………」

沈黙。

「怒るわね、結婚目前の幸せな花嫁としては。怒られて当然ね」

「王妃様」

「ポーラ様」

女官たちがくすくす笑いを堪えている。

「内緒よ。おばあ様には。……陛下がうまくとりなして下さるとよいけど。たぶん、おばあ様は御二人が仲良いのが御不快なのね」

「これから結婚するのに、仲が悪いほうがいいのですか？」

「おばあ様の心はいつも複雑なのよ。きっとフェリス叔父上が誰も愛さないのも、誰かを愛すのも、誰かに愛されて幸せになるのも、どれも嫌なのね」

「さっぱりわかりません。とりあえず、僕にはどちらも大事な方なので、おばあ様はフェリス叔父上に意地悪をしないでほしいです」

「本当にね。お優しい王弟殿下の我慢にもかぎりというものがあるわ」

「花嫁のことも苛めないでやってほしいです。何しろ、あいつは、あんな、ちびなんですから」

泣きそうな顔で怒ってた。

おばあ様に、決して奪わせまいとするみたいに、叔父上の手を一生懸命繋いでた。

「……ルーファス、あなた、やっぱりよほどレティシア姫、気に入ったのね」

「ち、違います！　ぼ、僕は、お、叔父上の花嫁を、し、親族を、大事に思ってるだけです！」

最後までふたりでかくれ鬼したかった、とか。

あの手で見つけてもらいたかった、とか。

叔父上のところに遊びに行ったら、やはりあいつはいるんだろうか、とか（そりゃいるよな）そんなことは思ってない。

あれは叔父上の花嫁で、僕の新しい家族が増えたから、ちょっとだけ、ちょっとだけ、気にかけてやってるだけだ！


「マグダレーナがおかしな意地悪なんかするから、オトコマエのレティシアに、ますますうちのフェリスが骨抜きだな。まあ気持ちはわかる。勝気なお嫁さんは可愛いよなー」

「レーヴェ。覗き趣味は……」

フェリスが自室で少し書類を確認してると、竜王陛下がもくもく湧いてきた。

「でも呼ばれたぞ、オレ、ちびちゃんに」

「レティシアに……？」

「お願い、フェリス様の心を守って……！　ってレティシア、お祈りしてたから。オレの名前は呼ばれてないけど。もうちびちゃん、うちの子だから、ちびちゃんが祈ってるときは、オレの管轄だと思うんだよね」

「レーヴェは、義母上のところにも行ってあげてください。だいぶ壊れ気味ですから」

「マグダレーナはなあ……、オレの名前は呼ぶんだけど、オレの言う事は聞かないんだよ。まあ昔々、一番大事なステファンの心をお引き留めください、って祈られたときに何もしてやれなかったしなあ……そもそもオレは水神であって、人間の色恋になんて、何の力も持たないからなあ」

「レーヴェは一部、恋の神様としても祀られてますよ。アリシア妃愛で名高いですから」

「そりゃオレ自身は千年変わらずアリシア命だけど、他人の恋になんて何の神通力もないわ」

「どんな願いも叶えてくれる万能の神を夢見てしまうのですよ、人は。そう言えば、レーヴェ、リリア神に何か悪いことしました？」

「リリアに？　いや何の覚えもないが」

「こう……リリアの僧たちは、我が国と違って勧誘に熱心なのですが、我が国の民を勧誘する、何というか、文言が……呪いに満ちているというか……」

「どんなのだ？」

「レーヴェが邪神で、ディアナの民はずっとあなたに騙されていて、僕はその邪神レーヴェの化身なんだそうです」

「邪神の化身⁉　なんか凄いな⁉　人を勝手に禍つ神にするなよ」

美貌の竜神様が美しい形に眉を寄せている。

「でしょう？　そこまで清々しく呪われると、邪神の化身としてはやたら潜入させてくる傀儡や僧や魔術師を多少吹き飛ばしといても恨まれないよな、と逆に安心しますよね」

「おいおいおいおいフェリス。悪役の顔になってるから。レティシアに嫌われるぞ。ちゃんと白馬の王子様しとけ」

「……自重します」

「リリアの僧は、昔からやたら布教に熱心なんだが、あの狂気じみてるとこがオレは馴染まん。リリア自身は生真面目な女で、昔はそんな怖くはなかったと思うけどなあ。長らく逢っとらんが」

「昔、失礼なことしたりは……」

「してない。ふたりで共にこの幼い人々を導いていきましょうとは言われたけど、オレはオレの手の届く範囲くらいの面倒しか見てやれんからなあ、って話したくらい」

「それは何か知らずに御相手の熱い思いを拒んでるのでは、レーヴェ……」

うろんげにフェリスがレーヴェを見上げる。レーヴェは優しい神様だが、そもそも繊細さが足りない。本当に水の神様なのか？　炎とか万事一気解決系じゃないのか？　ってたまに疑いたくなる。

相手の言葉の裏を読む、なんてコミュ障のフェリス以上にレーヴェには出来なさそうである。

「何かこうね、知らずに、リリアの僧に深く恨まれるようなことをレーヴェがしてるんじゃないかと……」

「オレがモテるからじゃないか？　うちは信徒拡大の意図はべつにないけど、ディアナの外にもオレの信者はそれなりにいるからな」

「何処がいいんでしょう、こんな顔だけ竜……」

深刻な顔してフェリスが奇妙がる。ご本尊の神様と同じ貌で。

「うちは宗教にしては、ゆるいからじゃないか？　オレのこと好きな子はみんなうちの子でもいいぞー、くらいのゆるさだからな。献金も帰依もべつにいらんし。偶像も作りたきゃ作りゃいいし。オレが嫌がるのは、閉鎖的になることと、坊主の儲けすぎくらいかな」

神殿や教会は無駄に豪華にせず、常に皆の帰りやすい家であること、と言うのが竜王陛下の遺言のひとつで、レーヴェの神殿や教会は何処の国にあっても、旅人や貧しい者や病める者の家でなければならない。

「レーヴェがモテてたり、ディアナが豊かだからといって、恨まれる理由にはならないと思うんですが……」

とはいうものの、そんな理由でも、人は妬む。

「リリアの神を抱くガレリアの王がひどく野心的な人らしいのですが、我が国としては、地味にちょっかい出されて、うっとうしく思っています」

「フェリスはそういうことは、さくさく、人が気づかないうちに片づけられるのにな」

双子のような美貌の竜王陛下の白い手が、そっとフェリスの金髪を撫でる。

「なあ、一緒に戦ってくれる、強くて可愛い花嫁が来てよかったな、フェリス」

「……はい……」

子供のように髪を撫でられるのが照れ臭くて、囁くような声でフェリスは答えた。

負けない誰かが、フェリスを義母上の狂った悪意から庇う。

そんな奇跡を夢見たことは、もうずっとなかったから、慣れない幸せに落ちつかない。

くまのぬいぐるみとお夜食

「おかしくない？」

「とても可愛いらしいですわ。襟元とお袖口のそのレースは、セレンディールの職人の手によるものので、本当に繊細なんですの」

お寝間着。このレティシアのお寝間着の製作費用だけで、社畜の雪なら、一か月以上暮らせそう……。

新婚の妻ではあるものの、レティシアの寝間着は可愛らしくて、寝心地のいいもの。

「レティシア様、御一人で平気ですか？　お荷物もありますから、私共が途中までお持ちしましょうか？」

「ううん。軽いから大丈夫。私一人でいって、フェリス様、驚かせようと思って」

「それは驚かれますとも」

「きっとフェリス様、喜ばれますわ」

今夜のレティシアは！　フェリス様に夜這いをかける予定！

夜這いといっても、夜伽目的ではなく（そんな機能は未装備です）、フェリス様がレティシアが食べるのをニコニコ見守りつつ、ちっとも御夕飯食べてなかったから、フェリス様のお部屋に、お夜食を持っていこうと思うのだ。料理長に、美味しそうなサーモンやチキンのサンドイッチなど作って頂き、可愛いバスケットに詰めてもらった。

一食くらいぬいても死なないとは知ってるけど、今日は御茶会で嫌な思いもされたから、夜、フェリス様を一人にしときたくないなーって……勝手に遊びに押しかけるつもりなのだ。

押しかけパジャマパーティー予定！

ディアナの人はお米、食べるのかな？

お米、手に入ったら、レティシアもフェリス様に、おにぎりとか作ってあげたいな。おにぎりなら食べるのも簡単で、気に入るんじゃないかな。

こちらで生きて二度目の家族だけど、フェリス様は不思議と、何かしてあげたい気になる。

なんだろう……、凄く何でもできる人なのに、大丈夫、問題ないよ、とか言って食べるの忘れて、何日も平気な顔でひとりで仕事してそうで……。

今日みたいに凄く傷ついてるときも、何でもないふりで澄ましちゃうとこが、心配。怒りたいときに怒れなくて、泣きたいときに泣けないと、どんどんどんどん降り積もっていってしまう……。

「レティシア様、そちらのくまさんも持って行かれるんですの？」

「うん。この子凄く安眠にいいから、フェリス様に貸してあげようかなと思って」

レティシアの手には、フェリスから贈られたぬいぐるみ。

「……そ、それは……」

「す、すみません、レティシア様のお姿が可愛すぎて……」

リタとサキが笑いを堪えて震えている。

「もー、みんな、信じてない！　ホントによく眠れるんだよ、この子と一緒だと」

「も、もちろんです。それを祈って、レティシア様の為に、フェリス様がその子を御用意されたのですから」

「可愛らしかったですよ。遠くから一人で嫁に来るレティシア姫の為に何を用意してあげればいい？　って悩んでらしたフェリス様。フェリス様御自身が子供の頃一番嬉しかったのは、同じ歳の子はちっとも喜ばないぶ厚い魔法書だったり歴史書だったりで、いまも昔も、僕には普通のその年頃の子の喜ぶものがわからない、って困ってらして」

「フェリス様、最初に逢った時も、私の気持ちを聞いてくれてたの」

相手の気持ちを考える、って人付き合いの基本だけど、フェリス様クラスの身分の人で、それができる男性はそんなに多くないと思う。

だって、何なら誰の気持ちも考えなくても一生許されちゃう立場なので。

生まれながらの王子様で、しかも神様似って……。

「うん。行ってくる。フェリス様に怒られたら、みんな慰めて」

「そんな筈ありませんわ。怒ったりなさいません」

「でもとっても驚かれるとは思います」

「驚かすつもりだもん！」

レティシアは右手にバスケット、左手にくまのぬいぐるみを持って立ち上がる。

いざ出陣！

そんな可愛いらしい攻撃力の高い戦闘機の来襲予定は知らず、フェリスは自室でレーヴェとのんびり語らっていた。

「ねぇ、くまちゃん、みんな笑いすぎだよねー。くまちゃん凄く偉大なのに」

うんしょ、うんしょ、とバスケットとくまのぬいぐるみを抱えて、レティシアはフェリスの部屋を目指す。皆が心配したように、レティシアの身体が小さいので、ふたつも荷物を持つと、なかなか進まない。そして、御邸が広すぎて廊下が長すぎる。フェリス様のお部屋、遠い！

なんと、今夜はフェリス様の部屋に夜這いだ！　と夕食後にとっても名案を思い立ってから気づいたのだが、レティシアはフェリスの部屋の場所を知らなかった！（ひどい）

王弟殿下の正妃なのに、王弟殿下の部屋の場所すら知らない。

それ、どうなの？

善意でも悪意でも、思い立って逢いに行こうと思っても勝手に行けないじゃない！

だけど、まだフェリス様の宮に来て一週間も経ってないしね……、と気を取り直してリタやサキや料理長に相談して、身体によさそうなお夜食の準備などを整えて貰った。

皆はレティシアの計画に驚いたけど、とっても喜んでくれた。

「レティシア様は、立派なお妃様になられます。フェリス様のお食事のことを気にかけてくださる姫がいらしてくださって、私たち厨房の者は本当に嬉しいです」

料理長ラムゼイが白い髭を揺らしながら、本当に嬉しそうにそう言った。

きっと、みんな、フェリス様の心配してるけど、御主人だから、きつくは言えないんだよね。

「竜王陛下ー、フェリス様のお部屋への夜這い成功を応援してくださいね！」

竜王陛下のタペストリーの前でお祈り。

ああ、なんだかやっぱり落ち着く、竜王陛下のとこ。

きっと今日、ドレスの戦闘支度大変すぎて、竜王陛下にお祈りしてくの忘れたから、御茶会があんなことに……。

「竜王陛下、王太后様が、フェリス様に意地悪しないようにしてください。私にも意地悪しないようにして欲しいけど、何なら私は多少我慢できますので。フェリス様のほうが辛そうです」

あの、空間を振動させるほどの深い哀しみ、痛み、怒り。それはやっぱり、血の絡みがある一族だからだろうなー。

レティシアも今日は、いきなりとんでもないこと言われてびっくりはしたけど、哀しいというのとはまた違う。

何を言ってるの!? レベル。

レティシアにとっては、王太后様はこれからお義母様になるものの、まだ初めて逢った人でこれまでの思い入れはそんなにないから。

レティシア的には、直近でいうとそれまでは優しかった叔父様たちが、お父様お母様が亡くなった途端に、レティシアへの態度が豹変したほうが衝撃だった。

それはこれまで、よく知ってる、親しいと誤解してた人の裏切りだったので。

ああ、ダメダメ。

それは思い出しても、どうしようもない。

いやなことは思い出さない。

レティシアは、これからはここディアナで、フェリス様と生きていくのだ！

「竜王陛下？」

ぷるぷるぷるぷる、嫌なことを思い出して金色の髪を振ってたら、ふわん、と何か柔らかい優しい風が、レティシアを取り巻いた気がした。

「竜王陛下ー。竜王陛下は御顔もフェリス様そっくりで素敵ですけど、アリシア妃一途なとこも大好きです！」

願わくば、竜王陛下のように、って王太后に言った時の、そこだけは優しかったフェリスの声を思い出した。

（ありがと。オレもちびちゃん大好きだよ。早くフェリスの部屋襲撃して、うちの子孫、喜ばしてやって）

いつもの幻聴が聞こえたような気がしたが、きっと竜王陛下も応援してくれてるんだー、とレティシアは呑気に解釈して、くまのぬいぐるみとともに、フェリスの部屋へぽてぽてと進軍を再開した。

こんこんっ、と扉を叩く音がした。

「入っていいよ」

フェリスはレーヴェと話したのち、治水工事の報告資料を読んでいた。先日の水害で壊れた水路の修繕の報告だ。

先ほどレーヴェに話していたリリアの僧の度を過ぎた振る舞いの報告書も気になる。あまりに悪質なので、リリアの僧の布教に対しては、最近、強い規制をかけている。

領主の仕事にしろ、官吏の仕事にしろ、大半はこういう人々の生活を影で地味に支える仕事である。山積みの書類が嫌いな人にはおそらく向かない。

皆が喜んでくれるのは、式典の日に着飾って、正装で馬を操る美しいフェリスの方だけれど。

「……？　レイじゃないのか？」

入室の許可をしたが、訪問者が入って来ない。

レイかと思ったが、サキがレティシアの様子でも話しに来てくれたんだろうか？　それかだれか家の者で、フェリスの部屋に直接来るのに慣れない者だから、勝手に入るのを遠慮しているのか？

不思議に思って、フェリスは書類をおいて、ドアを開けに行った。

家の者には、仕事上の疑問点や気になることや報告したいことがあるときは、遠慮なくフェリスの部屋を訪れるように言ってあるのだが……。

「フェリス様！」

「……レティシア⁉」

フェリスが扉をあけると、月光を浴びて可愛らしい金髪の天使が立っていた。

正確には、レティシアがバスケットとくまのぬいぐるみを抱えて、一人で立っていた。

「ど、どうしたの、レティシア？　迷子になったの？」

レティシアが迷子になれる程度の広さはある。

「違います。フェリス様のお部屋に夜這いです！」

「よ、夜這い⁉」

心底驚いて、軽い眩暈を感じかけたが、とにかくレティシアを座らせてあげないと。

何てことだ。山積している書類の山より、よっぽど強敵来襲だ。

「入って、レティシア。どうして一人なの？　レティシア付きの女官たちは？」

邸内といえど、レティシアひとりきりで歩かせるなんて心配だから、あとで女官たちには言っておかないと……。

それにしても何故、レティシア、くまのぬいぐるみと一緒に来てるんだろう？

とても可愛らしいけど……。……一人で歩くの、心細かったのかな？

「夜這いだからです！　内緒で、一人で来なくちゃと思って」

ちっともわからない！

でもとりあえず、くまのぬいぐるみとバスケットを持ったレティシアはめちゃくちゃ可愛いけど、その言葉はぜったい間違ってると思う！

「僕の部屋、遠かったでしょ？」

「はい。教えてもらったとおりに来たのに、遠くてびっくりしました。どうして、私のお部屋とフェリス様のお部屋、こんなに遠いんですか？　もう少し近くてもいいのに……」

レティシアはあまりの距離が不満そうだ。

「それは……もしお嫁に来たレティシアが凄く僕を嫌った場合、部屋は遠いほうがいいだろうと思って……」

歯切れ悪く、フェリスは答える。自分でもたいがい後ろ向きな性格だとは思う。

「フェリス様」

真剣にレティシアが不思議そうな顔をしている。

「フェリス様はこんなに美貌で優しい方なのに、ちょっとネガティヴ思考すぎでは……」

レティシアが小首を傾げまくっている。

「僕が人生で一番多く接した女性があの義母なので、ちいさい花嫁とはいえ、僕が女性に好かれる絵があまり想像できなかったんだ」

「……それは……とんでもない誤解です。今日だって、ディアナのたくさんの綺麗な令嬢方が、どうしてあんなちびがフェリス様の妃なの、って怒ってましたよ？　あの人たちはきっとみんなフェリス様が大好きなんですよ」

「それは竜王陛下似の麗しの王弟殿下が好きなんであって、僕のことが好きなわけじゃないよ」

「フェリス様ったら！　違いますよ！　竜王陛下じゃなくてフェリス様人気です！　ちゃんとごはん食べないから、そんなネガティヴな考えになるんですよ！　一緒にお夜食食べましょ？　フェリス様めちゃくちゃ人気者でしたよ！　私、私は悪く言われても、私の推しが人気で嬉しかったです！」

「………？　推しって何、レティシア……？」

「さや！　推しって大好きな、応援してる人のことです。フェリス様は私の初めての推しなのです！」

「そうなの？　僕、レティシアの推し、なの？　推しでなくて、夫だと思うんだけど……」

推しと夫はどう違うんだろう？　とフェリスは首を傾げる。

そもそもその言葉はディアナにない。聞きなれない言葉だが、サリアでは恋人や夫のことを、推しと言うのだろうか？

なんだかレティシアが楽しそうだから、まあ、僕が推しでもいいんだけど……。

「はい。レティシアは夫のフェリス様が推しという大変な幸運に恵まれましたが……、推しというものは、会えなくても、会話することはなくてもその方のことを心に思うだけで、どんなに辛い時も頑張れる、と思えるような存在なのです」

「………？？？　レーヴェみたいな存在？？？」

激しくわからなかったが、そこで竜王陛下が想い浮かぶあたりが、王弟殿下のファザコン（御先祖コン？）の病もだいぶ極めている。

「あ！　そうですね。竜王陛下のような……何処か、信仰に近いのかも……」

「それが、サリアでは流行っているの？」

「いえ！　サリアでは流行ってません。遠い……とても遠い遠い国の流行で……」

推しの話はちっとも要領を得なかったが、遠い国を語るレティシアの表情が懐かしそうで、とても五歳の子供の表情には見えなかった。

「何処の国？」

「フェリス様はご存じないと……」

「僕が知らない国がこの世にあるかな？」

わりと無駄に詳しいんだけど、ディアナと何ら関わりない国にも。

引き籠りの読書家であり、いつの日か誰も知らない国に行きたいものだという気持ちもあって。

「あ、あの、お話の……、そ、そう、本の中の国なのです……」

我が妃が、挙動不審だ。

挙動が不審なのはかまわない。

何か隠し事があってもかまわない。

どういうニュアンスでかはよくわからないけど、レティシアはフェリスを、好いてくれてるから。

とりあえず、いまの話からいくなら、ディアナの民が竜王陛下を思うくらい、レティシアはフェリスを好いてくれているらしい……？（それ、だいぶ凄いけど）

「どんな本？　サリアにしかない本なの？　読みたいな」

「もう、なくしてしまったのです。子供の頃に読んだ本で……」

齢五年の人生で、子供の頃とはどのあたりなんだ、とは思うもののフェリスはレティシアをそれ以上追いつめない。

いつかレティシアが話したくなったら、秘密を話してくれるかも知れないし、たぶん……ずっとレティシアの秘密が聞けなくても、フェリスにとってこの琥珀の瞳の姫君が、大事なことは間違いないから。

「レティシアの大好きな本だったの？」

「はい。もう、なくしてしまったけど、大事な本なのです」

くまのぬいぐるみをぎゅっと抱きしめて、レティシアが言った。

それを見ていると、これからさきレティシアのその手の中から何も失われないように、レティシアがもう悲しい思いをしなくていいように、守ってあげたいな、と思った。

「フェリス様、お話に夢中で、ちっとも夕飯召し上がってなかったでしょう？」

お話に夢中だったのではなく、せっせと食べるレティシアがリスのようだな……とのんびり思っているうちに、なんとなく食べたような気になっていたのだが、また食べ忘れていたのだろうか。

「ラムゼイ料理長に、お夜食作ってもらったのです。一緒に食べましょう！」

レティシアの可愛らしい藤のバスケットはおしゃれではなく、糧食が入っているとは……実用向きなんだな……とフェリスは感心していた。


「レティシア、何か飲む？」

食事ということは、飲料もいるだろうな、とフェリスは尋ねる。

「は！　紅茶を持ってくるのを忘れてしまいました！」

意気揚々と、藤のバスケットを開いたレティシアが困っている。

「いや、レティシアは、それ以上、荷物持っちゃダメだし……紅茶がいいの？　何の葉がいい？」

「……フェリス様は？」

「うん？　僕は何でも。レティシアが飲みたいものを僕も飲みたい」

本当にそう思ったのだが、僕は何か間違えただろうか……？

レティシアが赤くなって、困っている。そう言えば、ルーファスと話していたときに、うちのレティシア、と呼んだときもレティシアの白い頬がぱああっと赤くなって、可愛かったな……。

「じゃ、じゃあ、桜の紅茶はどうかな？　春だし」

「……美味しそう」

レティシアが赤面してフリーズしてしまったので、勝手に御茶を選んでみることにした。

「……わあ！」

魔法でさらさらと桜の茶葉を呼び出して、空中に浮かせたティーポットに、銀のスプーンで数杯。お湯を注いで、暫し待つために砂時計。あとは、可愛らしいティーカップ。レティシアがとても驚いた様子で、魔法で淹れる御茶に喜んでるようで何より。

「フェリス様、いつもこうやってお茶淹れてらっしゃるんですか？」

「いや？　遅くに、家の者起こすのもな……ってときくらい」

「この御茶道具は何処から出てくるんですか？」

「これ、普通にうちの厨房のだよ。魔界から呼び出してたりしないから、心配しないで」

「し、してません、そんな心配」

レティシアが大きく首を振るたびに揺れる金髪が可愛い。

「凄い！　いい匂いがします」

誰の手も借りずティーポットが自分でティーカップに紅茶を注ぐさまを、くまのぬいぐるみを胸に抱いたまま、琥珀の瞳を瞠ってレティシアは見つめている。

それにしても、このぬいぐるみ、気に入られ過ぎなのでは……？

「フェリス様」

「はい？」

レティシアとくまのぬいぐるみの座っている長椅子を奨められた。確かに、そこに僕とレティシアの二人座る幅はあるが……、だが、これは、近すぎないか？

「どうぞ！」

「……う、うん」

レティシア的に、絶対僕に食べさせたい！　という熱意なのだろうか？　サーモンのサンドイッチを手ずから持って、渡された。

なんだか逃げられない。

……御前試合でも、僕はこれほど圧に負けることはない気がする。

「美味しいですか？」

「う、うん、美味しい……」

「あ、またフェリス様、笑ってる」

あんまりレティシアが、僕にこれを食べさせるぞ！　と真剣なので、笑えてきた。

……いや、でも、そうだよな。

真剣じゃないと、夜中に、謎の夫の部屋にくまのぬいぐるみ抱えて乗り込んで来ないよな……。

「チキンも食べてください」

「うん。食べるよ。……レティシアは？」

レティシアの一生懸命さに負けて、フェリスはチキンのサンドイッチも食べている。別にフェリスは食べられないわけではないのだ。他のことに気をとられると、つい飲食を忘れがちなだけで。

必死な可愛い妃の安眠のために、このバスケットの中身くらいは平らげよう。

「私は、夕飯、たくさん食べてしまったので……」

そうだね。レティシアが食べてるのを見てて、僕も食べた気になってたくらいだしね。

「いちごのムースくらいならどう？」

「きゃー」

レティシアの喜びそうなものを出してみる。

こんなに喜んでくれると、魔法も甲斐があるなあ……。

「あの、フェリス様、明日、厨房の方たちが、困りませんか？」

「レティシアのお夜食隊で、僕が食欲湧いてたくさん食べたって、みんな喜ぶんじゃない？」

「そうですね！　厨房の皆さん、フェリス様の健康を心配してらっしゃるので……！」

凄いよね。ここに来て三日くらいなのに、もう厨房メンバーと連携あるらしい、レティシア。

僕の奥さん、実はとても有能なのでは……。

「フェリス様」

「何？」

「ディアナの方は、お米は食べますか？」

「お米？　食べるよ？　ディアナ東部とかは、お米が主食だよ。お米が好きなの、レティシア？」

フェリスの言葉を聞いて、レティシアの琥珀の瞳がきらきらと喜びに輝いている。

そんなにお米が大好きなんだろうか？　では、お米をたくさん取り寄せてあげないと……。

「はい。私、お米大好きなのですが、お米の簡単な料理があるのでそれを作って、フェリス様に食べて頂きたいなと」

「ホント？　レティシアが作ってくれるの？　楽しみだな」

「あ、あの、本当にとても簡単な料理なのですが……」

「うん。何でも。レティシアの手作りなら、喜ぶよ」

レーヴェが覗いてたら、幸せに輪郭溶けかけてるぞ、フェリス、と絶対からかわれる。

「フェリス様、ちゃんと食べてるー」

「合格？」

「はい！　合格です！」

可愛……、ああ、なんか、美味しいかも……。

フェリスはあまり食べ物に感動を覚えない残念な男なのだが、サンドイッチ食べただけで、こんなに幸せそうな笑顔向けてもらうと、食べてるものも、不思議といつもより美味しく感じる……。

これ、逆の立場じゃないのか？

レティシアはこんなに小さいんだから、僕がレティシアがちゃんと食べてるか心配してあげなくてはと反省しつつ、まるでフェリスが生きてるだけで嬉しい、みたいな顔をされると、それはやはり嬉しい。

フェリスとて、こう見えても、人間なので。

(どうしておまえはここにいるの?)

(何故、おまえは生きているの?)

それは言葉にならない悪意で。

昔は、義母上は、もう少しフェリスへの悪意を抑えようとする理性があった。

あぁいけない、そんなことは思ってはいけない、と自制をかけようと苦労してた。

必要以上に魔力が高いので、少年のころから、そんなことを肌で感じて育った。

だから、フェリスとしても努力してた。

できるだけ、義母上たちの邪魔にならないようにしよう……と。

学問も、剣術修行も、魔法修行もフェリスは好きだったので、とりあえずそれらに没頭していた。

居場所がなくても、何かに没頭しているあいだは、纏わりつく悪意から自由になれて気も紛れる。

それに没頭してると、それなりの成果が出て、そこに居場所もできてくる。

だが、フェリスが竜王陛下に似てくるに従って、義母上が悪意を制することができなくなっている。

貌がレーヴェに似てしまったことに関しては、さすがにフェリスの力ではどうしようもない。

最果ての森で魔術師の夢も、戯言ではおさまらず、フェリスが何処かよそに、義母上がフェリスの顔を見なくていい処に行ってあげなければもう無理なんじゃないか、という気がしてる。

「そうだね、お米の……東ディアナの水田とか……、ああ、西の領地の薔薇畑でもいいかな、連れて行ってあげたいな、レティシアを」

ディアナ国内だとフェリスの領地のあるところとか。国外の何処か景色のいい処にレティシアと旅に行くのも楽しそうだけど。

「………！　行きたいです！」

「田舎、大丈夫？　虫がいっぱいいるよ」

「私、美味しくないから、そんなに噛まれません」

「いや、そんなことはないと……」

自信満々なレティシア。何故、そんなに美味しくない自信が。

「きっと、連れてってくださいね。……今日、なんだか……」

「ん？　どうかした？」

レティシアの表情が少し沈む。

「フェリス様が一人で何処かへ行っちゃいそうな気がしたので……」

「……今日？　いつ？」

「……王太后様とお話……してたとき」

言いにくそうに、レティシアが言う。

そうか。

これはやっぱり諸々心配して、レティシアは夜襲して来てくれてるのか。

面目次第もないな。

知らない王宮で、ずっと僕より不安だろうレティシアに心配して貰って。

「何処にも行かないよ。何処か行くときは、レティシアも一緒に連れていきたいな」

いまのところは予定してないが、もう何もかも嫌になって失踪するにしても、諸事万端、後任に仕事内容わかるように申し送ってから、失踪したい。性格的に。

「はい。フェリス様と一緒に田舎暮らし、してみたいです。フェリス様に田舎は似合わなそうですけど……」

「そんなことないよ。洞窟とか山奥とかずっと籠りたいタイプだから……」

「それは田舎というのとはちょっと違うような……」

桜の紅茶と、いちごのムースの甘い香がする。

とりあえず、人生は相変わらず、ちっとも思うが儘にはならないけど、フェリスがご飯を食べない、と心配してくれるこんなに可愛い人が、ここにいてくれる。

これ以上の贅沢はないかもしれない。

「レティシア」

「ど、どうされました、フェリス様？」

フェリスが長椅子を降りてレティシアの足元にひざまずいたので、レティシアが不思議そうに見ている。

「改めて、御茶会の詫びを。初めての挨拶だったのに、義母上が妙なこと言って嫌な思いさせて、申し訳なかった」

むしろ、今夜、僕が、レティシアのところへ訪れるべきだった。

こちらの義母（諸説あるが、形式上、義母には違いない）の無礼なんだから。

「フェリス様が謝ることでは……」

ぷるぷるぷるぷる、レティシアが首を振る。

フェリスを責めないちいさな姫君。

こんなふうに許されることに、フェリスは慣れてない。

「あの場でも言ったけど、王太后が何と言おうと、僕は妃は一人しか持たないから」

母が寵妃であったため、母もフェリスも、どれだけ不愉快な思いをしてきたか。

いま、現在もしているか。言葉に尽くしがたいし、尽くしたくもない。

「あの……あの……フェリス様」

「うん？」

「私達は、互いの家の意図で結婚するので」

「うん」

「王太后様のお話は謹んでお断りしましたが、もしもフェリス様がどなたかと真実の恋に目覚められたら、そのときは御遠慮なく、私を離縁して頂いて……！」

この世界でたった一人、僕を守ろうとしてくれる小さい姫は、あらゆる意味でおもしろい。

ぬいぐるみ抱えたまま、何を真剣に言い出すのかと思ったら。

「僕はレティシア一途なのに、レティシアは僕を捨てる気なの？」

「いいえ！　そうではなくてですね、決して私がフェリス様を独占して、御心の自由を縛ろうとか、そういうつもりではないことを……」

「でも、レティシア、すぐ離縁したがってない？　やっぱり、こんな変人の花嫁は嫌で……」

「違います！　私にはもったいない方ですので、いつもフェリス様の幸せを望んでるのです！」

「いま、僕、幸せなんだけどな、とても」

「いま？」

「うん」

「いまですか？　サンドイッチ、そんなに美味しかったですか？」

小首を傾げるレティシア。

「うん。配達の妖精さんが可愛くて、美味しさ増した」

「妖精とは程遠いですが、ではまた配達しますね。フェリス様のお部屋覚えましたから」

「楽しみだけど、夜這いは言葉間違ってるからね。……未婚にかぎらず、女性が夜這いの悪習に苦しんでる地方もあるから、その言葉はレティシア、使ってはダメ」

「………！　はい、殿下」

「ごめんね。叱ったわけじゃないからね。それが戯言になるくらい、不安のない夜にしていかないと……なんだけどね」

なかなかそうはいかない。

義母上にかぎらず、他人なんて農民であろうと貴族であろうと、そうそうフェリスの想定通りにはならない。

もちろんレティシアも、フェリスの想定外の動きだらけなのだけど。

「あの、フェリス様。フェリス様が下さったこのくまさん抱いてると悪い夢を見ないので、今夜はこの子をフェリス様に御貸ししようかと」

「……？　これを僕に……？」

「変ですか？　みんな笑ったけど、ホントに悪い夢を追い払ってくれて有能なんですよ、このくまさん……フェリス様、笑いすぎですってば」

レティシアの想定外は、たいがい微笑ましすぎて、フェリスはいつも笑い崩れる。


笑い上戸のフェリス様が、チェスでもする？　この部屋、あまり女の子の喜ぶものはないんだけど……、と誘ってくれたので、レティシアは頷いた。

フェリス様ってまるで日本人みたい。自邸のお部屋の中にまで、お仕事の書類らしきものがたくさん……と思ってた。

ふたりで初めてチェスをして、ほんのひとくちだけ、レティシアも甘い桜のお酒を舐めさせてもらった。

くまちゃんの真価を、フェリス様にも理解させられないのが無念……偉大なのに……。

ディアナ、お米あるみたいだから、おにぎり作ろう……。

レティシアの手、ちっちゃいから、ちっちゃいおにぎりになるかな……？

梅干しってあるのかな？　うーん、梅干しはなくても、鮭はあるよね、きっと……。なかったら、何かおいしそうなもの、つめる……。

いつも作って、厨房の戸棚に置いといたら、フェリス様、お腹減ったとき食べるかな……？

たどたどしい手つきでチェスを指しながら、琥珀色の瞳の姫君は、おにぎりの具について悩んでた。

「う……、ん……」

レティシアは、おひさまの気配を感じて、白い瞼を震わせる。長い金髪がもつれてくる。眠い目を擦りながら、起き上がろうとする。

「んー……よく寝た……、ひゃうう!?」

レティシアのものではない、金色の髪。レティシアの隣で、白い瞼を閉じてベッドに横たわる、精巧なつくりの人形のような美貌の主。

「フェリス様だー。よく寝てるー」

ということは、フェリス様を安眠させたい！　作戦は、成功みたい。

「レティシア、起きた？」

「フェリス様、私、昨夜……？」

手加減して貰ってるのに、チェスに勝てない、と思ってたあたりから記憶がない。

「昨夜ね、レティシアが、僕が眠るまでお部屋に帰らない、って言ってて。レティシアを寝かしつけてお部屋に運ぼうかなと思って寝たふりをしてたら、僕も眠ってしまったらしい」

「悪い夢は見ませんでしたか？」

「うん。レティシアとくまのぬいぐるみのおかげ、かな？　久しぶりによく眠った」

「やっぱり！　くまちゃん、偉大なのです。いい仕事するのです」

「………、………」

「あ、フェリス様、笑っちゃダメ」

「……くるしい、笑いを堪えるのが」

シーツに肘をついて、フェリスが笑いの発作に耐えている。フェリスの乱れ髪も目に新しい。

「……フェリス様？　起きてらっしゃいますか？　女官方が、レティシア様がお部屋に戻っていらっしゃらないけど、フェリス様のところにいらっしゃるかと心配されて……」

ドア越しに、レイらしき声がする。

「きゃー！　心配かけてしまいました」

予定では、お夜食提供して、フェリスがやすらかに眠ったところを確認して、レティシアは自室に退却予定だったのだ。

「レティシアはここにいるから、皆に心配しなくていいって伝えて。……レティシア、部屋に送っていくよ。この部屋には、レティシアの着替えがないから」

「お、お手数を……」

何だか、朝帰りだ。同じ邸内といっても、すぐ隣のお部屋ではないから……。

「ううん。お夜食と安眠をありがとう」

レティシアの白い額に、フェリスのキスが触れる。ううう。フェリス様、人嫌いとか言いながら、こういうキスの仕草はやたら慣れてるの何故……。

「レティシア様！」

「レティシア様、御無事で、ようございました！」

フェリスに送られて、レティシアが自室に戻ると、慌てふためいた様子のリタとサキが駆け寄ってくる。

「ご、ごめんなさい、心配かけて」

皆に心配かけてるのに、フェリスの部屋で、気持ちよく眠ってしまっていたレティシアは反省する。いつももう少し早く目が覚めるのだが、昨日はフェリスと二人で夜更けまで遊んでいたので、寝坊してしまった……。

「いえいえ。フェリス様のところでお休みだったのなら、よいのです」

「はい。フェリス様とご一緒ならいいのです。レティシア様が、御戻りの途中で迷子になったりしていらっしゃらないかと、私共、慌ててしまっただけで……」

大反省だけど、リタもサキも昨日も今日も、まるでずっと一緒にいた女官みたいに、レティシアのことを心配してくれれて、嬉しいなあ。

「僕が、レティシアは僕の部屋にいるよ、って連絡しておけばよかったね」

フェリスが一言、詫びてくれる。

「とんでもありません、フェリス様。おつきの女官たるもの、慌てず騒がず、状況を把握できてなくて、失礼いたしました」

「御二人で、楽しい夜になったようで、何よりでございます」

二人が綺麗にフェリスに礼をする。

「うん。ありがとう。レティシアの意向を叶えてくれて。レティシア、着替えておいで」

「はい」

御顔洗って、少しは綺麗にしなければ。

何故フェリス様は、起き抜けから、髪を梳かしたわけでもないのに、輝いてるのかしら。

「レティシア様、いかがでしたか？」

「フェリス様、お夜食喜ばれましたか？」

フェリスが立ち去って、レティシアの部屋に入り、レティシアとサキとリタだけになってから、いつもの鏡の前で、綺麗にして貰いながらの報告会。

「うん。フェリス様、お夜食、美味しかったって。……サキ、どうしたの？」

「いえ、坊ちゃまも大人になられたものだ……と感慨が」

鏡の中、レティシアの金髪を梳かそうとブラシを持ってるリタの隣で、嬉しそうなサキは拝むように両手を組んでいる。

「ごめんね、二人とも。夜のあいだに帰るつもりだったんだけど、フェリス様とチェスしてたら、いつのまにか眠っちゃったみたいで……」

「いえいえ。フェリス様のお部屋においででしたら、私共のことは何もお気になさらず」

「初めてのお泊りですね、レティシア様！　どうでしたか、フェリス様のお部屋？」

リタが若い娘らしく、ちょっとはしゃいでいる。

「これ、リタ……」

サキが諌める。

「フェリス様のお部屋は、フェリス様のお部屋って感じだった」

「……？」

「……？」

「なんかね、凄く綺麗で、真面目で、優しくてちょっと寂しそう……かな」

あんなにお仕事の書類、お部屋に持ち込んでちゃダメだと思うの。

そんな年中睡眠不足のワーカーホリックは、うっかり、車に轢かれちゃうんだから（実体験）。

「でもきっと、昨夜は寂しくなかったでしょう、フェリス様も。……レティシア様も、髪もお肌も輝いてますよ。また何か、フェリス様に治療魔法かけて頂いたのですか？」

「ううん？　昨日は何も。二人でたくさん寝たからじゃないかな？」

フェリス様の贈り物のくまちゃんも偉大だけど、フェリス様本人も偉大なのかも。

安眠の守り人として。

「フェリス様、お夜食喜ばれたって聞いたら、料理長も喜びますよ」

「うん！　凄く美味しかったって言ってたって伝えて！　またお夜食持ってく約束したから」

お夜食運ぶの楽しかったけど、フェリス様の部屋、隣ならいいのになーとレティシアは思った。

ふと、「もしもレティシアが僕を嫌ったら、部屋が遠いほうがいいだろうと……」と答えたフェリスを思い出した。

フェリス様は全然信じないけど、フェリス様は愛され体質なのに！

自信過剰なオレ様は苦手だけど、フェリス様はもう少しドヤってもいいと思うの……と勿体なく思う。

でも人間、近しい人にずっと否定され続けると、自信を削られまくるから。

これからは、お義母様より、レティシア、フェリス様の近くにいられるといいな。

たいへん微力ながら、レティシア、推して推して推しまくるので。

本来、フェリス様のものであるべき、正当な自信を取り戻して欲しい。

「フェリス様。レティシア様は、夜に御一人で、フェリス様の部屋にいらしたのですか？」

「うん。僕が夕食あまり食べてなかったと気にして、夜食持ってきてくれたんだ」

何もしなくても朝から輝いているとレティシアを驚かせたフェリスだが、流石に鏡の前に座って、レイに身繕いしてもらっている。

自分でやるよ、と言うのだが、フェリス様は何事に関しても細やかな方なのに、こと自分のことは恐ろしく省略しようとなさるからダメです、と言われている。

「お夜食？」

「レティシアが、ラムゼイに作らせたんだって」

「何と。いつのまにそこに連携が」

「糧食の確保って重要だから、レティシア、一兵卒として軍隊入ったら、すぐ小隊長に出世しそうだよね」

「フェリス様……どうして話がそちらに……。姫君の資質を評するには、もう少しそれらしき優雅な表現がある筈ですよ……」

レイが、我が主人ながらなんともかんとも、という顔をしている。

「ああごめん。ついそっちを思っちゃった」

「とはいえ、確かに、レティシア様は名将です。あんなに可愛らしい方が、まさかのあの王太后様を迎撃されましたから」

「ね。当主の僕よりずっと勇ましいよ、うちのちいさなお姫様は」

しかも同胞に、目に見えない損傷がないか、戦場離脱後も気にしてくれる。

あんなに小さいのに、だいぶフェリスより優秀だ。見習わなくては。

「でも、無防備だから、ちゃんと気をつけてあげないと……」

昨夜、フェリスはきちんとレティシアを部屋に送り届けるつもりだったのに、あんまり幸せで心地よくて、そのまま寝てしまった……。

このあいだレティシアに魔力を与えたときのように、何かレティシアから力が流れて来たのか、やけに身体が軽い。いつもの義母上と逢ったあとの疲労感がまるでない。

「左様ですね。純粋なレティシア様のよきところが損なわれない様に、うまく宮廷慣れしていけるとよいかと……」

かろやかなぱたぱたする足音と、明るい笑い声と、レティシアの使ってる石鹸なのか香水なのかやわらかな花の香りが、いまだこの部屋に残るような。

「よきお披露目となりましたよ。王弟妃は、何もかも母后の言いなりにはならぬという。フェリス様の側妃になりたかった姫君には残念でしょうが……」

「本気でそんなつもりの姫なんていないよ、ただの気分の悪い余興だよ。……それより、レイ、レティシアがお米好きらしいから、お米たくさん仕入れてあげるように手配しておいて」

「お米ですか？　かしこまりました。レティシア様、随分、大人びた好みでいらっしゃいますね」

「うん。何か簡単なお米の料理、作ってくれるって言ってたよ」

「ほお。お米の料理ですか……どんなものでしょうね？」

「どんなものか予想できなくて、僕も楽しみだ」

フェリスは変人の風評はかまわないが、レティシアの名誉の為に、あまり夜に部屋に来させないほうがいいのではと思うのだが、レティシアとふたりの時間がフェリス自身もとても楽しかったので、我が家の気紛れな姫君の来訪をとても拒めそうにない。

魅惑のお誘い

「レティシア、今日、お忍びで街に行こうか？」

「街？　ですか？」

朝食のお茶はマンゴーティー。グラスで貰ったマンゴーのジュースも、甘くて美味しい。

そしてもりもり春野菜のサラダを食べる。

昨日、かりかりしたから、たくさん野菜を補充しなければ。

お肉ばかり食べてると好戦的になるよー。

そしてフェリス様もちゃんと食べてるかこっそりチェックするよー。

「うん。レティシアにディアナの街を見せたいな、と思って」

「フェリス様と一緒に？」

それは嬉しいけど、そんなお時間あるのかな？

レティシアと違って、忙しいのでは……。

「うん。昨日のお詫びもかねて」

「嬉しいですけど、フェリス様、そんな気を遣って頂くようなことは何も」

王太后様、怒ってるかなあ。側妃は選ばないけど、御茶会では失礼いたしました、って御詫び状でも書こうかな。なんと無礼な嫁だ、って言われてまたフェリス様が嫌な思いしてもいけない。

「いや、僕がレティシアと出かけたいだけだから。……レティシアは？」

「私も……、一緒に、お出かけしたいです」

お外にお出かけ！　しかも公式行事ではなく！　なく！

だいたい王族のお外にお出かけって、いつも馬車の中から、お手振りなの。沿道にたくさん並んでくれてる人達に、笑って手を振るのがお仕事。もちろん、みんな並ぶのすごく大変なのに、待っててくれて嬉しいんだけど。でも、普通の人みたいに、街を歩いたりする機会はないから。

式典の時じゃない、沿道に警備兵の並んでない、普段の街ってどんななのかな？　と思う。

「僕達の結婚式のときも馬車で巡るけど、その前に、普段のディアナを見せたいな、と」

ときどき、不思議。

フェリス様とレティシアは何も似てないのに、どうしてフェリス様にはレティシアの思ってることがわかるんだろう？　って思うときがある。

僕達はよく似てる、ってフェリス様は最初に逢った時に言ったけど。

私たち、似てる……？（いやいや何も似てない）

「ディアナの街には竜王陛下の絵姿だらけ、とお聞きしました。フェリス様お忍び可能ですか？」

レティシアはともかく、フェリス様、すぐバレてしまうのでは……。

「眼鏡をかけておくよ」

「……？」

それで何とかなるもの？　と謎だけど、行ってみたい。

ちょっとでいいから、特別な式典のときじゃない街に行ってみたい。


「フェリス様は、よく街には行かれるのですか？」

レティシアとフェリスは、六頭立ての馬車に乗って街へ移動中である。そもそもこんな普通の人は乗れそうもない馬車で出かけたら、ちっともお忍びにはならないのでは……。

「そうだね。王宮にいると息が詰まりそうなときに」

そうなんだー。意外だー。深窓の姫君じゃないけど、フェリス様こそ王宮の中にこそ咲く花みたいな外見の方なので。

昨日も王太后様の御茶会に出かける為に、この六頭立ての馬車で王宮内を移動したのだけど、やはり結婚相手のお義母様に初めてお会いしにいくのと、二人でちょっと街に出かけるのでは気楽さが全然違う。

「ごめんね、レティシア。レティシアにとってディアナでの母になってくれるような義母上だったらよかったんだけど……いや、王太后も、僕以外にはよき母なんだけど」

二人を乗せた馬車がゆるやかに昨日と違う道を曲がっていくときに、フェリスも思い出したのか、少しその話に触れる。

「サリアのお母様はきっと、フェリス様が優しい人でよかったわね、って言うと思います」

まず面識もないディアナの王弟殿下がどんな恐ろしい人かと思っていたのだから（失礼すぎる……）、結婚相手の義母上も大事だけど、何よりもフェリス本人と気が合う事が一番大事だ。

「レティシアのお母様はどんな人？　レティシアに似て優しい？」

「私よりずっと優しいです。最初にお父様が疫病にかかられて、お母様は皆がとめたのに、お父様の看病されてたら伝染してしまって……、だから、レティシアを近づけてはダメって。最後も見送らせてもらえませんでした。私が幼かったから、後十年、五年でもいい、レティシアがもう少しだけ大きくなるまで生きたいと嘆いてました」

「……うちと一緒だ」

「………？」

「僕の母も、せめて後十年、フェリスが成人するまで生きたい、と僕に詫びてた。……いまの僕ならもう少し、僕が母を長生きさせられたろうに」

もしかしてフェリス様が、親を亡くしたばかりの五歳の花嫁との縁談を断りきれなかったのは、それも理由のひとつなのかなー、と思ったりした。

「フェリス様のお母様がフェリス様見たら、きっと喜ばれますね。凄く立派になられて」

「どうだろう？　あなた随分ひねくれたわね、って驚くかも」

「そんなことないですよ。あ……竜王陛下そっくりになってて驚くかも」

「それは確かに驚くな、きっと」

「子供の頃から似てらしたんですか？」

「子供の頃は、そこまででは……。何より、子供の頃のレーヴェを誰も知らないから、もしかしたら、子供の頃から似てたのかな……」

「私は父と母なら母に似ているのですけど、鏡に映った姿に母に似てる部分を見つけると、母が私の中にいるみたいで嬉しいです」

「僕はレーヴェに似てると、悪いことができない気がする」

「神様に似てるから？　フェリス様、いったい、どんな悪いことしたいんですか？」

フェリス様と悪行。それもあんまり似合わない。なんか据わりが悪いもん。

「うーん。わからないけど……、たぶんレーヴェならここで諦めないよな……とか、レーヴェはここで見捨てないかも……とか思って、いろいろ放り投げられないときがある」

「竜王陛下が、フェリス様の生き方のお手本なんですね」

だいぶ偉大なお手本である。

「お手本……？　あんなお気楽竜が僕のお手本なんだろうか……？」

オレよりフェリスのがだいぶ面倒見いいけどな、フェリスは真面目ちゃんだけど、オレ、基本ざっくりだから、と御本家のレーヴェが聞いてたら、言いそうではある。

「フェリス様、フェリス様、船がたくさん見えます！」

王宮を出て程なくすると、見えてくる景色が変わり、レティシアは馬車の窓にかぶりついている。

「港に近づいてるからね」

「ディアナは王宮のお近くに海があるのですか！」

「そう。サリアは海のない国だと聞いたから、レティシアには珍しいかもと……」

「私、海、初めて見ます！」

この世界では、だけど！　海、懐かしい！

「王宮へ来るときに、海側通らなかったんだね」

「来るときは、輿の中で、緊張で震えてて、景色なんてぜんぜん……」

「これから、ディアナの変人王弟に頭から食べられるんじゃないかと思って？」

「……ううう。ごめんなさい、そのくらい怯えてました……」

御伽噺の怪物のような人を想像してたら、御伽噺の王子様がやってきた。

「なんて透き通った碧い海……、フェリス様の瞳みたい」

海洋汚染のない世界の美しい海！　本物の帆船が出入りする港！　毎日、海風に洗われてると思えないような、瀟洒な白い街並み。美しく手入れされた、王宮のお膝元の街。

「賑やかそうです！　栄えてます！」

「レティシア、窓に張り付きすぎ……」

あんまりレティシアがはしゃぐので、フェリスがついに笑いだす。

「だって嬉しくて！　ディアナの方々、みんな楽しそうですね……！」

海鳥の鳴く声、人々の笑う声、何かを売っている商人が客に説明する声。活気のある街だ。市民の着ている服もなかなかお洒落で、表情も明るい。見える限りには、生活に困っている人はいなさそうだ。

「あ。御歌……」

広場に吟遊詩人がいて、恋歌を唄っている。それにあわせて、美しい踊り子が舞を舞っている。足をとめて聞いてる恋人達、子供、老人。優しい竜神に守られて、平和で、幸せな国……。

「降りてみる？　用心のため、マントは着ててね」

「はい。フェリス様」

一応レティシアは、王宮の中にいるときよりは、控えめなドレスを選んでもらっていて、その上から、御伽噺の赤ずきんのように頭も髪も隠す赤いケープマントを被る。

とても可愛らしい。

フェリスも黒いケープマントを着るようだ。

それはぜひその方がいいと思う。眼鏡をかけても、華やかな顔立ちは隠しようもない。

フェリス様の竜王陛下そっくりの美貌は、被り物の下に隠すべき。

「レティシア、魔法で髪と瞳の色を変えてもいい？」

「は、はい」

「何色がいい？」

「茶色とか？」

馬車の窓から眺めた道行く人に茶色い髪の人が多かったので、そう答えた。

「じゃあ、茶色にしよう」

レティシア自身の姿は見えないが、フェリスが何か呪文を唱えると、フェリスの金髪と青い瞳が、茶色い髪と茶色い瞳に変わった。それだけで、ずいぶん印象が変わる。

「嫌な色じゃない？」

折り畳みの小さな手鏡をフェリスが見せてくれる。

鏡の中には、フェリスと同じように、茶色い髪と瞳になったレティシアがいた。

わ……！　ちょっと変装させて貰った！

「はい。大丈夫です。フェリス様とおそろいになりました」

「そうだね」

これなら、やたら面倒見のいい兄が美形の、貴族の兄妹くらいに見えるだろうか……？

「じゃあ、行こう？　レティシア、手を」

馬車から降りるのに、フェリスが自然に手を貸してくれる。

レティシアは、フェリスの手に手を重ねながら、昨日、王太后様の御茶会に出かけるときも、フェリス様が一緒だから怖くなかったな、と思いだしていた。

「フェリス様。私、ラベンダーのアイスクリームというものを買ってみたいです」

「ラベンダーのアイスクリーム？」

「はい。サリアで読んでた御本で、街で少女がラベンダーのアイスクリームを買うお話があって、それがとっても羨ましく思えて」

「色は綺麗だろうけど、味は個性的そうだな」

ふわふわとしたレティシアのリクエストに、現実的なことをフェリスが言っている。

「ラベンダーフレーバーがあるかどうかは保証できないけど、アイス屋はあると思うよ。たしか、あの路地の奥にあったと思うんだが……」

「フェリス様」

「うん。少し離れてついてきて。何処にいても、僕よりもレティシアを気にしてあげて」

フェリスが護衛の者に指示を出し、二人で歩くようにしてくれた。

フェリス様と二人で歩けるの、嬉しいな。護衛をぞろぞろ連れてたら、いつもと変わらないし。

でも街歩きで、フェリス様に何かあったら、あぶないかな。

頑張って、お守りするぞ。ディアナの人はレティシアを誰も知らないだろうから、レティシアには心配していただくほど、危険はないと思うの……。

「ねぇねぇ聞いた？　花屋のランビ、フェリス王弟殿下の結婚式にお花納品するんだって」

「そりゃー景気のいい話だなー。国王陛下の挙式以来の王家の婚姻！　しかも竜王陛下そっくりのオトコマエのフェリス殿下の婚姻！　街中が花で埋まるよなー。何処の花屋も儲かるだろうなー」

露店の八百屋には、紫に輝く茄子や、真っ赤なトマト、黄色いレモン、新鮮な食材が木箱に入れられて所せましと並んでいて、人々はそれを選びながら、自由にお喋りしている。

私たちの結婚式のお話！　と思わず、ぎゅっとフェリスと繋いでいる手を握って、レティシアは聞き耳赤頭巾になってしまう。

本当に、話に聞いてたように、王族の結婚式は経済を潤すんだな……。

ディアナほどでなくても、サリアのお花屋さんやお菓子屋さんも潤ってるといいな。

お嫁入り前、レティシア姫婚姻の号外がでたので、お祝いの御菓子がたくさん出きてるって話してたな。そのとき、あいついで両親を失ったばかりで、レティシアの気持ちは生ける屍だったけど、サリアの誰かの幸せの役に立ててるといいな、って思ってた。

「でも、サリアからの花嫁はまだ子供なんだろ？　気の毒だなあ、男盛りだろうに、フェリス様」

すみません、花嫁、ちびで。

「もー、おまえ、下賤な話すんなよ！　フェリス様は俺らとは違うんだから！　あの方はなあ、もっとこう高潔な御心で、我が国のためにだな……！」

「おまえな、こんど、いい娘、紹介してやるから。フェリス様の絵姿飾るのはやめとけよ」

まあ……フェリス様の絵姿を……、私、この方とはお話があうのではないかしら……？

「まあまあ、フェリス様もお若いのにすげぇ切れ者でいらっしゃるけど、まだまだ小僧っ子の歳なんだから、小さい姫さんが綺麗な娘になる頃に、ちょうどフェリス様も一人前になりなさるよ」

小僧っこ！　フェリス様、小僧っこ！

でも確かに、フェリス様ってもう大人みたいな雰囲気だけど、まだ十代だもんね。

十七歳といえば、前世の日本では、受験、サッカー、高校野球、部活、ディズニーランド、オタ活、デート、バイト、友達との通学、お喋り、他愛ない喧嘩……。

進学するか就職するかだけど、向こうだと、結婚は十八歳以上からだから……。

「レティシア。ふわふわしてると、転んでしまうよ」

「あ……すみません」

は！　お話に聞き耳を立てるのに夢中になってて、足元が疎かになってました。

「もし、足が疲れたなら、僕が抱いて運んであげてもいいよ」

「……？　疲れておりません！　めちゃくちゃ元気です！」

これ、フェリス様、からかってるつもりじゃなくて、本気っぽいところが、天然さんだと思うの。

「本当？　レティシア、あまり外を歩き慣れてないだろうから……」

「外は不慣れですが、私、庭を駆け巡って鍛えてあります」

王宮の庭園で母様とかくれ鬼をよくした。かくれ鬼は終わったのに、母様がでてこない……。

「さっきの方々、私たちの結婚式の噂されてましたね」

「ああ。久しぶりの、ディアナの慶事となるからね。僕達の結婚式であり、民にとっては、よき気晴らしのお祭りになるといいと思うが……」

そうなの。いつもこんな感じのとてもよく出来た方なので、フェリス様が十七歳の少年なこと、きっとみんな忘れてるんだよね……。

「それにしても、僕の婚約者を子供扱いするな、と僕は決闘を申し込むべきだろうか？」

「え？　いえ！　ホントの事ですし！」

ぷるぷるぷるぷる、レティシアは首を振る。

フェリス様、物騒……。決闘とかダメ、絶対。フェリス様があぶない。あんな筋肉質そうなおじさんとフェリス様が殴り合うとか、想像するのすら無理。

「人間、本当の事なら、何を言っても許されるという訳ではない」

「それはそうですが……あの人たちはただフェリス様を気の毒がってただけで、悪気がある訳ではないので」

「………？　僕はレティシアといて幸福なので、見知らぬ他人に気の毒がってもらう必要はない」

フェリスは、さきほどかけた魔法でいま茶髪に茶色い瞳だが、海辺の明るい太陽の光に、まるで本質の金髪碧眼が透けて見えるようだ。

そう言って貰えてほっとして、レティシアはぎゅっと、フェリスと繋いでいる手を握った。

それにしてもお外にお出かけするときって、ずっと、フェリス様とは手を繋いでるものなのかな？

レティシアが小さいから、フェリス様、心配してるのかな？　安心するけど……。

「幸福、ですか？」

「うん。レティシアが来てからの方が、毎日楽しい」

「……それは、毎日笑い転げてるからでは……」

うん？　とレティシアは小首を傾げる。

レティシア本人だとて、並んでたら似てない兄弟に見えるかなあ、どう考えても夫婦には見えないと思うの、と思うからディアナ国民もサリア国民も、何か言いたくなっても仕方ない。

でもいま、一週間前サリアにいたときより、レティシアが幸せなのも本当だ。

「それに我が家の者が、毎日、感動してる。フェリス様、大人になって……人間らしくなって……って。これに関しては、よほど普段の僕が人としてひどいみたいじゃないか、と思うが」

「少なくとも、御夕飯のかわりにチョコレートはひどいと思います。マカロンもダメ。子供よりダメです」

「……誰が教えたんだ……」

フェリスが晴れ渡った青い空を仰ぐ。

「私に優しいフェリス派の密偵さんたちがたくさんいらっしゃるんです」

レティシアは左手の人差し指を、桜色の唇にあてて微笑んだ。

「それはフェリス派じゃなくてレティシア派だろう」

「そんなことありません。私達みんなフェリス派なのです」

リタが、レティシアの髪を梳いてくれながら話してた。フェリス様のところで働く者は、メイドも厨房の者でも下働きも、望めば読み書きを学べるのです。どんな者も字は読めた方がよい、そのほうが生きることが楽しい、ってフェリス様が仰って。そんな御仕事先は、他にはありません。

でもフェリス様は、皆には優しいのに、自分自身の事には本当に無頓着なのです。

だから邸の者はみな、食べることも忘れて、無理ばかりなさるフェリス様が心配です。

勝手にフェリス様を悪く言われるのも悲しいです……よい方なのに。

リタの話を聞いていて、レティシアは思った。

フェリス様の庭園の薔薇が、他の宮より綺麗に咲くのは、精霊さんの仕業ではなく、庭師の働き心地がいいからかもしれない。

なのであまり何もできないけど、これから彼の小さな妃になるレティシアの至上のお仕事は、フェリス様に栄養のある食事を摂っていただくこと。無理をさせすぎないこと。人の世話ばかりで自分を疎かにしがちな優しい王弟殿下をお守りすることである。

「ああ、ここだ。ラベンダーがあればいいんだが……」
「可愛いお店！」
アイスのお店は露店のお店ではなく、きちんとしたお店だった。店内のディスプレイが外から見えるが、可愛らしい造りでカフェのように、店内に席があるようだ。

「こういう甘いものの店は多いよ、ディアナは。遅くまで飲んで、最後には甘味で終わりたくなるような甘党が多いから」

「そういう意味では、甘いものをご飯にしちゃうフェリス様は、とてもディアナ人なのですか？」

「いや？　僕は食に熱心ではないけど、ディアナ人はよく食べる人種だから。スイーツはスイーツ。食事は食事で別口だな」

フェリスが扉を開けてくれる。

そうだ！　雪は前世でもデートなんてしたことないから、これ、人生初デートかも！

（現在、もうすぐ結婚式予定のちいさな王女だけど……）

なんて可愛いお店！　さすがにテンションあがるー！

「いらっしゃいませ。まあ、フェリス様どうなさいました？　珍しく可愛いらしい方をお連れで」

フェリス様、やっぱり髪の色と眼鏡くらいじゃ、変装、ばればれみたいです……。

と言うか、お馴染みのお店だったのですね……。

「僕の妃が、ラベンダーのアイスを食べたいと言うのだが……、ここにあるだろうか？」

「まあ、こちらがお噂の……。ラベンダーは普段はお出ししてはおりませんが、御祝いに御作りしてみましょうか？」

「作って貰ってみる？」

「はい！」

わあああ、ラベンダーアイス、本当に食べられる！　あったらいいな、と思ってたけど、無理かな～ないかな～、なくてもフェリス様が一緒に探してくれるだけでも嬉しいな～と思ってた。

「苺や桃やキャラメルは？」

「う。それも美味しそうです……」

誘惑。ラベンダーも食べたいけど、苺も……キャラメルも……。

「盛り合わせでお作りしますよ。お好きなフレーバーをいくつかお申し付けください」

「本当に？」

「はい。どうぞ、お席のほうへ」

テーブルセットのあるほうへ、向かう。幸い、お客さんのいない時間帯みたい。

おかげで、人目を気にしなくていいのも嬉しい。そうだよね。朝からそんなにみんなアイス食べに来ないよね。きっと午後三時とかが多いんだろうね。

「こちらからお選びください」

渡されたメニューにアイスのフレーバーがたくさん並んでる。……悩む。

「紅茶アイスとかも美味しそう……」

「凄く真面目に悩んでるね」

「はい！　真剣です！　種類が多すぎて迷ってしまって……ちょっとずつたくさん貰おうかな」

「うん。いろんな味が試せたほうがいいのでは？」

「フェリス様は？　何にされます？」

「僕はお任せで。レティシアが選んでくれてもいいよ」

「……余計に目移りしてしまいます！」

メニューを読み込みながら、あれもこれも気になる～と困っているレティシアを眺めて、フェリスはひどく楽しそうだった。

「フェリス様が街のお店に入ったりされるのは意外でした」

悩みに悩んだ末、注文完了！　ラズベリー、ストロベリー、桃、キャラメル、紅茶でお願いした！　欲望に任せすぎて、味の統一感がぜんぜん保ててない……。

「……昔ね」

「はい」

「山側の街の景気がよくないようだけど、何がいけないんだろうと悩んでたら、そりゃろくに自分で歩いたこともないのに、紙の報告書ばかり読んでてもわからんだろうよ、とレー……年長の親族に笑われて。それからは、行ける範囲で自分で確認してみるようにしてる。……流行ってる街、うまくいってない街、景気のいい通り、犯罪の起こりやすい通り」

親族。そんなにフェリス様に気安い感じでお言葉をかけられる御親族は、どんな方なのかしら？

フェリス様の叔父様とかかしら？　きっと素敵な方なんだろうなー。会ってみたいなー。

「フェリス様のような方が自分で行かれるのは珍しいのでは……」

「うん。でも、僕は兄上と違って自由な立場だから……、いろいろと兄上がお立場的にできないようなことを僕が手伝えたらいいかな、と思って」

フェリス様とお兄様の国王陛下は仲がいいのかなーとレティシアはお話に耳を傾けている。お兄様のお話は、王太后様のお話をするときほど、フェリス様に忌避感がない感じ。さきほどの親し気な叔父様よりはちょっと距離、遠い感じだけど……。

フェリス様と仲のいい人、微妙な間柄の人、いろいろ覚えたいなあ……。

「お待たせいたしました。少しは、姫様の探してたものに近づけてるといいんですけど……」

「きゃー！　可愛い！」

ガラスの平皿の上には、ラベンダーの紫の小花と生の木苺や桃やベリーがふんだんに飾られ、何とも可愛らしく各種類のアイスがデコレーションされている。

「こちらはお任せの方で……、時計回りに、ローズ、ラズベリー、マンゴー、キウイ、ラブポーションのアイスです」

レティシアはセンスに自信がなかったので、フェリス様のはお任せにしたのだ。こちらも赤い薔薇の花びらが散らされ、ラズベリー、マンゴー、キウイとフルーツもふんだんに飾られている。

そしてどちらの皿にも小さく控えめに、ＨＡＰＰＹ ＷＥＤＤＩＮＧと、御祝いの言葉がチョコレートソースで書かれている。

「ううう。可愛い……お写真撮りたい……」

「ん……？　しゃしん……？」

「何でもありません！　嬉しいときの擬音です！」

「……そうなの？」

あまりの可愛らしさにほわーんとしてしまい、余計な事を言ってしまった。

「ラブポーション（愛の薬）とは？」

「あ、それはどちらにもいれました。御二人の愛が高まりますように、と。……あら、フェリス様、そんな顔しないでください、おかしなものはいれてませんから。害のないハーブです。とても健全なやつ。姫様には、まだ大人な恋薬は早すぎますから」

「レティシア。この人は王立魔法学校の元優等生なんだけど……昔から、おかしなものばかり作る天才で……」

「魔法使いでいらっしゃるんですか？」

「はい。姫様。いまは魔法使いのアイス屋でございます。簡単な氷魔法を使って、楽しく商いをさせて頂いてます」

確かに、冷蔵庫のない世界で、アイス屋さんの厨房とは、どうなってるんだろう？　厨房に、氷室とかあるのかな？　と思ってた。

「王立魔法学校の優等生でいらしたなら、きっと、あちこちの就職を断られて……」

ひっぱりだこだと思うの、きっと。魔法使いさんて、就職難と縁なさそう。なのでレティシアもお勉強したい。

「雇われ魔術師をやるには、少しならず協調性が足りなくて……ささ、私の話などより溶けないうちに、私の作品をこそ美味しく召し上がって下さい。ラベンダーアイスはラベンダーリキュールをかけてみましたが、お口にあうとよいのですが……。このたびの御二人のご結婚、まことにおめでとうございます。ご結婚前の御二人に御菓子をお出しできた数少ない職人の一人になれて、本日は望外の喜びです」
エプロン姿で綺麗な礼をして、御祝いを述べてくれた。
ホントだ、溶けないうちに、と口にいれたアイスは、紫色のラベンダーリキュールがかかってい
て、ほんのりと甘く癒しの香がした。
「美味しい！」
そんなに主張が強くない。上品な甘さって感じ。前世で雪は海外旅行したことなかったけど、海
外行った人いわく、甘いものはこれでもかというほど甘い！　と聞いたけど、そんな激しい甘さで
はない。ラベンダーのリキュールならラベンダーのリキュール、木苺なら木苺の本来の味が前に出
ているから、それ自体の甘さって感じ。
「よかった」
向かいで微笑んでるフェリス様が、アイスが美味しいせいか、いつもよりさらに輝いて見える。
可愛いお店で可愛い女のコとデザートとか食べたいよー、残業ばっかりもうやだよ。だいたい、
毎日こんなの何の為に誰の為にやってるの、ってしょんぼりしてた前世の社畜時代の雪の夢を、ア
フタヌーンティーに続いて何も知らずに叶えてくれてありがとう、フェリス様。
可愛い女の子との部分は叶ってないけど、フェリス様はじゅうぶん可愛いくて綺麗だからいい。
は……！　違った！　デートだった！　人生二度合わせて、初のデート！
「ラベンダーアイスは、レティシアの理想通りの味だった？」
ラベンダーにそれほど理想の味はイメージしてなくて、街を歩いてアイスを買う女の子というス

タイルが夢だったのだと思う。レティシアが、あの本をサリアで読んでた当時（今もだけど）、王宮から一人で出かける想定がなかったので。

「こんな味です。フェリス様もひとくち召し上がってみてください」

嬉しくて仕方なくて、フェリス様にも食べさせたくて、銀のスプーンをフェリスの方に差し出してから、いけない、この人、由緒正しい王子様だった！　と焦る。で、でも、どうやって、これ戻そう。

「あ、すみませ、お行儀の悪いことを……」

さ、さりげなく、スプーンを戻そうと往生際の悪いことをしていたら、レティシアの気まずさを察したのか、フェリスが唇を開いて、レティシアの差し出したラベンダーアイスを食べてくれた。

わー！　フェリス様を餌付けしてしまった！（まちがい）

「うん。美味しい」

「フェ、フェリス様、無理させてすみま……」

「いや、本当に美味しいと思っている、多幸感の伝わりにくい貌ですまない」

整いすぎてるせいか、笑ってないときのフェリス様のお顔には少し緊張する。

「レティシアも食べるか？」

「は、はい」

それぞれのプレートの味が違うので、ならばこちらも味見させるべきだ、と思ったのかフェリスが銀のスプーンで薔薇のアイスをすくって、レティシアに食べさせてくれる。ひな鳥に餌を食べさせるのに慣れない親鳥のような慎重な面持ちで。

手ずから食べさせてもらった薔薇のアイスは美味しいけど、き、緊張する……。

フェリス様の端正なお貌が近すぎて……。じ、自分でひとくちどうぞってやっといて、御返しのアイスがかえってくるとは想定してなかった……！

「レティシア、甘い？」

「はい。薔薇の方が甘いです」

でも、薔薇の花があまいわけじゃないよね、きっと……。

「どちらが好き？」

「んー、どちらも美味しいです。フェリス様、苺も……」

フェリス様、真面目な方だから。レティシアが全てのアイスの味を味わいたいかもしれない、と思ってくれたんだと……。

「まあ……、王太后様が意地悪して、王弟殿下にちいさすぎるお妃を、って街の人も私達も心配してましたけど、ずいぶん幸せそうですね、フェリス様。そんな御顔もなさるんですね……」

御茶を持ってきてくれたらしい店主が吃驚している。

「ち、違うの……お行儀悪いのはフェリス様じゃなくて、私が無理やり……！」

弁明しなければ、とレティシアは焦る。

「そんな貌もどんな貌も、うちはご先祖の代からこんな貌だが」

フェリスが眉一つ動かさず答えると、ん？　誰か呼んだか？　と言いたげに、店内に飾られている竜王陛下の肖像画が不敵に微笑んだ。

「いえ、レティシア様、お気になさらず。とても、いいことです。人間がましくて。もうね、ひどかったんですよ、昔。王立魔法学院でフェリス王弟殿下に甘い誘いなどしかけようとした者は、そりゃあもうことごとくゴミでも見るみたいな冷たい目で黙殺されて……」

「そもそも学問をしようとしてるところで、何故、訳の分からぬ鬱陶しい誘いをかけたがるのか、僕には理解できない。だが、誰のことも粗末に扱った覚えはない。呼びかけられたときに視線を返したら、大概の者は何故か倒れるか、黙るか、逃げ去るのだ。もう自分でも、人に怖がられる貌なのは自覚している」

フェリス様、きっとその倒れた方々は、フェリス様と瞳があってテンパりまくっちゃっただけで、決してフェリス様のお貌が怖い訳では……。

「王弟殿下の認識が独特なだけで、学校っていうのは、学問したり恋愛したり友達作ったりするとこなんです。オンリー学問と魔法の技だけ極めまくるところじゃありません」

「そうなのか？　レティシアもそう思う？」

「……は、はい」

それはそうだと思うんだけど、レティシアが頷いたら、フェリスが沈黙して困ってたので、ちょっと可哀想になった。

「……では、善処しよう。来世で学校に行く機会でもあれば」

「今生は無理なんですか？」

何故、来世、と思ってレティシアは尋ねる。

「少なくとも、ディアナ国内の学問所関係は飛び級して十五歳迄に卒業してしまった」

「レティシア姫、どんな魔法を使えば、こんなにフェリス様が可愛らしく聞き分けよくなるんですか？」

「いいえ、私は、何も。フェリス様はこちらに来たばかりの私を心配して、私のいう事はよく聞いて下さるのだと……」

まるで性格のとても難しい馬でも手懐けた人みたいに言われてしまった。

何故に？　フェリス様はいつも優しいのに。

「とても、そんな次元じゃないと思うんですけど……」

「笑いすぎだ。カエラ。これ以上余計なことを言わないでくれ。レティシアに怯えられたくない」

「わかりました。これまでに拝見したことないほど、お優しいフェリス様。可愛らしいお妃様の大事な印象を損なわないように、お口に気をつけますね。……レティシア様、お慶び事ですから、御祝いに桜茶を淹れました。ディアナの桜の花びら漬けを、お湯で溶いたものです。お召し上がりくださいね」

慶事に桜茶。桜の香の紅茶ではなくて、ほんものの桜の花びら漬けにお湯を注いだもの。主に、御祝いの席で出される桜茶。桜の花が開くように、この先の人生が花開くようにと。

そ、そんな、日本と同じ風習あるの！？　それはもしかして、昔、レティシアみたいに日本からディアナに転生してきた人が伝えたのでは！？

ほんのり、期待を込めて疑っちゃう。

「ありがとうございます。とっても、とっても美味しいです、アイス。こんな可愛いお店にフェリス様と二人で来られて、幸せな気分になりました」

「光栄でございます、姫君。こんな可愛いお妃様にでしたら、それは氷の王弟殿下もお優しく様変わりもしようというものですね」

「…………？　いつもお優しいです、フェリス様。私にだけでなく、フェリス様に長く仕える家の者も皆、そう申します。優しすぎて、無理ばかりされて心配だって」

レティシアは、にこっと微笑ってお返事した。ご学友？　だからただの親しみを込めての御言葉だとは思うんだけど、フェリス様が優しくないって言われるのは、ちょっとだけ違うの……。

「海のほうへ行ってみる、レティシア？」

二人で綺麗に食べて、アイスの店を出てフェリスが尋ねる。

「はい！」

頭のてっぺんにうさぎ耳でもついてたら、盛大に振りそうな勢いで、レティシアがお返事する。

海までお散歩ー！

庭園を駆け巡って鍛えた小さなレティシアの脚力が、日の目を見るときが来た（とは言っても、ディアナ王宮内やフェリス家の邸内移動なども広いので、結構毎日歩いてはいる）。

「……滅びよ、邪神よ！」

晴れ渡った青空の下、フェリスと手を繋いで上機嫌で歩いていたら、何か禍々しい声がした。

「目覚めよ、ディアナの民たちよ！　汝らは騙されておるのだ！　正しき神、リリア様のもとへ、いざ、帰り来たれ！」

「……な、に？」

午前中からたちの悪い酔っ払い？　とレティシアが声のする方を見ると、広場の隅で目深にフードを被った何人かの僧侶らしき者たちが、何かを燃やそうとしている。異様な様子だ。

レティシアは、声を荒げる僧侶なんて、サリアでもディアナでも見たことがない。しかも、火は危ない。街中で、焚火ダメぜったい。

「え……!?　竜王陛下、燃やさないで！」

思わず、レティシアは声が出てしまった。

その人たちが燃やそうとしてるのが、ディアナの神様、竜王陛下の肖像画なのだ。

もちろん、レティシアは、他人の持ち物にいかなる権利も持たない。

とはいえ、フェリスそっくりの竜王陛下を目の前で燃やされるのは心が痛む。

「やめろよ、何やってんだよ、坊さん！」

「ふざけんなよ、よりにもよって、ディアナのどまんなかで、竜王陛下を燃やすなんて……！」

「まったくだ、ここを何処だと……！」

腕力に自信のありそうな街の男たちが、僧たちが竜王陛下の肖像画を燃やそうとするのをとめようとして、一騒ぎ起こる。

「レティシア。ごめん。海へ行くのちょっと待ってもらってもいいかな」

「は、はい。もちろん」

フェリスがレティシアに許可をとる。

「フェリス様」

「フェリス様」

「いかが致しましょうか」

和やかならぬ気配を感じて、離れていた護衛の者たちが近づいてくる。

「そうだね。とりあえず、迷惑だね。この広場で、焚火は許可してない」

いまにも喧嘩が始まろうとしているが、喧嘩もだけど何より、あの燃え盛る火が……。

「うちの御先祖、そんなに憎々し気に燃やさないでもらいたい」

フェリスも、レティシアと同じことを思っていて、なんだかほっとした。

「……ここで水を呼んだら、邪神の使徒すぎかな？」

フェリスは一瞬、レティシアを見てにっこり微笑って、白い手を少し動かした。

「……な、なんだ⁉　火が……⁉」

「な、何か降ってくる……！　あ、熱い！　なんだ、この花びらは⁉」

「痛い……目が痛い……‼」

ふわり、と風が動いて、いまにも竜王陛下の肖像画を焼こうとしていた炎が、最初から何処にもなかったもののように消える。

そして、天から、何か白い柔らかいものが降ってくる。

「おかーさーん、空から、お花が降ってきたー」

「ほんとね。綺麗ね。何かしら……」

「わー綺麗ー」

空から、白い花がたくさん降ってくる。

騒ぎを起こしていた僧たちは、その花びらや花粉に触れると苦痛を伴い、大量の花びらに埋もれて、目を押さえて呻いている。

が、それ以外の者には、ただの綺麗な花に過ぎないらしく、時ならぬフラワーシャワーに広場にいた人々は喜んでいる。

「フェリス様、これは……？」

「リリアの花。ディアナには咲かないけど、綺麗な花で鎮静作用があるよ。生だとちょっと無理かな。……すまないが、あのへんを縛りあげて、市中警備の者に連絡してやってくれる？　君たちには、この花、何の毒もないから触れても平気だよ」

「心得ました」

前半はレティシアに、後半は身辺警護の者たちに、フェリスは告げた。

「私も触れても大丈夫ですか？」

「うん。レティシアにももちろん害のない花だよ」

目の前に落ちてきた花を、掌でうけとめて、レティシアは不思議がる。

「さて、海、行こうか、レティシア」

「だ、大丈夫でしょうか？」

呑気に、海をお散歩していても、いいのだろうか？

「うん、平気。どこの神様を信じるのも個人の自由なんだけど、うちの神様、焼かないでほしいよね。うちの国で焼かれると、必ず誰か怒って、喧嘩になるし……」

「はい。竜王陛下、焼かれるの、嫌です」

ディアナ中に何枚も竜王陛下の肖像画はあって、古くなった推し様のポスターのごとく、日々廃棄もされるだろうが、邪神扱いされて悪く言われて目の前で焼かれるのはひどすぎる。

「広場を掃除する人が可哀想だったかな……やっぱり水にするべきだったか……」

水の神様の末裔の王子様は、花だらけになった広場を見て、ちょっと反省していた。

広場の子供たちは、花びらを投げ合って、きゃっきゃっ喜んでいたけれど。


「歩ける距離だけど、レティシアの靴はとても華奢だから、馬を」

とフェリス様が、護衛の方々に言った。確かにお姫様の靴はとても華奢。デザイン時点で、あんまり外歩きは考慮に入ってない（普通のお姫様は外歩きしないので）。

でも、フェリス様と手を繋いで、お外、のんびり歩いてるのも楽しいんだけどな。ずっと繋ぎっぱなしすぎではという疑問はあれど。

「レティシア、ちょっと安全上、僕と一緒に乗ってくれる？」

「はい」

レティシアも、早くから騎乗を教えてもらってるので、五歳児とはいえ一人でも乗れるのだが、確かにこの状況だと、フェリス様のいう事もわかる。

「うん。自害させぬように、だれか魔術師をつけて。ただあの類は拷問したところで、どのみちたいして喋らないと思うよ」

うちの王子様が虫も殺せぬようなお貌で、何だか側近のレイ相手に物騒そうなお話してる。

「こんにちは！　可愛いね！」

レティシアは、目の前に連れて来られた、立派な白馬のつぶらな瞳を見上げる。プライドの高そうな白馬が、軽く嘶きながら、そう？　可愛い？　と褒められて満更でもなさげだ。そう言えば、ドラゴンに乗る夢は見たけど、馬に乗るの久しぶり。

「おいで、レティシア」

「……きゃ」

ほとんどフェリスに抱き上げられるようにして、レティシアは騎乗させて貰う。

「……ち、ちかいです、フェリス様」

二人乗りしてるのであたりまえだが、レティシアの背中にフェリスの体温が暖かい。

「うーん。これは、これ以上どうしようもないかな。……では頼む。少しレティシアと海にいるから。何かあれば呼んで」

「御意」

そろそろ、呼ばれた市中警備の人たちが、遅ればせながら辿り着いたのか（減俸かも）、広場には制服の人間が増えている。

花びらは石畳に降り積もっていたけれど、何事もなかったように野菜や果物を見る人、焼き菓子を焼く人、歓声をあげて遊ぶ子供たち、花びらをつついている鳩と平和な風景に戻っている。

「レティシア、お父様と二人乗りして以来？」

フェリスが白馬に指示を与えたので、スピードが上がる。

「それはものすごく、ちいさいときのことで、それにそれとはぜんぜん……！」

「ぜんぜん？」

違うと思うの。

うちのお父様と、フェリス様との二人での騎乗は、ぜんぜん!!

お父様と二人で騎乗してるときは、レティシアは小さかったから馬はまだ少し怖かったけど、のんびりとした安心感でいっぱいだった。

お父様の腕の中で、守られてるーって。

いやいまも、フェリス様の腕の中で守られてはいるけれど……いるけれども！

お父様はこんなにいい匂いはしないし、こんなに何だか落ち着かなくはならない！

「レティシア、もっと僕に体重預けていいよ？」

「う……は……は、い」

久々の速く駆ける馬上からの景色は楽しいのだけど、なんだか景色に集中できないー!!

「ああ、ほら、見えてきたよ」

「あ……、うみー！」

水！　碧い！　碧い水がたくさん！　見たことないほど、碧い水がたくさん！　と、この世に生まれてそれほど経ってない、ちいさな五歳の身体もはしゃいでいるようだ。

太陽の光を弾く碧い海。港には停泊している帆船が見える。

帆船！　人気漫画の海賊船くらいしか知らない！　本物の帆船！

「あ。レティシアのご機嫌がなおった」

被っていた赤いフードが外れてしまって、レティシアの髪にフェリスの甘い吐息が触れる。

「……？　ご機嫌なら、ずっといいです」

「ホントに？　なら、よかった」

レティシアの背中に、フェリスがほっとした気配が本当に伝わってくる。

うん。とっても、とっても、落ち着かないけど。

お父様とは、ぜんぜん違うけど。

フェリス様が、レティシアをとっても大切にしてくれてるのも、触れてる体温越しに伝わってきた……。

「うみー」

碧い空の下で、白い波が静かに寄せては返す音を聞いてたら、ひらがなで話してしまう。

レティシアは二十七歳だった雪でもあり、生まれて五年のレティシア、でもあるので。

このちいさな幼い身体の気持ちが、大人の記憶のある意識より、もっと前に出てくることもある。嬉しくて嬉しくて訳もなく走り出したいとき、泣き出したいとき、どうしても我慢できなくてお義母様に怒りたかったとき、理由はわかんないけど一人にさせちゃダメ、フェリス様のとこにぜったい行かなきゃダメ！　と思ったとき。

そういう、頭で考えるよりも素直な身体の気持ちは、転生したいまのレティシアだけでなく、本当は前世の大人のレティシアにもあったんだと思う。

もうあそこに行きたくないよ、もういやだよ、眠りたいよ、泣きたいよ、休みたいよ、遊びたいよ、ねぇもうがんばれないよっていっぱい言ってたろうに、前世だと、常識や、言葉で綴る表層意識の方が強いから、その本当の望みをちゃんと聞いてあげられなかった。

フェリスの腕に抱かれて、馬上から、碧い碧い空とつながる碧い碧い海を眺めてると、見たことない程に世界は美しくて、とても幸せで、そして少しだけ寂しくなった。

まえのわたしのからだ、もっと大事にしてあげられなくてごめんね。お父さんとお母さんのぶんも長生きしなきゃ、って思ってたのに、日本の我が家、私の代で絶えさせちゃってごめんね、と。

千年続く竜王家の末裔で、うちの御先祖燃やさないでくれ、とお散歩デートしてても、普通に世の中で起きてることに干渉してしまうフェリス様といるから、そんな風に思うのかもだけれど。

「フェリス様、さっきのお花、フェリス様……？」

ですよね？　と控えめに尋ねてみる。

「うん。でも内緒ね」

碧い海ばかり見てた視線をあげて、レティシアはフェリスを見上げてみる。

「どうして、内緒……？」

水戸黄門みたいに、フェリス様が皆の前に出ていってあげたら、ディアナの街の人もはしゃいで、きゃっきゃっ喜びそうなのに。

「うちのレーヴェがやつあたりみたいに燃やされなくて、街の人の安全が脅かされないなら、それでいいから？　何も僕が悪目立ちしなくても」

「でも、街の人は、フェリス様が守ってくれたって知れたら、嬉しいかも……」

「市中の警備は僕の仕事じゃないから、人の仕事をとってはいけない。だいたい僕はそれでよく怒られる。……レティシアの髪、いい匂いがする」

「あ！　髪はね、フェリス様の領地で作ってらっしゃる薔薇の石鹸で洗ってもらっててね……この薔薇の石鹸、凄ーくいい匂いで優れものなの！　あ、すみません、言葉が……」

この薔薇の石鹸、有名で、異国から買い付けに来る商人が競って奪い合うんですよー、と髪を洗ってくれながら、リタが自慢していた。ディアナの人の、お国自慢可愛い。あ、ご領地自慢かな？

「敬語じゃなくていいよ？　レティシアは僕の部下じゃなくて、僕の妃になるんだから」

「……でも、きっと、敬語にはなっちゃう……」

「……僕とは、心の距離があるから？」

「ち、違います！　そんなのじゃなくて！　フェリス様は、えーっと、えっと、年上だから？」

心の距離があるとかじゃなくて。

たぶん、いま、フェリス様は、レティシアにとって、この世界で一番近しくて信頼している人だけど、……なんとなく、敬語にはなってしまうの！

「それはそうだけど、レティシア、女官には普通に話してるようだから、僕にも普通の言葉で話してくれたらいいな、と、あんまりずっと敬語で話されると、距離感じるから」

「じゃあ、ときどきは。……ずっとは、逆に緊張します！」

「よくわからないけど、レティシアの楽なほうで」

「はい」

波の音だけ聞いて、白馬の背で揺られながら、ずっとフェリスと他愛ないことを話していた。

馬に二人乗りしてるので、ふたりの距離がとても近くて、何を考えてるのか全部はわからなくても、フェリスもこの散歩をとても楽しんでいることは、レティシアにも体温で伝わって来た。

「レティシア、風、冷たくない？」

「海からの風、気持ちいーです！　とっても！」

「少し砂浜歩いて、それでもう今日は帰ることになっちゃうけどいい？　ちょっと午後から、僕」

「もちろんです！　私、朝からたくさんお忙しいフェリス様を独占してしまいました！　はやく帰りましょう？」

「ううん、もう少しだけ、僕がレティシアといたいから」

幸せ過ぎて、このままここにいたい、仕事に戻りたくない、とか人間って本当に思うんだな、とフェリスは十七歳にして実感した。遅いのか早いのかわからない。

サボりたい人の気持ちが、人生で初めてわかった。

「さっきの騒ぎで、怪我する方がなくてよかったですね」

「そうだね」

人々の宗教と思想と信条の自由は、可能な限り保証したいけど、我が国の守り神を邪神扱いして、平和な街中で火を燃やしだすような奇妙な異教の怪僧には、そのままその弄ぶ火で炙って軽くお灸をすえてやろうかと思うのは、竜王陛下そっくりの貌を持つ王弟殿下としては、きっとよろしくない。

そもそも人生初デートの日に、いきなり凶悪な邪神の使徒と化して、うちの可愛い姫君に怖がられて、嫌われてもいけない。

人から畏れられることには慣れているのだけれど、ちいさなレティシアはフェリスを怖がらない貴重な人材なのだから。

レティシアはまだ幼くて、でもたぶん幼い器のなかに、何か違う存在が入っている。

そのせいか、いろいろ不安定なのだけれど、なにものが入っているかはわからないが、基本的に、善良な、優しいものだけで構成されている。

人生でひどいめにあったとしても、何度間違えても、闇に落ちたりはしない体質だ。

ときどき、何処かにさらわれそうになるフェリスとしては、そういう光属性の花嫁にそばにいてもらえるのはいいことだと思う。

そんな訳で不埒者には、頭から冷たい水でもかけて冷やしてやろうかと思ったが、水も水神レー

ヴェを思わせるかと、花にした。

広場に撒いたのは純然たる花で、騒ぎを起こしていた者達に落としたのは、軽い幻覚作用のある花だ。

フェリスが何かしたかと言えば、何もしてない。

あれは、己のなかの恐怖に食われていくたぐいの花だ。

心から善良なリリア僧侶であれば、怯える幻影など何もあるまいが、後ろ暗いところのある者ほど、襲ってくる幻影の花は多かろう。

「あ！」

「どうしたの？　レティシア？」

「リタとサキにおみやげにアイス買えばよかったと……でもアイスとけちゃいますね」

「何か用意させるよ。おみやげあげたいの？」

「はい。いつもとってもよくしてもらってるので。……フェリス様のお話もたくさん聞かせてくれて」

「僕の？　悪い話じゃない？」

「いい話ばかりですよー」

綺麗な貝殻を探したい、と言うレティシアの華奢な身体を腕に抱いて、白馬から下ろした。

レティシアとふたり、手を繋いで、貝殻を探して、晴れた砂浜を歩きながら、そう言えば僕は国王だった父とも、幼い時に亡くなった母とも、海辺を手を繋いで歩いた記憶なんてないな、とフェリスは思っていた。

「陛下。……ディアナに潜り込ませていたこちらの鼠が、また捕らえられてしまいました。またしても、あの王弟めが……何という忌々しい男でございましょう」

「それはあの男が有能なのか？　それともこちらの鼠が無能なのか？」

　不愉快そうに、玉座からガレリア王が下問した。

「もうすぐ結婚式であろうに。あやつには婚姻に浮かれるという人間らしい心が足りぬ」

「花嫁は、僅か五歳の姫とのこと。政治的にも程がある婚姻と哀れがられております」

「それはそちらの趣味の者であれば大層な幸運だろうが、あんな人間味のない男には、どんな美姫も意味はあるまい。こちらから潜り込ませたどんな美姫にも靡いたためしがないではないか。女にも金にも地位にも動かぬ男ほど、この世で扱いにくいものはない」

　ガレリアの王ヴォイドは、当年とって三十六歳。ガレリアはフローレンス大陸の左の端に位置する。ヴォイドが父の死後、王位を継いで在位五年。

　ヴォイドの即位を祝った頃のディアナ王弟フェリスは十二歳で、まだ可愛らしい少年だった。

　成長するにともなって、ちっとも可愛げはなくなった（もとからなかったという話もあるが）。

「フローレンス大陸で、一番美しい王弟殿下」と謳われるあの美貌の男が、一分の隙もなく、あの虫も殺せぬような白い手で、ディアナという国を守護している。

あの男がいるかぎり、商売でディアナ商人を騙して搦めとろうとしてもうまくいかず、僧たちが宗教で国民を勧誘しようにも、ディアナは国中が、あの美貌の王弟と同じ貌の竜神レーヴェを熱愛する御国柄である。

フローレンス大陸でもっとも豊かな国ディアナ。

ヴォイドは労せずして、その富が欲しい。

あの美しい王弟殿下は、何故、ディアナをその手に欲しいと思わないのだろう。

いまだとて、実質、ディアナの産業、軍事、魔法、守護、ほとんどのことにフェリスの手が入っているのに。

一生、兄の影で兄を支えて、あれほどの男が、それで満足なものなのだろうか？

「あれは聖人か何かなのか？　あれだけ国民人気もあるんだから、うまくこちらの誘いに乗って、ディアナ王位を狙えばよかろうに」

「陛下、あれこそは、民を惑わす邪神レーヴェの化身でございます」

紫の僧衣を纏ったガレリアの大司教が重々しく述べる。

「邪神のな……」

ヴォイド王は大司教の言葉を繰り返す。ヴォイド王はガレリアの神とてそれほど信じてはいない。魔法もたいして好きではない。どちらも怪しげなものだと思っている。

もっとも好んではいないが、どちらもこの世界で、非常に権威と力のあるものだから、高僧も魔導士も厚遇はしている。

故に、竜の神に愛された国で、自国の竜神そっくりといわれる氷のような美貌の、意味不明に堅物な男の気持ちなど、さっぱりわからない。

ヴォイドがフェリスの立場なら、ディアナを自分のものにしたい。

「この世に正しき神は我らがリリア神のみ。レーヴェなど、神ではなくただの野蛮な竜。ただの呪わしき獣。それを神として千年も祀るなど、ディアナ王国は千年もの長きに渡って、道を誤っているのです。嘆かわしいことです。気高きリリア神の導きをもって、我らが陛下が、あの迷える者たちを正しき道に戻してやらねばなりません」

「ディアナの民は、いまも竜神レーヴェを愛してやまぬと言う」

「まやかしです」

「竜神レーヴェそっくりと言われるあの王弟フェリスが、この上もなくめでたき結婚式に、この世から消え去ったら、ディアナの民の哀しみやいかばかりや?」

ディアナ国民には精神的にも打撃だろうが、実質的にも打撃であろう。

あれがいなくなると、こちらとしては、ディアナに対していろんな仕掛けがやりやすくなる。

水は低きに流れるものだから。

書き下ろし特別篇

花嫁を迎えるために

「フェリス様、レティシア様のお部屋は、こちらのフェリス様のお隣のお部屋に如何でしょうか？　続き間に改造して、中で御二人で自由に行き来できると、夜にお小さい方が一人で心細い想いをされることもなくてよいかと……」

「そうだね。……いや、でも、それだとレティシア姫は嫌じゃないか？　夜中に、僕が食べに来たらどうしよう？　て怖いのでは……ちいさな姫が落ち着けるように、部屋はもっと僕の部屋から遠くにしてあげたほうがいいんじゃないかな」

「フェリス様。いいですか、おいでになるのは、フェリス様の花嫁様です。何故そんな食われる生贄の娘設定なのです？」

　サキが呆れた顔をする。

「でも、そちらの気分のほうが近いのでは……。サリアはあまり竜や魔法と親しくない国だから、竜神の末裔の王子に嫁ぐなんて、悪い竜の生贄気分なのでは……」

　ディアナにいるとレーヴェは優しい守護神であり、ディアナ人はレーヴェを愛してるので、女性の髪飾りから建物の建築にいたるまで、何処へ行っても竜の細工ものだらけだが、フローレンス大陸も果てのほうへいくと、竜が悪鬼のように扱われる国もあるというので。

「フェリス様、私はこういう言い方はあまり致しませんが、ディアナは大国であり、フェリス様は、何処に御出しても恥ずかしくない、恵まれたディアナの誰よりも御美しい第二王子であらせられます。未開の蛮族に攫われた気分になる奇怪な姫君はいらっしゃらないかと。私のお育てしたフェリス様は、フローレンスで最も美しい王弟殿下とも謳われる方です。……生贄を待つ古城の不気味な吸血公爵のような想定はおやめ下さい。大切にお育てした私共が哀しくなります」

サキがフェリスの後ろ向きな思考を正す。

「……だって、サキ、僕には想像もできないよ。父母が亡くなってまもないのに、五歳で嫁がされる姫の気持ちなんて」

フェリスが、母が亡くなってすぐの五歳の頃の自分を考えても、結婚の話なんてされても、誰が結婚するんだろう、気分の暗い時に、おもしろくもない冗談だ、と思っただろう。

「左様でございますね。きっとお父様お母様と逢えなくて、お辛い気持ちでいらっしゃると……、私共も誠心誠意、ちいさな可愛いお姫様にお仕えして、お気持ちを明るくしたいと……」

「うん。そうしてあげてくれると嬉しい。本当はね、もう少し大きくなってから、僕の処に来てもらおうかと思ったんだけど……」

「はい」

婚姻を承諾したので、いろいろと調べたところ、現在のレティシア姫はあまりサリアでよい扱いを受けていない。それならもうこちらに迎えようとフェリスは思ったのだが。

思ったのだが、フェリスが成長してのち、そんな小さな可愛らしい生き物がこの宮に存在したことはないので、少々、フェリス宮全体でサリアの姫の受け入れの準備にそわそわしている。

「サリアの様子が、あまり僕の花嫁にふさわしいとは思えなかったから、こちらに迎えようと思ったんだ」

「はい。サキは、フェリス様の御婚礼のおかげで、ちいさな女の子のお世話をする夢を叶えて頂けそうです」

「ああ。僕もレイももう大きな男になっちゃったもんね。サキ、女の子も欲しかったの?」

サキはフェリスの乳母であり、随身のレイの母親である。

フェリスもレイもどちらもサキの育てた子供達だが、ちいさな可愛い女の子とは程遠い、よそより背の高めの男子群である。

「はい。女の子にいろんなお洋服を着せる夢もございました」

「ではぜひ、レティシア姫を着飾らせてあげて」

「はい。それはもう楽しみにしておりますが、フェリス様、些か、ドレス揃え過ぎでは……あまりこちらで勝手に揃えてもダメですよ。姫君には好みというものがありますから。いらしてから、レティシア姫のお好みでいろいろとお仕立てしましょう」

「そうか。書物のように、ありとあらゆるものを、たくさん揃えておけば、どれか好みにあうだろうというものではないか」

「書物と違って、お洋服にはその年ごとの流行りもございますからね」

「なるほど勉強になる」

ちなみにフェリス自身の衣類関連は、馴染み王宮の仕立て屋にお任せ感である。それに加えて、サキやレイや身の回りの者達の意見が反映されている。

本人の知らぬところで、ディアナ王宮の貴公子の流行を常に牽引しているのだが、フェリス本人は実は衣服は着れれば何でも、ぐらいの男である、

「それに、御二人でご一緒にお選びになる楽しみ、フェリス様のお好みのデザインを纏いたい娘心というものもございます」

「なかなか遠い達成目標だな」

溜息をついていてはいけない。

遠くから参戦する小さな姫に申し訳ない（そもそも戦ではない）。

苦手な分野は百も承知だ。

自分と似た境遇の幼い姫を、大人達の勝手で不幸にはさせまい、この手で守ろう、とフェリスが自分で決めたのではないか。

（だが準備をしていると、慣れない分野ゆえ、少々挫けかける）

「そんなことはありません。きっと可愛らしい方がいらして、楽しく二人で姫のドレスをお選びになれますよ」

サキのフェリスを励まそうとする予言は後日成就して、可愛らしいレティシアがやってくるのだが、いまはまだ、フェリスにとって、レティシアは想像の中に棲んでいる、うまく会話が成立するかどうかすら心もとない幼い姫である。

「フェリス様、ロマーノ様の最高にして最後の傑作、届きました！」

興奮を抑えきれないリタが駆け込んできた。

「あら。可愛らしい！　きっとレティシア姫もお気に召しますね」

リタの胸には、ふかふかのくまのぬいぐるみが自慢げに抱かれている。

「ロマーノの爺はもう制作してないんじゃなかったのかい？」

ロマーノベアは、ディアナの人気のくまのぬいぐるみであり、国内のみならず、人気輸出品でもある。アントニオ・ロマーノ爺さんが一代で成したくまのぬいぐるみの工房が、いまやたくさんの作家や職人の生活を支えている。

「はい。ですから、ロマーノ様の工房に、御一族なり御弟子様なり、ロマーノ様と手の近い方を希望で依頼させて頂いたのですが、ロマーノ様御本人が、フェリス殿下の結婚祝いと聞いたら、老いぼれたりとはいえ、小僧っ子たちなどに任せられん、わしの仕事じゃ、わしの生涯最後の御祝い仕事を掠めとる奴は破門にするぞ、と御自ら製作ご復帰下さったそうです！」

「それはありがたいけど、無理しなかったかな。爺はいつでも作りたいんだよね。やりだすと、根を詰めてしまうから、周りが止めているというか……」

ロマーノ爺自体はもう作ってないとは聞いてたのだが、やはり、他の工房は考えられなくて、爺のところに依頼した。

「やはり、他の方の手とは違いますよねぇ、『幸せを呼ぶロマーノベア』」

男女問わず、ロマーノのぬいぐるみと共に成長した子供達が、出世したり、世に名を成したりして、子供時代の思い出の品に「ロマーノじいさんのくま」をあげた為、そのくまのぬいぐるみと共に育った子供は幸せを得るのだ、と逸話が生まれた。

いまやオークションで天井知らずの値をつけられるロマーノの作品だが、当初、ごく常識的な値段で……どころか、豊かな家にはとんでもない高値で、苦しい家の子にはただ同然の値段で与えられていた。みな、作家としてのロマーノの性格を承知していたので、余裕のある家の者は、喜んで高額を支払い、ロマーノの作品を支える者としての誇りを抱いていた。

「うん。レティシアにも幸せを運んでくれるといいな」

こんなに大きくはなかったが、フェリスも、昔、母から贈られたロマーノ爺のくまを持っていた。それはいまも健在だ。

優しい顔立ちのくまのぬいぐるみは、誰も知らない涙を知っている戦友だ。

「きっと気に入られますよ。レティシア姫。甘いものが嫌いな子供はいるが、ロマーノじいさんのくまのぬいぐるみを嫌う子供はいない、とまで言われる逸品ですもの」

「頼むよ、じぃの自慢の最後の息子。遠い国から、小さな姫が来るから、君はその子の最初の友達になって、僕には言えないような辛い話も聞いてやってくれ」

まさかのこのときは、ディアナの偉大な守護神が、ロマーノ爺さんの最後の息子の仕事を横から奪いに来るとは思わず、くまのぬいぐるみにレティシアの優しい相談役をお願いしていた。

「僕は怖がられる顔だから、君がレティシアを安心させてくれると嬉しいよ」

怖い程に美しいけれど人間味がない、とか、整いすぎて温かみというものがない、とか、まあまあひどいことを言われる貌である。

花嫁に贈る、くまのぬいぐるみの額に、フェリスはくちづけする。

承りました、王弟殿下、僕、責任重大だね、と言いたげに、くまのぬいぐるみは拝聴している。

「フェリス様、そんなことありません！　サリアではどんな御顔立ちが人気かわかりませんが、フェリス様の御顔が苦手な女の子なんて、この世にいませんから！」

「ありがとう、リタ」

若い女官のリタが真っ赤になりながら励ましてくれた。

それにしても、何故、真っ赤になっているのだろう？

もしや、くまのぬいぐるみにキスしたのがいけなかったろうか……？

不審な行動だったろうか？

まあ、まあまあ不審な男なのだが……。

「それから、フェリス様。ロマーノ様が、どんなにお代をお尋ねしても、フェリス殿下の結婚祝いだから代金は要らんと……」

「それなら爺は受け取らないだろうから、ロマーノ工房へ、僕から、日頃の活動に相応な寄付をいれておいて。これからもたくさんの子供達の心を育んで、支えて欲しいって」

「畏まりました、殿下」

礼がてら、ロマーノの爺に逢いに行こうかと考える。

嫁いできたレティシア姫が、フェリスに懐いてくれるようなら、一緒にロマーノの爺のところへも御礼にいけるといいんだが……。

（いやはや、あの小さかったフェリス殿下が御結婚とは！　そりゃあ、この爺も、若いのに邪魔にされるほど、歳をとるはずですのう）

白髭を撫でながら、ロマーノの爺の喜ぶ姿が目に浮かぶ。

まるで小さな生贄のようなレティシア姫の気持ちは心配だが、『フェリス殿下の結婚』という行事自体は、国をあげてのディアナの慶事となり、多くの業者の喜びとなる。

ロマーノのようにお代は要らないなんて変わり者は珍しく、皆、祝事に、今年の大きな稼ぎを期待している。

逢ったこともない、言葉も交わしたことのない、お互い好きになれるかどうかもわからない、幼い二人の結婚に、いろんな人の思惑や生活がかかっている。

「フェリス様、そろそろお夕食はいかがですか？」

「ああ、少し書き物をしたいから、食事は後でいい」

いつものようにフェリスがそう言うと、サキは困った顔で、畏まりました、と返事をした。

フェリス様、お食事はちゃんと食べなきゃダメです！　とフェリスに可愛らしい声で訴える、金髪に琥珀の瞳の、ちいさな花嫁がやってくるまで、あと少し。

フェリス宮の庭園の凍てついた冬の薔薇さえも、何か可愛らしい、未知なるものが、遠くからやって来る予感に、いつになく、ざわめいていた。

「母様、父様、レティシア、お嫁に行くことになりました」

サリア神殿で、ヴェールを被った五歳のレティシアは、ひざまずいていた。

本当はレティシアは、父様と母様の霊廟にずっといたいけど、新王の叔父様がそれを嫌がるのでできない。

さすがに、輿入れ前の姫君として、女神の神殿で祈ることくらいは許される。

「ディアナの王弟殿下フェリス様という方です。どんな……」

どんな方でしょう？　と言いかけて、やめた。

ただでさえ、一人、地上に残したレティシアを、心配してるであろう天の父様と母様が、さらに心配してはいけない。

「みんな、いろいろ噂するけど、フェリス様、きっといい方だと思います」

変人だとか、人嫌いだとか、引き籠りだとか。

ううん。

そんなこと、たいしたことじゃない。

レティシアだって、不気味だとか変な子だとかおかしなことばっかり言うって、言われてるもの。

きっと、フェリス様とレティシア、変人同士、二人あわせていい感じだもん！

気を強く持とうと、レティシアは、サリアの女神様の優しい御顔の像を見上げる。

サリアの女神様ともお別れだ。

ディアナは竜神レーヴェ様の国だ。レティシアも、竜の神様のところの子になる。

「サリアの女神様。……神様が違っても、天国で、母様と父様に逢えますか？　逢えますよね？」

でも、前世の父と母にも逢えてない。

そもそも今度死んだら、レティシアは何処に行くのだ？　と異世界から生まれ変わってきた身としては、だいぶ不安だ。

「母様、父様、フェリス様のことはまだあまりよくわかりませんが、レティシアがお嫁に行ったら、ディアナとサリアの縁が深くなり、レティシアは、とてもサリアのお役に立つそうです。それは嬉しいです」

レティシアに意地悪だから、というだけではなくて、なんだか叔父様、様子がおかしくて、サリアの治世が甚だ不安だけど、王家に生まれた娘として、少しでもサリアの役に立てたら嬉しい。

「父様、母様、レティシア、人見知りだけど、フェリス様と仲良くできるように頑張りますね。父様と母様みたいになれるように……」

ホントは、そんなことは無理だと思ってる。

父様と母様みたいになれる訳ない。

十七歳のフェリス様は、きっと五歳のレティシアなんか嫌で、レティシアは物語に出て来るお飾りの妃になってしまうのでは？　と。

でも、父様と母様には、それは内緒。

自分たちがレティシアを一人にしたから、と天上で二人がお嘆きになってはいけない……。

まだ見ぬフェリス様も、こんなちびのレティシアがお嫁さんで可哀想だと思うので、お飾りの妃でもいいから、叔父様たちみたいに、あんまり意地悪しないでくれたらいいな。

隅っこにでもおいといてくれたら、忘れられた妃として、レティシア、こっそり幸せに暮らすから……。

できるだけ、フェリス様の迷惑にならないようにするから……。

「どんなところなのかな、ディアナ……」

まだ見ぬ婚約者殿が、姫君のドレスなんて、あればある程いいのでは？　と女官も呆れるほどレティシアの衣装を用意させていることも、くまのぬいぐるみは気に入るだろうか？　と有名な工房にふわふわのくまのぬいぐるみをオーダーで作らせているとも、小さな女の子というのはいったいぜんたい何を食べるんだ？　何が好きだろう？　とディアナ王宮で執務をとりながら随身に尋ねて随身を驚かせているとも、夢にも知らないサリアのちいさなお姫様はたった一人で、サリア神殿で、見たこともないディアナへの旅立ちを待っていた。

あとがき

初めまして、須王あやです。この本を手に取って下さってありがとうございます。

レティシアとフェリスのお話を書き始めたのは、昨年の初夏です。その前の年の冬、姉妹のように仲良しの母を病気で失い、愛犬にも病が見つかり、子供の頃からの唯一の趣味だった小説もうまく書けなくなってしまって、私は人生最高にへたれておりました。

しょんぼりしていた私は、凄い魔法を使えるとか、聖女の生まれ変わりとかじゃなくて、普通の女の子の転生ものを書いてみたいと思い、毎日一頁ずつ書き始めました。

誰か一人でも読んでくれたら嬉しいな、そうしたら、続きを書く力が湧いてくるのにな、と思いながら。

レティシアは、あくまでごく普通の女の子。凄い野望があるとかじゃなくて、うーん可能なら、世の中に貢献とか、国の役にも立ちたいけど、まずは、親から貰った命を生き抜かねば、と苦闘する、五歳！　もう少し大きくてもよかったのでは、なんですけど、家出も不可能な年齢で、いろいろ制限もあるなかで、どうやって頑張っていくか、という御話です。

レティシアの婚約者として選ばれたフェリスは、綺麗でいろんなことができるんだけど、育った環境のため、うまく他人も自分も愛せない、孤独な王子様です。

私も女子なので、子供の頃から王子様とお姫様のお話を読むのは好きでしたが、大人になって、王子様と転生お姫様のお話を書いて、本にしてもらえるとは思ってなかったです。

レティシアとフェリスを書きだして、三か月目くらいに、この本の編集者Y様からご連絡頂いて、オンラインでお逢いしたのです。初めてのオンラインミーティングにときめく私。メールのお名前を見て、可愛いお話好きの女性編集者さんだと想像してました。渋谷の出版社にお勤めのおしゃれな女子とお逢いするのねー私の服、変じゃないかなー？　とドキドキしてたら、お約束の時間にパソコンの向こうに現れたのは、優し気な男性で……あれ？　渋谷のおしゃれ女子は？　とコメディみたいに驚きました。Y様は男性編集者様だったのです。

そんなこんなで、Y様と私とこの本に関わって下さった皆様の御力で完成した一冊です。あなたのお気に入りの一冊になれたら嬉しいです。作画のＡｋｉＺｅｒｏ様のイラストが本当に美しくて、こんなに立派になって、フェリスもレティシアも、と感慨無量です。

私の母が、病の床で最後に、私の二冊目の本がでますように、と望んで、旅立ちました。母と先代愛犬トゥルーとの最期の約束を叶えるのに、三年かかりました。編集Y様のご尽力のおかげで、今年はちょっとうちの守り神たちに胸を張れます。

本当は、母の手に、この本を手渡したかった（昔気質のうちの母には今風の転生物語は謎だろうけど笑）。母の手の代わりに、我が家の愛犬の背中に乗せます。このお話の進捗を、毎日、傍らでずっと見張ってくれている（というか散歩の時間を待っている）フォンクに。

へこんでた私が書き始めて、書いていくうちに、だんだんレティシアやフェリスと一緒に元気を取り戻していったように、あなたが一日の最後にページをめくって、ほんわかできる本になれたら嬉しいです。

五歳で、竜の王弟殿下の花嫁になりました

2023年8月1日　第1刷発行

著　者　須王あや

発行者　本田武市

発行所　TOブックス
〒150-0002
東京都渋谷区渋谷三丁目1番1号　PMO渋谷Ⅱ　11階
TEL 0120-933-772（営業フリーダイヤル）
FAX 050-3156-0508

印刷・製本　中央精版印刷株式会社

ISBN978-4-86699-891-6